NIEDERRHEIN KRIMI

11

Jutta Profijt, Jahrgang 1967, ist gelernte Exportkauffrau, Übersetzerin und Dozentin. Sie lebt in Mönchengladbach, wo sie auch als freie Journalistin tätig ist. Ihr erstes Buch »Motiv Münsterschatz« war auf Anhieb ein Erfolg.

Jutta Profijt

Das Tuch des Schweigens

Emons Verlag

Umschlagzeichnung: Heribert Stragholz
Druck und Bindung: Clausen & Bosse GmbH, Leck
Printed in Germany 2004
ISBN 3-89705-359-4

www.emons-verlag.de

PROLOG

Es war ein Ortsgespräch innerhalb von Mönchengladbach, und es war eine Nummer, die von diesem Apparat häufiger angerufen wurde. Selbst wenn es also später zu einer Überprüfung käme, was völlig unwahrscheinlich war, würde dieses Gespräch nicht auffallen.

»Sie hat gerade wieder angerufen.«

»Was hat sie zu deinem Angebot gesagt?«

»Sie hat sich noch nicht entschieden.« Das war eine glatte Lüge, aber das konnte er nicht wissen.

»Hm. Dann wissen wir also noch nicht, ob wir uns auf einen Prozess gefasst machen müssen.«

»Hast du denn inzwischen herausgefunden, wie unsere Chancen vor Gericht aussähen?«

Diese Frage musste jetzt geklärt werden, um dann zu entscheiden, was zu tun wäre.

»Nicht wirklich gut, fürchte ich. Sofern – und das wissen wir ja noch gar nicht – es überhaupt einen Kläger gibt.«

»Es wird sich schon einer finden, da bin ich sicher.« Erste, sehr vorsichtige Nachforschungen in diese Richtung ließen das Schlimmste befürchten. »Aber auch ohne Kläger und Prozess wäre unser Name beschmutzt. Du weißt selbst, was ein derartiges Gerücht in der jetzigen angespannten Wirtschaftslage anrichten könnte.« Wie angespannt die wirtschaftliche Lage speziell in diesem Unternehmen war, darüber wurde seit Monaten allerstrengstes Stillschweigen gewahrt.

»Ihr müsstet sicher mit Einbußen rechnen, aber es wird euch nicht ruinieren.«

Er hatte wohl immer noch nicht verstanden. Natürlich ging es auch um Geld, sogar sehr viel Geld, wenn die Spur sich bestätigte. Aber ebenso stand das Ansehen auf dem Spiel und die gesellschaftliche Stellung in Mönchengladbach und weit darüber hinaus. Eine Spitzenposition, die mehrere Generationen erarbeitet hatten, ohne zu ahnen, dass sie auf ein morsches Fundament bauten.

Das Schweigen in der Leitung hatte den Mann am anderen Ende verunsichert. »Du hast alles getan, was du konntest. Du hast es mit guten Worten und mit Geld versucht. Mehr kannst du nicht tun. Jetzt warte ab, ob sie das Geld nimmt. Dann können wir immer noch weitersehen.«

Natürlich konnte man mehr tun, aber daran würde gerade er nicht einmal im Traum denken. Anwälte waren schon seltsam. Innerhalb ihres Regelwerkes absolut skrupellos, aber auf die Idee, eine Lösung außerhalb der Regeln zu suchen, würde zumindest dieser hier nie kommen. »Jaja, dann warten wir also mal ab. Vielen Dank für deine fachliche Beratung.«

Von wegen abwarten. Sie hatte nein gesagt, hatte das Angebot abgelehnt. Keine Einigung möglich. Aber das war nicht das Ende.

Eine derartige Existenz stellte man nicht einfach zur Disposition. Eine der repräsentativsten Villen, die kurz nach der Jahrhundertwende entstanden waren, als erfolgreiche Unternehmer ihren Aufstieg noch architektonisch dokumentierten, aufwendig und teuer renoviert und technisch auf dem neuesten Stand. Ein über viele Jahrzehnte gepflegter riesiger Garten mit Bäumen, in deren Schatten schon deutsche Kaiser gesessen hatten. Und schließlich der soziale Status. Es war aber auch ein dummer Zufall gewesen, dass dieser Person ein so unglaubliches Machtinstrument in die Hand gefallen war. Zufall hin oder her, jetzt hieß es handeln und retten, was zu retten war. Es musste noch ein Versuch unternommen werden, dieses Unglück abzuwenden. Ein letzter, endgültiger Versuch – koste es, was es wolle.

EINS

Sonntag, 21. November 2002

»Ich freue mich, Sie endlich auch persönlich kennen zu lernen!«

Die Institutsleiterin Brigitte Hofmann hatte schon am Telefon sehr sympathisch geklungen, und nun war sie sogar extra am Sonntagabend hier erschienen, um Lara willkommen zu heißen. Lara schüttelte der kleinen, stämmigen Frau mit den kurzen Haaren die Hand. Ihr Äußeres entsprach, wie Lara jetzt feststellte, in keiner Weise ihrer Stimme, die sehr leise und sehr hell war. Dagegen erinnerten sowohl der Körperbau als auch der schelmische Gesichtsausdruck Lara an einen der sieben Zwerge aus Walt Disneys Schneewittchen-Film.

»Schön, dass Sie uns hier einen Besuch abstatten, bevor Sie Ihre Stelle in Frankreich antreten.«

Lara musste sich ein Grinsen verkneifen. Neuerdings freute sich alle Welt, sie noch einmal zu sehen, bevor … Ab hier unterschieden sich die Freudenbekundungen. Bevor sie einem im Vorweihnachtsrausch benommen dem Konsumklimax entgegentaumelnden Deutschland entflieht, hatte eine Kommilitonin formuliert. Bevor sie ins Land ihrer gallischen Vorfahren zurückkehrt, waren die Worte ihrer französischen Oma gewesen. Bevor ihr Liebesleben sich dem einer neunzigjährigen Nonne angleicht, hatte Martin, Radiomoderator aus Gladbach und Laras bester Freund, gefrotzelt. Jetzt freute sich also auch Frau Hofmann, »mit langem O, so viel Zeit muss sein«.

Brigitte Hofmann verzog das Gesicht zu einer ironischen Grimasse. »Es ist alles noch ein bisschen chaotisch hier, wir existieren ja erst seit fünf Monaten.« Sie deutete auf diverse Tapetenrollen, Farbeimer und andere Malerutensilien, die neben der Eingangstür standen. »Nachdem wir bereits Ende September fertig waren, hat uns ein Rohrbruch um Wochen zurückgeworfen. Immerhin ist inzwischen die Bettwäsche eingetroffen, die Heizung funktioniert seit zehn Tagen störungsfrei, und sogar der Postbote hat mittlerweile gemerkt, dass wir hier residieren. Kommen Sie, ich zeige Ihnen Ihr Reich.«

Bereits auf dem Weg zu ihrem Zimmer war Lara beeindruckt. Sie hatte zwar schon einiges über das neu gegründete Übersetzer-Zentrum in Krefeld-Uerdingen gehört und sich den Internetauftritt angesehen. Aber die Wirklichkeit übertraf ihre Vorstellung bei weitem. Das Haus, das schon von außen beeindruckend war wegen seiner schieren Größe, der verspielten Fassade und dem Turm, der wie ein Wächter über den Eingang zur Uerdinger Altstadt aussah, war innen vollständig renoviert. Eine riesige Halle war der Mittelpunkt des neu eröffneten Zentrums. In frischem Hochglanz strahlende Holztreppen führten von dort in die oberen Stockwerke. Aber das Beeindruckendste waren die Bücher. Etliche zigtausend sollten es sein, das hatte Frau Hofmann schon am Telefon erwähnt. Von Asterix bis zum Zürcher Branchenbuch. Und diese Bücher waren, wie Lara nun sah, einfach überall. Sogar auf den Treppenabsätzen und in Laras Zimmer. Nur die Badezimmer waren buchfrei.

Als Lara später in die große Küche kam, die neben dem so genannten Salon mit fünf voll eingerichteten Computerarbeitsplätzen das Herz des Zentrums war, saß ein Grüppchen von fünf Übersetzern beim gemeinsamen Abendessen.

»Ciao, bella«, rief einer, der vielleicht wie ein feuriger Südländer ausgesehen hätte, wenn er Haare auf dem Kopf und weniger dicke Brillengläser vor den Augen gehabt hätte. »Setz dich zu uns, ich bin Antonio. Hier haben wir Charles, Stan, Jamela und Martine.« Er deutete der Reihe nach auf die anderen und nahm das unterbrochene Gespräch mit seinem Tischnachbarn wieder auf. »Wie hast du die Sache mit der Schadenfreude gelöst, Charles?« An Lara gewandt fügte er hinzu: »Er übersetzt einen Kriminalroman, dessen Protagonist beschrieben wird als ein Mann, dessen herausragende Eigenschaft die Schadenfreude ist. Und wie du sicher weißt, gibt es das Wort Schadenfreude im Englischen nicht.«

Bevor Charles antworten konnte, meldete sich Jamela, eine junge Frau mit dunkler Hautfarbe und schwarzen krausen Haaren, lächelnd zu Wort. »Was sollen wir von einem Volk halten, das das Wort Schadenfreude nicht kennt?«

»Man könnte meinen, dass es zwischen einem beliebigen Erdenbewohner und einem Marsmännchen keine größeren kulturellen Unterschiede geben kann als zwischen den europäischen Nachbarn, die sich – geographisch betrachtet – doch eigentlich sehr nahe stehen«, fügte Antonio hinzu, ohne Charles die Gelegenheit zu geben, auf seine Frage zu antworten. »In einem deutschen Krimi, den ich einmal übersetzt habe, wurde der Mord mit einer Aubergine begangen. Mit einer Aubergine!« Um seine Worte angemessen zu unterstreichen, spießte Antonio ein Stück marinierte Aubergine auf seine Gabel und fuchtelte so vehement damit herum, dass das Gemüsestück quer über den Tisch flog.

Nach einem kurzen »*Scusi*« zu niemand Bestimmtem fuhr er fort. »Der Kommissar sagte auch noch, er habe diese geschmacklosen Dinger immer für mörderisch fad gehalten. *Mamma mia*, so etwas kann man in der italienischen Übersetzung unmöglich schreiben. Also habe ich kurzerhand, da der Roman in Deutschland spielt, eine Kartoffel als Mordwerkzeug genommen. Da kann der Italiener die tödliche Geschmackslangeweile gewissermaßen auf der Zunge spüren.«

Stan, der hagere Weißhaarige neben Lara, prustete los. »Du hast die Mordwaffe geändert? Was hat dein Verlag gesagt?«

Antonio machte eine wegwerfende Handbewegung. »Mein Verleger ist Italiener, *allora*, was erwartest du? Er fand die Idee klasse.«

»Da gibt es auch nichts dran auszusetzen«, sagte plötzlich eine Stimme von der Tür, und die allgemeine Heiterkeit ebbte ab. »Schließlich haben wir alle in unseren Übersetzungen schon amerikanische Schulkinder ›Tesafilm‹ statt ›Scotch tape‹ kleben lassen. Wir haben, weil es in Deutschland nun mal so üblich ist, Kamillentee aufgebrüht statt Lindenblütentee.«

Der Sprecher, den Antonio mit rollenden Augen als »Seine Majestät Simon der Erste« vorstellte, ging zum Kühlschrank und inspizierte den Inhalt.

Martine schüttelte den Kopf. »Das mag bei Unterhaltungsliteratur funktionieren, bei Sachtexten ist eine sehr genaue Übersetzung aber schon wichtig. Besonders –«

»Besonders wichtig für einen Übersetzer ist, dass er das tut, wofür er bezahlt wird. Nämlich übersetzen. Sonst nichts. Schon gar nicht Richter spielen. Oder die Welt retten oder sonst etwas Idiotisches«, unterbrach Simon sie in scharfem Ton.

Lara hatte den Eindruck, dass diese Diskussion die Fortsetzung eines früheren Streits war.

»Aber wir sollten nicht all unsere Moralbegriffe über Bord werfen, nur weil es die Arbeit vereinfacht und Ärger erspart. Leider weißt *du* allerdings gar nicht, was das Wort Moral bedeutet.« Martine war aufgestanden, stellte ihren Teller auf die Spüle und verließ die Küche. Die anderen blieben überrascht zurück.

*

Montag, 22. November

Als Lara gegen halb sechs Uhr abends in Frau Hofmanns Büro auf die Uhr sah, wurde ihr klar, warum sie sich so gerädert fühlte.

»Haben wir tatsächlich neun Stunden damit verbracht, mögliche Förderprogramme, Kulturtöpfe und Stipendien zu definieren? Ich hatte ja keine Ahnung, dass es so schwer sein kann, Geld zu beschaffen.«

Brigitte, die Lara gleich morgens das Du angeboten hatte, lachte. »Es gibt sicher einfachere Wege, wie Glücksspiel, Postraub oder Scheckkartenbetrug, aber als öffentlich geförderte Einrichtung müssen wir uns leider auf die legalen Formen der Mittelbeschaffung beschränken. Und die sind nun einmal sehr mühselig.«

»Mir pfeift gleich heißer Dampf aus den Ohren, wenn ich nicht sofort etwas gegen die Überhitzung unter der Schädeldecke unternehme. Ich muss an die frische Luft.«

»Die Luft ist nicht frisch, sondern eiskalt, und der Wind treibt einen fiesen, niederrheinischen Nieselregen vor sich her«, erwiderte Brigitte in ihrem breiten schwäbischen Dialekt nach einem Blick aus dem Fenster.

»Heute würde ich mich bei den Eistauchern melden, wenn es so etwas hier gäbe. Versprich mir, dass wir morgen nicht mehr über Fördergelder reden.«

»Versprochen. Morgen unterhalten wir uns über Öffentlichkeitsarbeit. Wir sind einfach zu wenig in den Medien präsent.«

Lara zog sich warm an, nahm ihren Schirm mit und verließ das Haus auf dem schnellsten Weg. Sie schritt kräftig aus und ging zielstrebig durch die Innenstadt zum Rheintor und hindurch. Im Hafengelände, das sie laut orangefarbener Warnschilder gerade unbefugterweise betreten hatte, stand sie einfach da und sah auf den Rhein. Am gegenüberliegenden Ufer waren Wiesen, wie sie gestern bei einer ersten Erkundung festgestellt hatte. Jetzt im Dunkeln war davon nichts zu sehen. Links erhellten die unzähligen Lichter des BAYER-Werks die Nacht, rechts waren die Rheinbrücke und weitere Industrieanlagen zu sehen. Obwohl der Anblick gar nicht übel war, freute Lara sich darauf, schon sehr bald wieder in Arles zu sein, wo sie eine kleine Wohnung in der Nähe der Espace Van Gogh gemietet hatte. In diesem alten Gebäude befand sich unter anderem das französische Übersetzer-Zentrum, in dem sie ab nächsten Mittwoch, dem ersten Dezember, offiziell angestellt war. Das allein löste in Lara schon Zufriedenheit und Vorfreude aus. Das prickelnde Glücksgefühl, das sich beim Gedanken an ihr neues Zuhause einstellte, hatte allerdings mehr mit Professor Dr. Jacques LeGrand zu tun, Leiter eines deutsch-französischen Geschichtsarchivs, das ebenfalls in der Espace Van Gogh ansässig war.

Lara schreckte durch einen besonders heftigen Windstoß aus ihren Träumereien auf und fand sich nicht im südfranzösischen Sommer, sondern im deutschen Winter wieder. Sie zog den Schal enger um den Hals, verließ ihren Ausguck am Wasser und stieg die wenigen Stufen zum Deich hoch, wo sie sich nach links wandte. Unter den großen Alleebäumen, die um diese Jahreszeit kahl und nass waren, ging sie am Casino vorbei und bis zum Rheinhorst, dann im Grünzug weiter an der mittelalterlichen Stadtmauer entlang. Es regnete jetzt stärker, auch der Wind nahm zu und fuhr häufiger unter den großen Schirm. Lara beschloss, ihren Rundgang zu beenden. Sie näherte sich einem Parkplatz, vor dem eine steinerne Maria auf einer hohen Säule stand, und wollte dort nach rechts einbiegen, als sie aus dem Augenwinkel einen Schuh in dem

Gebüsch an der Straßenecke sah. Ihr erster Gedanke war, dass jemand hier seinen Müll abgeladen hatte. Aber der Schuh lag nicht. Er stand aufrecht, die Ferse auf dem Boden, die Spitze zeigte in die Luft.

Lara blieb wie angewurzelt stehen. Ihre Gedanken kamen plötzlich über Zeitlupengeschwindigkeit nicht mehr hinaus, dann versiegten sie ganz. Ohne es wirklich zu wollen, ging sie die wenigen Schritte bis zu dem Schuh.

Langsam folgte Laras Blick dem, was darin steckte. Ein Bein in einer Jeans. Eine dunkelblaue Winterjacke, rautenförmig abgesteppt, ein Kragen aus Cord. Die Jacke ist offen, gibt den Blick frei auf einen hochgerutschten Pullover und weiße Haut. Aus dem Jackenärmel ragt eine Hand mit einem einzelnen goldenen Ring am kleinen Finger. Ein seitlich weggedrehtes Gesicht, unter blonden Haaren verborgen. Am Hinterkopf sind die hellen Haare dunkel und verklebt.

Lara überlegte unendlich langsam, was sie jetzt tun sollte. Dann schloss sie ihren Schirm und legte ihn auf den Boden. Sie beugte sich hinunter zu der Frau und stupste sie vorsichtig mit dem Zeigefinger an.

»Hallo?«, sagte sie und kam sich sofort furchtbar dumm vor. Dass diese Frau nicht antworten konnte, musste selbst ein Blinder sehen.

Lara ging zögernd in die Hocke und fühlte am Handgelenk nach dem Puls. Sie konnte keinen ertasten. Sie beugte sich noch weiter vor und legte die Hand an den Hals der Frau. Nichts.

Lara wusste nicht, wie lange sie so verharrt hatte. Plötzlich sprang sie auf und lief, einem jähen Impuls folgend, los.

Nach wenigen Schritten stoppte sie mitten in der Bewegung. Ein großer Hund versperrte ihr bellend den Weg.

»So weit kommt das noch, dass Sie abhauen und die Frau da liegen lassen«, keifte die kleine dicke Frau im Regenmantel, die drei Meter hinter ihrem Hund stand und Lara anstarrte. »Mein Mann hat schon die Polizei angerufen, die kommt jeden Moment. Wenn Sie versuchen zu fliehen, hetzen wir die Hunde auf Sie.«

»Fliehen? Was …?« Lara hielt verblüfft inne. »Blödsinn. Wir brauchen einen Arzt.«

Sie machte einen Schritt zur Seite. Der Hund, der sie immer noch ankläffte, führte den gleichen Schritt spiegelbildlich aus.

»Lassen Sie mich vorbei«, presste Lara hervor.

Der Mann war nun auch näher gekommen, sein Hund zerrte mit aller Macht in Richtung Gebüsch.

»Ganz ruhig, Rex«, raunte Herrchen seiner Bestie zu. »Das hast du gut gemacht. Nun pass schön auf, dass die uns nicht noch durch die Lappen geht.«

Lara glaubte, sich verhört zu haben, und wollte zu einer Antwort ansetzen, als das Geräusch eines aufheulenden Motors sie zusammenzucken ließ. Ein Wagen raste vom Parkplatz und verschwand in der Dunkelheit. Unmittelbar danach bogen ein Notarzt- und ein Streifenwagen auf den Platz.

Zwei Polizisten sprangen aus dem Streifenwagen und strebten auf die Gruppe zu. »Kommen Sie bitte hier herüber«, ordnete der kleinere der beiden Uniformierten an und führte Lara und die Hundebesitzer einige Meter zur Seite, von wo aus sie den Arzt, der sich schnell über die Frau gebeugt hatte, nicht mehr sehen konnten.

»Diese Frau hier«, die kleine Dicke zeigte mit einem fetten Finger auf Lara, »hat die andere Frau da im Gebüsch gewürgt, und dann wollte sie weglaufen. Aber mein Mann und ich konnten sie daran hindern. Unsere Hunde sind gut abgerichtet.« Bei diesen Worten tätschelte Frauchen stolz den Kopf ihres Hundes, der sich im Licht der Straßenlaterne als wilde Mischung verschiedener groß gewachsener Rassen unter maßgeblicher Beteiligung eines Schäferhundes herausstellte. In dieser Überlegung hielt Lara plötzlich inne.

»Wie bitte? Sagten Sie gerade ›gewürgt‹?«

Wieder war es der kleine Polizist, der die Initiative ergriff und Lara am Arm nahm. »Kommen Sie bitte mit.« Er führte sie noch drei Meter weiter. »Würden Sie mir bitte Ihren Namen nennen?«

Lara tat es.

»Wohnen Sie hier in Krefeld?«

Lara nannte die Adresse des Übersetzer-Zentrums.

Der Notarzt trat zu dem Polizisten und raunte ihm etwas ins Ohr. Der Uniformierte wurde blass unter seiner Mütze, dann flüsterte er dem Notarzt etwas zu und deutete erst auf seinen Kollegen, dann auf Lara.

»Was ist?«, wollte Lara wissen. Die beiden Männer starrten sie nur an. Der größere Polizist ging zum Streifenwagen und sprach erst leise, dann immer lauter in sein Funkgerät. Lara konnte die Worte »Todesfall mit Fremdeinwirkung«, »K-Wache« und »KK 11« verstehen. Dann ging der Uniformierte zurück zu den Hundebesitzern.

Der blasse Polizist musterte Lara kühl, wie ihr schien. »Ich muss Sie bitten, hier zu bleiben, bis die Kollegen von der Kriminalwache eintreffen. Das wird nicht lang dauern, aber die werden Ihnen sicher einige Fragen stellen wollen.«

Es dauerte tatsächlich nicht lang, oder zumindest kam es Lara nicht so vor, wobei sie sich nicht sicher war, ob sie überhaupt noch ein Zeitgefühl hatte. Ihr Kopf war leer bis auf einige Worte, die ziellos darin herumzuirren schienen. Worte wie Todesfall, Fremdeinwirkung, gewürgt, Flucht. Unbeteiligt sah sie etliche Wagen auf dem Parkplatz eintreffen. Ganz kurz fragte sie sich, ob es wohl in Ordnung war, dass hier niemand einen Parkschein zog, dann schalt sie sich selbst für diesen blöden Gedanken. Der Uniformierte, der ihren Namen notiert hatte, redete kurz mit den Neuankömmlingen, kam aber schnell zurück und wich Lara nicht mehr von der Seite.

Ein bulliger Mann mit einer aus dem Mundwinkel baumelnden Lakritzschnecke kam als Erster an die Stelle, an der die Leiche unter Mariens steinernen Augen im Gebüsch lag, danach trudelten immer mehr düster dreinblickende Männer ein. Sie zogen Absperrbänder in einem weiten Kreis um die Leiche herum, suchten mit gesenkten Köpfen und starken Lampen den Boden ab und steckten Kärtchen mit Nummern in die Erde. Jemand markierte die Stelle, an der Laras Schirm lag, nahm ihn auf und trug ihn zum Parkplatz. Ein Mann, der einen Koffer neben dem Gebüsch abgestellt hatte, beugte sich über die Leiche. Er hatte eine Stirnlampe aufgesetzt, sodass Lara anhand des Lichtkegels seine Blickrichtung nachvollziehen konnte. Die Arbeiten wurden fast schweigend erledigt, ab und zu verursachte der Blitz des Fotografen unheimliche Lichteffekte in der Dunkelheit. Lara stand die ganze

Zeit im Regen, den sie nicht mehr wahrnahm, und sah zu, wie die Tote schließlich in einen großen Sack gepackt wurde. Der Inhalt ihrer Jackentaschen war begutachtet und in Klarsichtbeutel gesteckt worden, die Nummernkärtchen wurden wieder eingesammelt. Irgendwann kam der Mann, dem immer noch die Lakritzschnecke am Kinn hing, mit einem Zettel in der Hand zu Lara. Er starrte sie einen Moment an.

»Sie haben die Tote gefunden?«

Lara nickte.

»Kennen Sie die Frau?«

»Ich habe ihr Gesicht nicht gesehen, die Haare waren darüber gefallen.«

Der Mann sah sie wieder mit einem durchdringenden Blick an und wechselte unvermittelt das Thema.

»Sie haben dem Kollegen gesagt, dass Sie zurzeit im Übersetzer-Zentrum wohnen?«

Lara nickte.

»Wie kommt es, dass gerade Sie die Frau in dieser dunklen Ecke finden?«

Lara zuckte die Schultern. »Was soll das heißen – gerade Sie?«

»Wollen Sie mir wirklich weismachen, Sie hätten sie nicht erkannt?«

Lara zitterte plötzlich, ob vor Kälte oder wegen der fürchterlichen Vorahnung, die sie langsam beschlich, hätte sie nicht sagen können. Die hellen, etwa schulterlangen Haare hatte sie gestern noch gesehen. Der goldene Ring am kleinen Finger war ihr aufgefallen. Er hatte der Hand etwas Puppenhaftes gegeben.

»Martine?« Lara spürte noch, wie ein Gefühl der Übelkeit ihren Magen überschwemmte und sich dann heiß und schwer im ganzen Körper ausbreitete.

Ihre nächste Wahrnehmung war die der Lakritzschnecke neben ihren Füßen, die über ihr schwebten.

»Na, da sind Sie ja wieder.«

Lara bemerkte, dass sie im nassen Gras lag. Der Mann mit der Stirnlampe hielt ihre Beine weiterhin senkrecht in die Luft.

»Was hat Sie denn so umgehauen?«

Sie schwieg.

»Sie sollten die Dame nach Hause bringen. Eine Vernehmung in diesem Zustand wird keine verwertbaren Ergebnisse bringen«, empfahl der Mann mit der Stirnlampe dem Kriminaler mit der Schnecke, der Lara offenbar schnell noch aufgefangen hatte, als sie vor ihm zusammengesackt war.

*

Dienstag, 23. November

Als am folgenden Morgen bei Piet Fiedler das Telefon klingelte, hockte er auf einem Esszimmerstuhl vor der Wohnzimmergardine und schaute durch einen kleinen Spalt in der Gardine gebannt auf eine große Schüssel mit Milchreis, die auf der Terrasse stand.

»So'n Schiet«, entfuhr es ihm, und er erwog, einfach nicht ans Telefon zu gehen. Aber so häufig klingelte der Apparat nicht, und Herr Fiedler wusste, dass seine Neugierde ihn den ganzen Tag quälen würde, wenn er jetzt nicht feststellte, wer ihn um diese Zeit anrief. Also verließ er seinen Beobachtungsposten und nahm den Hörer ab.

»Fiedler«, flüsterte er in die Muschel, als ob ihn jemand belauschen könnte.

»Hallo, Herr Fiedler, Lara Lewandowski hier. Sind Sie krank? Ihre Stimme hört sich so komisch an.«

»Nee, mein Deern. Ich stecke gerade in einer Observierung. Wie geht es in Krefeld?«

»Haben Sie nichts in der Zeitung gelesen? Oder im Radio gehört?«

»Ich bin einem Geheimnis in meinem Gartenhaus auf der Spur, da komme ich kaum zum Zeitunglesen.«

»Eine Übersetzerin ist gestern ermordet worden.«

»Sie meinen, eine von Ihren Übersetzerinnen in diesem Zentrum?« Herr Fiedler tastete nach einem Stuhl.

»Ja. Und ich habe sie gefunden.« Laras Stimme klang nicht so kraftvoll wie sonst.

»Kann ich Ihnen irgendwie helfen, mein Deern? Haben Sie schon mit Ihren Omas telefoniert?«

»Natürlich habe ich schon mit meiner Familie gesprochen. Und vielen Dank für Ihr Hilfsangebot, aber ich wüsste im Moment nichts, was Sie für mich tun könnten. Ich wollte mich nur melden, damit Sie sich keine Sorgen machen, falls Sie etwas in der Zeitung lesen und am Ende noch meinen, ich sei die Leiche.«

»Das ist wirklich sehr rücksichtsvoll, mein Deern. Ihr Ableben wäre auch gänzlich unpassend, schließlich zahlen Sie meine Rente.«

»Sie vergessen, dass ich demnächst in Frankreich arbeite und für Ihre Rente nicht mehr zur Verfügung stehe.«

»Dann finanzieren Sie eben einem Franzosen seinen späten Rotwein. Hauptsache, Sie passen auf sich auf. Mein Angebot, Ihnen Beistand jeglicher Art zu leisten, steht.«

Herr Fiedler ging nachdenklich wieder zu seinem Beobachtungsposten zurück. Mit vielen seiner Untermieter hatte er sich trotz des riesigen Altersunterschieds gut verstanden, und mit einigen von ihnen pflegte er weiterhin Kontakt. Dazu zählte in besonderem Maße Lara Lewandowski, die erst vor vier Wochen ausgezogen war, nachdem sie mehrmals aufregende Zeiten bei ihm verbracht hatte.

Herr Fiedler hatte ganz in Gedanken schon eine Weile auf die Milchreisschüssel gestarrt, bevor ihm klar wurde, dass etwa die Hälfte des Breis fehlte. Er nickte langsam und lächelte leicht.

»Das hab ich mir doch gedacht«, murmelte er, stellte den Stuhl wieder an seinen Platz zurück und begab sich in seinen Lieblingssessel, in dem er den Rest des Vormittags mit der Lektüre eines spannenden Krimis verbrachte.

*

In dem Zimmer, das Brigitte Hofmann der Kriminalpolizei zur Verfügung gestellt hatte, warteten zwei Männer auf Lara, die nach einer schrecklichen Nacht unausgeschlafen und wie gerädert zur Vernehmung erschien.

»Ich bin Kriminalhauptkommissar Watermann, aber wir kennen uns ja schon. Setzen Sie sich.« Sein Begleiter, der älter, kleiner und dicker war, stellte sich nicht namentlich vor.

Lara nahm schweigend Platz. Der kantige Mann ihr gegenüber wirkte in dem kleinen Zimmer noch massiger als gestern Abend, sein Haar war auch jetzt ungekämmt, und obwohl es noch früh am Morgen war, hing ihm schon wieder eine Lakritzschnecke aus dem Mundwinkel und zappelte leicht auf und ab, wenn er sprach. Diesem Kriminalhauptkommissar war sie gestern am Tatort filmreif in die Arme gesunken. Wie peinlich.

Er starrte sie schon wieder so intensiv an, dass sie sich fragte, ob sie eine Nudel an der Nase hängen hatte. Endlich senkte er den Blick und studierte seine Notizen.

»Sind Sie auch Übersetzerin?«

»Nein. Ich arbeite ab kommenden Mittwoch für das Europäische Netzwerk der Übersetzer-Zentren als Koordinatorin. Mein Arbeitsplatz wird in Arles sein. Man bat mich, vorher einige Tage in Krefeld zu verbringen, um das neue Übersetzer-Zentrum kennen zu lernen. Das tue ich zurzeit.«

»Soso, Sie verlassen das Land. Haben Sie noch einen Wohnsitz in Deutschland?«

»Nein. Meine Studentenwohnung habe ich aufgelöst, das kommende Wochenende bis Dienstag früh werde ich bei meiner Familie in Köln verbringen, und am ersten Dezember, also Mittwoch, trete ich die Stelle in Arles an.«

»Das glaube ich kaum.«

Lara überlegte, ob sie den wegen der Schnecke leicht nuschelnden Kriminalbeamten missverstanden hatte. Oder war das ein Scherz? Ein Blick in sein ernstes Gesicht machte diese Hoffnung zunichte.

»Was hatten Sie gestern an der Stelle zu suchen, an der Sie die Leiche gefunden haben?«

Lara berichtete detailliert.

»Der weiße Regenschirm mit dem Werbeaufdruck einer französischen Automarke, der neben der Leiche lag, das ist Ihrer, nicht wahr?«

»Ja, stimmt. Kann ich den wiederhaben?«

»Sobald das Labor damit fertig ist.«

Labor ...? Das Wort löste in Lara ein vages Gefühl von Unbehagen aus.

Watermann sprach bereits weiter. »Zuerst haben Sie behauptet, dass Sie die Frau nicht kennen.«

»Es war dunkel, und wegen der Haare konnte ich das Gesicht nicht sehen. Ich habe sie tatsächlich nicht erkannt. Immerhin hatte ich sie ja auch erst einmal ganz kurz gesehen.«

»Wann war das?«

»Am Sonntagabend bei einem gemeinsamen Abendessen mit den Übersetzern.«

»Aber als ich Sie gestern Abend ein zweites Mal fragte, ob Sie die Frau vielleicht doch kennen, ist der Groschen gefallen. Wodurch kam Ihnen in dem Moment die Erleuchtung?«

Verschwommene Bilder von nassem Haar und einem Ring tauchten in Laras Bewusstsein auf. »Es war keine Erleuchtung. Eher so, als ob der Schock, der mich am Denken hinderte, plötzlich weg gewesen wäre.«

»Aha.«

Der Gesichtsausdruck, der dieses »Aha« begleitete, gefiel Lara nicht. Sie hatte Mitleid erwartet, dass sie diesen grausigen Fund gemacht hatte. Oder Dankbarkeit, dass sie das Opfer entdeckt hatte, bevor der Regen die Spuren womöglich völlig vernichtet hätte. Aber davon war in den Augen unter den buschigen Brauen nichts zu finden. Aus diesem Blick sprach eher Wachsamkeit. So wie man sie jemandem entgegenbringt, dem man nicht glaubt … Lara schnappte nach Luft.

»Sie glauben doch wohl nicht, dass ich etwas damit zu tun habe?«

»Haben Sie denn?«

»Natürlich nicht! Was, zum Teufel, hätte ich denn für ein Motiv haben sollen?«

»Ein Motiv gibt es immer, und wenn es noch so unbegreiflich ist.« Watermann biss ein Stück von der Lakritzschnecke ab und zog an dem Rest, um sich das Ding wieder in den Mundwinkel zu klemmen.

Am liebsten hätte Lara laut gestöhnt. So ein arroganter Sack. Der hatte wohl zu viele Fernsehserien gesehen, in denen das Ermittlerduo Guter Bulle/Böser Bulle spielte. Dieser hier war also der böse Bulle, der jede Frage mit einer Gegenfrage abbügelte.

»Sie wurden gesehen, wie Sie sich an der Leiche von Martine Mirambaud zu schaffen machten und dann versucht haben, davonzulaufen.« Watermanns Stimme klang leidenschaftslos, fast gelangweilt.

Laras Antwort war umso hitziger. »Ich habe nach dem Puls gefühlt und wollte Hilfe holen, als ich merkte, dass kein Puls da war.«

»Wo wollten Sie Hilfe holen?«

»Auf dem Parkplatz ist eine Telefonzelle, von dort wollte ich die Polizei anrufen.«

»Haben Sie kein Mobiltelefon?«

»Ich hatte es nicht bei mir.«

»Das lässt sich ja nun leider nicht mehr nachprüfen. Aber das ist im Moment auch nebensächlich. Da Sie keinen festen Wohnsitz haben, muss ich Sie bitten, die Stadt nicht zu verlassen.«

Die Arbeitsplätze im Salon des Übersetzer-Zentrums waren an diesem Tag verwaist. In dem neu eingerichteten Institut, das Übersetzern aus aller Welt Arbeits- und Recherchemöglichkeiten bot, war gestern noch konzentriert gearbeitet worden. Heute lag eine lähmende Stille in den Räumen.

Lara fand einige Übersetzer in der Küche. Sie schwiegen. Charles hatte gerade eine Kanne Tee aufgebrüht.

»Hol dir eine Tasse und mach es wie die Briten: Glaube fest daran, dass ein Viertelliter braun gefärbtes Wasser die Kraft hat, Wunden zu heilen, die Monarchie zu erhalten und die Apokalypse zu verhindern.« Sein Spruch klang wie ein verzweifelter Versuch, die traurige Wahrheit nicht ganz so ungeschminkt hinnehmen zu müssen. Er stand in krassem Gegensatz zu Charles' geröteten Augen und seinem grauen Gesicht.

Lara befolgte den Rat und fühlte sich gleich besser. Aber nur etwas.

»Der glaubt doch tatsächlich, dass ich es war«, platzte sie heraus.

»Der *commissario*? Wie kommt er darauf?«, fragte Antonio.

Lara schüttelte den Kopf. »Diese Spaziergänger haben mich bei Martines Leiche gesehen. Und als ich zur Telefonzelle wollte, haben sie mir Flucht unterstellt. Und schon stehe ich unter Verdacht. Und jetzt schickt er auch noch meinen Regenschirm ins Labor.«

Charles, Stan, Antonio und eine weitere Frau, die sich als Heidi vorstellte, nickten, erwiderten aber nichts.

»Seid ihr auch verdächtig?«, fragte Lara.

Stan und Heidi schüttelten den Kopf. »Wir waren zur Tatzeit nicht in Uerdingen.«

»Steht die denn schon fest?«

Antonio, den Lara bisher ungewöhnlich schweigsam fand, konnte nun mitreden. »Die Tatzeit liegt zwischen sechs und halb sieben abends.«

Lara zuckte zusammen. »Woher weißt du das?«

Alle Blicke richteten sich auf Antonio.

»Um halb sieben hast du sie gefunden, und da war sie noch warm.«

Lara spürte, wie ihr schlecht wurde. Sie hatte zwar am Handgelenk nach einem Puls gesucht, dabei aber nicht wirklich realisiert, dass die Haut noch warm war. Warme Haut war normal. Vermutlich hätte sie es bemerkt, wenn die Haut kalt gewesen wäre. Der Mord war also unmittelbar vor ihrem Eintreffen geschehen.

»Die Bemerkung hat der Uniformierte fallen gelassen, der dich gestern Abend vom Tatort hierher gefahren hat. Hast du das nicht mitbekommen?«

Benommen schüttelte Lara den Kopf.

Die Küchentür wurde aufgerissen, und Watermann platzte herein. »Ist hier ein Herr Wegener?« Er sah sich um, erkannte aber offenbar alle anwesenden Übersetzer und verschwand ohne ein weiteres Wort.

»Che rùstico!«, kommentierte Antonio mit hochgezogenen Augenbrauen.

»Sonst noch Fakten, die mich in den Knast bringen?« Vor Laras Augen erschien eine Vision blasshäutiger Frauen in blauer Einheitskleidung, die in einer langen Schlange an der Essensausgabe standen und gräulichen Pamps auf ihre Teller geklatscht kriegten – eben irgendetwas, was man mit Löffeln essen konnte.

Stan tätschelte ihre Hand, sagte aber nichts. Er schien mit den Tränen zu kämpfen.

»Martine wurde von hinten erschlagen, Tatwaffe noch nicht gefunden. Sie wurde zwei Meter bis in das Gebüsch geschleift, in dem Lara sie gefunden hat. Die Info bekam Watermann während unseres Gesprächs.«

Charles' knappe Bemerkungen klangen in Laras Ohren anklagend.

Jetzt erinnerte sie sich auch wieder an einen Umstand, dem sie bisher keine Bedeutung beigemessen hatte. »Sie hatte den Ring noch am Finger. Außerdem wusste der Hauptkommissar schon am Tatort ihren Namen und dass sie hier wohnte. Daraus schließe ich, dass sie ihre Brieftasche noch bei sich hatte, also Raub als Motiv ausscheidet.«

Zustimmung wurde gemurmelt, dann verfielen die Übersetzer wieder in kollektive Grübelei.

»Ich hatte also das Pech, fast genau zur Tatzeit am Ort des Geschehens aufzutauchen, wurde beobachtet, wie ich mich erst über Martine beugte und dann das Weite suchte, und bin somit plötzlich zur Verdächtigen erklärt worden. Vermutlich schlichtweg mangels anderer Bewerber um diesen Posten.« Lara schüttelte wieder den Kopf und schwieg einen Moment.

»Ich kann nicht hier herumsitzen und darauf warten, dass die Schnarchnasen von der Polizei irgendwann einsehen, dass ich es nicht war«, erklärte sie plötzlich entschlossen. »Ich will wissen, wer Martine umgebracht hat. Und ich will meinen neuen Job antreten. Was macht das für einen Eindruck, wenn ich anrufe und meinem Chef erkläre, dass ich leider nicht kommen kann, weil ich die Hauptverdächtige in einem Mordfall bin. Noch dazu bei einem Mord an einer Übersetzerin!«

»Was willst du unternehmen? Du kannst den Kommissar nicht dazu zwingen, dass er dir glaubt.« Dieser Einwurf kam von Stan.

»Ich werde selbst ein paar Fragen stellen«, entschied Lara. »Und wenn es euch recht ist, fange ich gleich damit an. Wer hat eine Idee, was das Motiv betrifft?«

»Das ist Unsinn, Lara.« Heidis Stimme war schneidend. »Wir haben kein Motiv, Martine umzubringen.«

»Ich denke auch nicht, dass *ihr* ein Motiv habt, sondern dass wir gemeinsam herausfinden können, *wer* eins hatte. Ich brauche eure Hilfe, schließlich kanntet ihr Martine viel länger.«

Heidi sah noch immer nicht begeistert aus, nickte aber mit gesenktem Kopf. »Dann stell mal deine Fragen.«

Lara öffnete den Mund und schloss ihn wieder. »Das Problem ist: Ich weiß nicht, wo ich anfangen soll.«

»Martine war beliebt, ich denke, das kann ich für alle sagen, richtig?« Stan sah sich um und fand seine Worte bestätigt. »Sie arbeitete sehr ernsthaft, ging selten aus und war ein stiller Typ.«

»Sie telefonierte mindestens einmal die Woche mit ihren Eltern«, sagte Heidi. »Ob die Eltern sie jetzt hier identifizieren müssen?«

Diese Frage konnte niemand beantworten.

»Wie lange war Martine denn schon hier?«, wollte Lara wissen.

»Zwei Monate.«

»Hat sie sich in dieser Zeit verändert?«

»Sie hat abgenommen.«

Alle sahen Antonio an, von dem die Bemerkung gekommen war.

»Sie ist dünner geworden, besonders im Gesicht. Ist euch das nicht aufgefallen?«

Heidi sah nachdenklich auf die Tischplatte. »Ich fand, dass sie blass geworden ist. Aber das ist im Winter eigentlich normal. Zumal sie meist gearbeitet hat und selten an die frische Luft ging.«

»Hat Martine denn keine Ausflüge gemacht? Ich denke, dass man sich die Gegend, in der man ein paar Monate arbeitet, doch sicher ansehen will.«

Stan nickte. »Anfangs schon. Werner hat sie ein paar Mal mitgenommen. Er hatte sie quasi adoptiert, vielleicht kann er dir weiterhelfen.«

Lara fielen keine weiteren Fragen ein, und so machte sie sich auf die Suche nach Simon und Werner. Ersterer blieb unauffindbar, weshalb sie wenige Minuten später in Werner Bröders Zimmer auf dem Bett hockte.

»Fürchterlich«, sagte Werner jetzt zum dritten Mal, und Lara fand, dass das Wort nicht nur die Situation, sondern auch sein Aussehen treffend charakterisierte.

»So eine nette Frau. Sie wurde im selben Jahr geboren wie meine jüngste Tochter.«

Laras Blick wanderte zu dem Foto von drei Frauen um die dreißig, das auf dem Schreibtisch stand. Ihre Ähnlichkeit mit Bröder war unverkennbar.

»Du hast ein paar Ausflüge mit ihr gemacht, nicht wahr?«

»Ja, ich konnte Martine gleich gut leiden. Ich muss zugeben, dass ich als Vater von drei Töchtern eine Art Beschützerinstinkt gegenüber Frauen in dem entsprechenden Alter entwickle. Ich habe mich aber nicht aufgedrängt.« Werner unterstrich diese Feststellung mit einer Handbewegung. »Martine und ich, wir haben schnell festgestellt, dass das Leben in ihrer belgischen Heimat und das am Niederrhein einige Ähnlichkeiten aufweisen.«

»Inwieweit Ähnlichkeiten?«

Werner lächelte traurig. »Am Niederrhein ist nicht gerade der Bär los, weder kulturell noch wirtschaftlich. Es gibt noch viele bäuerliche Strukturen, kleine Dörfer, wo jeder jeden kennt. Das ist in den Ardennen auch so.«

Lara nickte.

»Kurz nach ihrer Ankunft habe ich sie gefragt, ob sie mit zum Polterabend meiner jüngsten Tochter kommen wollte. Susanne, das ist meine Tochter, ist nämlich mit einem Kleinkünstler liiert. Die beiden haben für ihre große Feier in Goch die Weltbühne Hassum gemietet und ein niederrheinisches Kabarettprogramm auf die Beine gestellt. Ich habe ihr versprochen, dass sie bei dieser Gelegenheit viel über den hiesigen Menschenschlag lernen würde.«

»Und du hast sicher nicht zu viel versprochen?«

Wieder zeigte Werner ein Lächeln, diesmal leicht wehmütig. »Nein, es war wirklich köstlich. Ich habe Martine nie wieder so herzhaft lachen sehen.«

»Habt ihr noch mehr Ausflüge gemacht?«

»Wir waren einmal in Kamp-Lintfort und einmal in Emmerich, das ist meine Heimatstadt. Aber in den letzten drei Wochen war Martine sehr still und saß die meiste Zeit in ihrem Zimmer. Bei der Arbeit, vermute ich.«

»Ich glaube nicht, dass mir das wirklich weiterhilft.« Lara ließ die Schultern hängen.

»Letzte Woche hat Martine sich von mir einen Stadtplan von Mönchengladbach ausgeliehen.«

»Weißt du, was sie dort wollte?«

»Sie hatte mich gefragt, wo die Straße ›An der Flieschermühle‹ ist. Ich habe versucht, ihr den Weg zu erklären, habe mich aber ein bisschen verheddert. Jedenfalls habe ich ihr dann den Plan gegeben. Was sie dort wollte, hat sie nicht gesagt, und ich wollte sie nicht ausfragen.«

ZWEI

Herr Fiedler hatte sich so daran gewöhnt, dass sein Freund Theo Streckbein jetzt in dem ehemaligen Studentenstudio unterm Dach wohnte, dass er ihn bereits vermisste, obwohl Theo nur für drei Tage verreist war.

Seine schlohweißen Haare standen Herrn Fiedler wirr in alle Richtungen vom Kopf ab, als er, ganz entgegen seiner Gewohnheit, an diesem Morgen loszog, um Brötchen zu kaufen.

»Habe ich jetzt einen Anteil an dieser Bäckerei erworben, oder wofür wollen Sie so viel Geld haben?«, fragte er die Verkäuferin, die ihn freundlich bedient hatte.

»Wann haben Sie denn das letzte Mal Brötchen gekauft?«

Aha, dachte Herr Fiedler, der Kabarettist in Smoking und Trenchcoat, der gestern Abend im Fernsehen war, hatte also doch Recht. Frage, Gegenfrage, typisch Frau, hatte der Typ verkündet. Hier stand nun der lebendige Beweis.

»Das muss kurz nach der Währungsreform gewesen sein.«

Die Frau lachte. »Damit meinen Sie sicher nicht den Wechsel von der D-Mark zum Euro, oder?« Sie zwinkerte ihm zu.

»Sagen Sie mal«, Herr Fiedler drehte sich an der Tür noch mal um, nachdem er ihre letzte Frage verneint hatte, »was essen denn Kinder heutzutage gern zum Frühstück?«

»Was für Kinder?«

»Gibt es da Unterschiede?«

Die Verkäuferin lachte schon wieder, was Herr Fiedler sympathisch fand. Er beschloss, ihr die Gegenfrage von vorhin nicht nachzutragen.

»Kleinere Kinder mögen gern Schokocroissants. Wenn sie größer werden, essen sie Brötchen mit Salami, Ei oder Käse.«

Wieder zu Hause schmierte Herr Fiedler zwei Brötchen mit Butter, legte Salami auf das eine und Käse auf das andere und klappte sie zu. Dann kochte er Kakao und trug, als das Getränk in der Tasse dampfte, alles auf die Terrasse. Die Gardinen zur Terrasse ließ er offen, dann ging er demonstrativ aus dem Wohnzimmer und schloss die Tür hinter sich.

In der Küche sah er auf die Uhr. Theo kam erst nachmittags im Rheydter Bahnhof an, bis dahin blieb also noch reichlich Zeit, um –

Es klingelte.

»Na, das ist aber eine Überraschung, mein Deern. Kommen Sie rein!«

Herr Fiedler trug seine übliche Kluft bestehend aus schwarzer Jeans, bügelfreiem Karohemd und einer roten und einer grünen Socke. Zusammen mit seinem Stock komplettierte eine schon leicht fadenscheinige Strickjacke seine Kleidung an diesem kalten Tag.

Lara fühlte sich gleich wohler. Schon die Fahrt von Uerdingen hierher hatte ihre Anspannung etwas gelöst. Das niederrheinische Flachland weckte heimatliche Gefühle in ihr, obwohl sie die meiste Zeit ihres Lebens in Paris, Köln und zuletzt Münster verbracht hatte. Aber diese Landschaft hatte etwas, das ihr gefiel. Ob es die Pappelalleen waren, die Weiden oder die kompakten Häuser aus dunkelrotem Ziegelstein, hätte sie nicht sagen können. Vielleicht alles zusammen.

Der Weg nach Rheydt war ihr in den letzten Jahren in Fleisch und Blut übergegangen, und ganz automatisch hatte sie ihr Auto in der Einfahrt des verklinkerten Hauses abgestellt und in ihrer Tasche nach dem Schlüssel gesucht, bis ihr einfiel, dass sie keinen mehr besaß.

In diesem Haus hatte sie etliche Monate gewohnt, mit Herrn Fiedler seinem irischen Frühstücksfimmel gefrönt und ganze Nächte lang mit ihm auf der Terrasse gesessen und über seine Erlebnisse als Kapitän eines Frachtschiffes palavert. Jacques LeGrand war ebenfalls hier gewesen, und auch er hatte den kauzigen alten Herrn in sein Herz geschlossen. In diesem chaotischen Haushalt, in dem alles seine für Außenstehende undurchschaubare Ordnung hatte, war es regelrecht entspannend, wie Lara immer wieder feststellte.

Lara ging automatisch Richtung Wohnzimmer, wurde aber von Herrn Fiedler in die Küche bugsiert und mit frischem Tee versorgt.

»Wenn es Ihnen nur annähernd so schlecht geht, wie Sie aussehen, sollten Sie sich im Bett verstecken und auf bessere Zeiten warten, anstatt einem alten Knaben einen Anstandsbesuch abzustatten.« Herr Fiedler betrachtete sie mit besorgtem Blick. »Ich will nichts sagen, was eine hübsche junge Frau als Beleidigung auffassen könnte, aber Sie sehen wirklich ganz miserabel aus.«

»Mit Anstand hat dieser Besuch nichts zu tun«, winkte Lara ab. »Ich könnte jetzt doch Ihre Hilfe brauchen.«

»Dann legen Sie mal los, mein Deern.«

»Martine, die Übersetzerin, wurde erschlagen«, begann Lara und hatte dabei wieder das Bild der Frau vor Augen, wie sie im nassen Matsch lag. »Ihr Pullover war hochgerutscht, vermutlich ist das passiert, als der Täter sie in das Gebüsch schleifte.« Sie erinnerte sich an die Verlegenheit, die sie empfunden hatte, als all die Männer am Tatort auf die halb entblößte Frau starrten. Sie spürte, wie ihr die Tränen in die Augen traten, und schluckte.

Herr Fiedler kramte in seiner Hosentasche nach einem Taschentuch, das er ihr reichen konnte, fand aber offenbar nur ein Exemplar mit Gebrauchsspuren und steckte es schnell wieder ein.

»Der Kriminalhauptkommissar jedenfalls verdächtigt mich!«

Herr Fiedler blickte irritiert. »Sie? Der meint doch nicht im Ernst, dass Sie die Frau umgebracht haben? Wie kommt er denn auf diese unglaubliche Idee?«

Lara sprach jetzt wieder mit fester Stimme. »Ich weiß nicht, was in seinem wirren Geist vor sich geht. Er redet nicht viel, und mir verrät er natürlich sowieso nichts. Der Typ hat keinerlei Ähnlichkeit mit meiner Vorstellung von einem ernsthaften und seriösen Kommissar. Er hat ständig eine Lakritzschnecke aus dem Mund hängen!«

Herr Fiedler schüttelte sich.

»Aber da waren zwei Spaziergänger, die mich bei Martines Leiche gesehen haben, und offenbar gibt es sonst bisher keine Spur. Also bin ich zurzeit die Hauptverdächtige. Kommissar Watermann hat mir klar gemacht, dass ich nach jetzigem Stand der Dinge meine Abreise nach Frankreich erst mal vergessen kann.«

Herr Fiedler überlegte einen Moment. »Sie sagten, sie ist erschlagen worden. Was wissen wir über die Tatwaffe?«

Lara atmete auf. Herr Fiedler hatte »wir« gesagt. Sie hatte die Leidenschaft ihres ehemaligen Vermieters also richtig eingeschätzt: Er hatte gedanklich bereits die Ermittlungen aufgenommen. »Der berühmte stumpfe Gegenstand, bisher nicht gefunden.«

»Ein herumliegender Stein?«

»Ich weiß es nicht. Mir sagt die Polizei nichts. Im Moment untersuchen diese Spinner meinen Regenschirm ... Ein Stein, sagen Sie? Wie soll man das überhaupt feststellen, wenn man das Ding nicht findet?«

»Nun, wenn Dreck an der Wunde ist, könnte es ein herumliegender Stein gewesen sein.«

Lara nickte. »Ich werde versuchen, darüber etwas herauszufinden.«

»Gibt es ein Motiv? Raub?«

»Offenbar nicht. Brieftasche und Schmuck waren noch da.«

»Hatte sie vielleicht eine Handtasche bei sich, die gestohlen worden sein könnte?«

Lara wunderte sich, dass sie daran nicht selbst gedacht hatte, zuckte dann aber die Schultern. »Könnte natürlich sein, aber was wäre in der Handtasche gewesen, wenn ihr Portemonnaie mit Ausweispapieren in der Jacke war?«

»Die Frage, was Frauen in ihren Handtaschen durch die Gegend tragen, dürfen Sie mir nicht stellen, mein Deern. Das ist für mich eins der großen Rätsel der Menschheit, direkt hinter dem Geheimnis der Riesenköpfe auf den Osterinseln.«

Lara lächelte leicht, was Herrn Fiedler augenscheinlich erleichterte.

»Verstehen Sie mich nicht falsch, mein Deern, ich freue mich sehr, dass Sie gekommen sind. Aber warum gerade zu mir?«

Lara grinste. Herr Fiedler fischte wieder nach Komplimenten. Gemeinsam hatten sie erst vor wenigen Wochen das Geheimnis eines zweihundert Jahren alten Schatzes im Gladbacher Münster gelüftet und fast nebenbei noch einen Mord aufgeklärt. Sie wusste genau, wozu der Mann, der aufgrund seines Alters von den meisten Menschen unterschätzt wurde, fähig war. Außerdem brauchte sie Hilfe in Mönchengladbach. Diese Hilfe würde sie genau hier, bei ihrem ehemaligen Vermieter und erprobten Privatermittler, bekommen.

»Ich weiß nicht, welche Spuren die Polizei verfolgt. Mindestens eine davon bin allerdings ich selbst, und diese Spur führt total in die Irre.«

»Davon bin ich überzeugt, mein Deern. Aber auch das erklärt noch nicht, was ich dabei soll.«

»Ich halte es für sinnvoll, selbst etwas zu meiner Entlastung zu tun. Also habe ich mich bei den anderen Übersetzern nach allem erkundigt, was mir als Anhaltspunkt bei meinen Recherchen dienen könnte. Die einzige Spur, die ich bisher finden konnte, führt nach Mönchengladbach. Martine war offenbar letzte Woche hier in der Stadt.«

»Was wollte sie hier?«

»Genau das sollen Sie herausfinden. Alles, was ich habe, ist ein Straßenname, den ein Übersetzerkollege ihr aus seinem Stadtplan herausgesucht hat.«

»Wenn die Polizei dieser Spur folgt, wird sie etwas herausfinden, auch ohne unterwegs über einen alten Möchtegern-Detektiv zu stolpern.« Das Leuchten in Herrn Fiedlers Augen strafte seine ablehnenden Worte Lügen.

»Ich habe keine Ahnung, ob diese Fahrt nach Gladbach überhaupt wichtig ist. Und ich weiß auch nicht, ob die Krefelder Polizei diese Sache verfolgt oder ob sie Amtshilfe in Mönchengladbach beantragen muss, und wenn ja, ob sie sich diese Mühe schon gemacht hat. Aber mir eilt es, erstens diesen Verdacht loszuwerden und zweitens meine Arbeitsstelle anzutreten …«

»… und drittens den netten Herrn Professor wieder zu sehen?«, vollendete Herr Fiedler augenzwinkernd. »Also, mein Deern, um welche Straße geht es?«

*

Juli 1854, M. Gladbach

Louis Gaston bemühte sich um den gemessenen Schritt, den er sorgfältig eingeübt hatte. Als Unternehmer, der er seit einem Jahr war, fühlte er sich durchaus einer gewissen Form verpflichtet. Besonders heute. Den inneren Aufruhr, in dem er sich befand, wollte er geheim halten. Solange er nicht wusste, wie er seinem Kompagnon Johannes Mühlenberg erklären sollte, dass das Unternehmen praktisch insolvent war, würde er so tun, als gingen das Leben und die Geschäfte den üblichen Gang. So zügelte er seinen Schritt, der ihn von seiner Wohnung in der Weiherstraße zur Crefelder Straße führte, und wappnete sich innerlich für den Gesellschaftsabend in der »Erholung«, den er heute zwar verfluchte, aber auch nicht versäumen wollte. Besser, er verhielt sich ganz und gar normal.

Wie sich herausstellte, meinte die Vorsehung es gut mit dem Mann, der unter Aufbietung aller Willenskraft äußerlich ruhig das Gebäude in der Crefelder Straße betrat und die Freitreppe hinaufstieg, um sich im Gesellschaftszimmer zu den bereits anwesenden Herren zu gesellen, die allesamt korrekt gekleidet und frisiert waren. Er musste kurz lächeln, als er sich an einen Abschnitt des Regelwerkes aus den Anfangsjahren der Gesellschaft erinnerte. Dort wurde darauf hingewiesen, »dass eine nachlässige Kleidung despektierlich gegenüber den anderen Mitgliedern erscheinen muss, weshalb der Direkteur berechtigt ist, Mitglieder in Pantoffeln und Schlafmützen von den abendlichen Versammlungen auszuschließen«. Diese Zeit war lang vorbei, damals hatte die Gesellschaft noch nicht einmal den Namen »Erholung« getragen.

Im Gesellschaftszimmer zeigte niemand Interesse an Gastons Verfassung, denn die allgemeine Unterhaltung drehte sich um Quirin Croon. Besser gesagt um seine Leiche, denn der alte Croon hatte das Zeitliche gesegnet.

Gaston setzte sich etwas abseits und orderte Wein. Er nahm einen großen Schluck und atmete auf. Croon war tot. Im nächsten Moment quälte ihn das schlechte Gewissen. Der alte Croon war ein hervorragender Unternehmer gewesen und ein herzensguter Mann. Er hatte sich für diese Stadt, aus der Gastons Mutter stammte und die ihm selbst inzwischen zur Heimat geworden war, stark gemacht, hatte die Situation der Arbeiter zu verbessern versucht und das Handelsgericht nach Gladbach gebracht, obwohl die Krefelder sich mit aller Kraft dagegen gewehrt hatten.

Aber Gaston konnte nicht anders, er war erleichtert über diesen Verlust. Croon hatte ihm Geld geliehen. Sehr diskret. Vermutlich wusste niemand davon. Und diese Tatsache würde Gaston jetzt eine Gnadenfrist gewähren, in der er sich schnellstens überlegen sollte, wie er das Unternehmen vor dem Untergang retten konnte.

Gaston bemerkte, dass er melodramatisch wurde. Ich sollte mit dem Trinken aufhören, dachte er und orderte mehr Wein. Er sollte mit so vielen Dingen aufhören. Gaston leerte sein Glas. Für heute war er noch einmal davongekommen.

*

Als Lara abends zum Übersetzer-Zentrum zurückkam, fand sie die Bewohner wieder fast vollständig in der Küche versammelt. Brigitte Hofmann trat kurz nach Lara ein.

»Wir haben zwei Probleme«, begann Brigitte mit ernstem Gesicht. »Erstens bittet Kommissar Watermann jeden, der über den Verbleib von Simon Wegener etwas weiß oder etwas erfährt, ihm dies unverzüglich mitzuteilen. Simon ist der einzige Bewohner des Zentrums, der bisher nicht als Zeuge befragt werden konnte.«

Lara sah sich erstaunt um. Jetzt erst fiel ihr auf, dass sie Simon tatsächlich seit Montagmittag nicht mehr gesehen hatte.

Brigitte sprach weiter. »Zweites Problem: Offenbar sind Unterlagen aus Martines Zimmer verschwunden.«

Charles dolmetschte für zwei Koreanerinnen, deren Namen Lara noch nicht kannte.

»Wie kann das sein?«, fragte Heidi. »Die Polizei hat das Zimmer doch versiegelt.«

Stan und Antonio wechselten einen schnellen Blick, den Lara aus dem Augenwinkel bemerkte.

»Was ist?«, fragte sie.

»Es gibt in manchen Zimmern mehr als eine Tür.«

Jetzt war es an den Frauen, Blicke zu wechseln. Nur Jamela sah starr zu Boden.

»Die Kommissare können doch nicht so blöd sein, dass sie eine Tür versiegeln, eine zweite aber nicht.« Heidi runzelte die Augenbrauen.

»Die Verbindungs- und Zweittüren, die in einigen Zimmern existieren, sind alle verschlossen«, sagte Brigitte Hofmann. »Wir standen bei der Renovierung vor der Frage, ob wir einfach alle ungenutzten Türen zumauern oder sie als gestalterisches Element in den Zimmern erhalten. In einigen kleineren Räumen haben wir sie zugemauert, in den größeren wurden sie belassen.«

»Und dann hat man die Türen abgeschlossen und die Schlüssel weggeworfen?« Heidis Augenbrauen stiegen in die Höhe.

»Unwahrscheinlich. Eher denkbar ist, dass irgendwo in einem Kellerraum ein kleines Kästchen mit allen Schlüsseln steht, das ich bis jetzt noch nicht gefunden habe. Ich jedenfalls habe in meinem Fundus nachgesehen und festgestellt, dass ich keine Schlüssel besitze, die dazu gehören könnten. Die Türen haben schließlich keine Funktion mehr, sondern sind gewissermaßen fester Bestandteil der Wand.«

»Ist diese besagte Tür denn jetzt offen oder abgeschlossen?«, fragte Charles so zögerlich, als wolle er die Antwort gar nicht hören.

»Abgeschlossen.«

»Und wer hat bemerkt, dass etwas fehlt?«, wollte Lara wissen.

»Die Beamten von der Kripo waren hier und haben das Zimmer genau untersucht. Dabei stellte der eine, der die richtige Zimmertür versiegelt hatte, fest, dass der Schreibtisch leer war, während gestern Abend, als die Herren Lara nach Hause gebracht haben, noch jede Menge Papier darauf gelegen hatte.« Brigitte Hofmann drehte unablässig an ihrem Armband.

Antonio fasste zusammen. »Also ein klassischer Fall. Zwei verschlossene Türen, eine ist sogar versiegelt, und trotzdem verschwindet Beweismaterial. In einem schottischen Schloss würde man jetzt an spukende Geister denken, aber hier …? Irgendwelche Ideen?«

Charles rutschte auf seinem Stuhl hin und her, während er mit leiser Stimme sprach. »Es gibt einige Schlüssel in diesem Haus, die zu allen möglichen Türen passen.«

Einen Moment war es ganz still. Dann räusperte Heidi sich. »Jetzt würde mich aber mal interessieren, woher du das weißt.«

»Das war Zufall. Ich wollte in Zimmer sechs, das ja zurzeit nicht belegt ist, das japanisch-englische Wörterbuch der häufigsten Krankheiten der Koi-Karpfen holen und habe ganz in Gedanken mit meinem eigenen Schlüssel nachher abgeschlossen. Er passte. Danach habe ich aus reiner Neugier noch ein paar Tests gemacht und eine weitere Tür gefunden, die ich mit meinem Schlüssel öffnen kann. Die Abstellkammer neben Zimmer Nummer zwölf.«

Jamela hatte, während Charles sprach, den Kopf in die Hände sinken lassen.

»Hast du deine Tests auch an meiner Tür durchgeführt?«, wollte Heidi wissen.

»Nein. Bewohnte Räume habe ich nicht getestet außer Simons, der gerade aus seinem Zimmer kam und dem ich von meiner Entdeckung erzählte. Bei ihm passte mein Schlüssel aber nicht.«

»Wie kann das sein?« Brigitte Hofmanns Stimme klang brüchig.

Werner, der einzige waschechte Niederrheiner in dieser internationalen Runde, ergriff das Wort. »Die Türschlösser sind alt, und früher gab es nicht für jede Tür ein einzigartiges Schloss mit einem einzigartigen Schlüssel. Man kann heute noch diese Zimmerschlüssel nachkaufen, die nach einem bestimmten Muster tausendfach hergestellt wurden und auf eine bestimmte Schlösserserie passen. Üblicherweise wurden in einem Haus möglichst unterschiedliche Serien eingebaut. Aber wenn es mal einen Engpass gab …« Er brauchte nicht weiterzusprechen, die anderen hatten verstanden.

»Wer weiß sonst noch davon?« Brigitte, deren Gesicht inzwischen die Farbe eines sprichwörtlichen Leichentuchs angenommen hatte, sah sich um.

Antonio hob die Hand. »Und Simon.«

*

Theo Streckbein wunderte sich, dass sein Freund nicht zu Hause war. Auf dem Küchentisch fand er einen Zettel: »Komme gegen siebzehn Uhr wieder.« Auf der Terrasse standen ein leerer Teller mit ein paar Krümeln und eine Tasse mit Kakaorändern. Theo stieg kopfschüttelnd die Treppe hinauf in seine Studio-Wohnung, packte die kleine Reisetasche aus und legte sich auf die Couch.

Er lag mit offenen Augen da und starrte die Decke an. Dies war nun sein Zuhause. Beruhigt stellte er fest, dass ihn dieser Gedanke nicht erschreckte. Es tat ihm zwar ein bisschen Leid um das Haus in Wegberg-Arsbeck, in dem er so viele glückliche Jahre mit seiner Frau verbracht hatte. Aber dort war es doch sehr ruhig geworden, und hier bei seinem Freund war immer etwas los. Zwar gab es keine Untermieter mehr, denn unterm Dach wohnte ja nun er selbst. Doch Kinos, Theater, die Rheydter Innenstadt und somit auch die Stadtbücherei waren fußläufig erreichbar, und das nutzten er und sein Freund weidlich aus. Und Piet Fiedler selbst war mit seinen häufig recht unkonventionellen Ideen schon eine Attraktion für sich.

Theos Augen fielen zu, das Alter erforderte ein Nickerchen nach den Strapazen der letzten Tage.

Geweckt wurde er kurze Zeit später durch das markerschütternde Getöse der Schiffsglocke, die unten im Flur hing und ein Andenken an Fiedlers Zeit bei der Handelsmarine war. Piet Fiedler, der von Theo wegen seiner Liebe zu Irland »Patrick« genannt wurde, deutete wohl auf seine wenig dezente Art an, dass er zurückgekehrt war. Lächelnd ging Theo hinunter.

»Ich dachte, ich hätte im Flur ein kleines Geräusch gehört, da wollte ich mal nachsehen, ob du es bist.«

»Ich hoffe, du hast dich auf deiner Urlaubsreise anständig ausgeruht, wir haben Arbeit«, erwiderte Herr Fiedler, der auf dem Bänkchen im Flur saß und die Straßenschuhe gegen seine Wollpantoffeln tauschte.

Theo, der die letzten beiden Nächte sehr unbequem im Gästebett seines ehemaligen Nachbarn in Wegberg-Arsbeck geschlafen und die Tage damit verbracht hatte, sein nun verkauftes Haus auszuräumen, stöhnte leise. »Als ich mich entschlossen habe, zu dir zu ziehen, war mir nicht klar, dass ich in einem Arbeitslager wohnen werde.«

»Lara war hier. Sie braucht unsere Hilfe.«

Theo kannte Lara, die letzte Untermieterin des Studios, in dem nun er wohnte. »Was hat sie denn für ein Problem?«

»Sie steht unter Mordverdacht.«

Theo blieb stehen, als sei er gegen eine Wand gelaufen. »Heiliger Patrick, damit macht man keine Scherze.«

Er setzte sich gemeinsam mit seinem Freund an den Wohnzimmertisch und hörte sich kopfschüttelnd die ganze Geschichte an.

»Und was sollen wir jetzt tun?«

»Lara hat mir eine Straße in Gladbach genannt, die für die Tote vielleicht wichtig war. Dort war ich gerade. Es handelt sich um die Straße ›An der Flieschermühle‹.«

»Wo ist das?«, fragte Theo nach kurzer Überlegung.

»Zwischen Fliethstraße und Lüpertzender Straße am Fuß des Abteibergs.«

»Und was ist dort so Besonderes?«

»Nichts.«

Theo schaute irritiert. »Nichts? Wenn da nichts wäre, wäre da auch keine Straße. Schon gar nicht mitten in der Stadt.«

»In dieser Straße gibt es zwei Häuser, die allerdings leer stehen, ein paar Flaschencontainer, Werbetafeln und einen Parkplatz.«

»Aha.«

Einen Moment schwiegen beide.

»Was ist das für ein Parkplatz?«, fragte Theo in die Stille hinein.

»Theo, du bist auf der richtigen Spur«, antwortete Herr Fiedler mit einem breiten Grinsen. »Im vorderen Teil ist es ein öffentlicher Parkplatz. Wenn man weiter durchfährt, kommt man an eine Schranke, die zum Firmenparkplatz einer traditionsreichen Gladbacher Textilfabrik führt. Genauer gesagt handelt es sich um eine Weberei: Gaston & Cie.«

»Und du meinst, dass das wichtig ist?«

»Das weiß ich noch nicht. Ich frage mich nur, warum eine Frau nach einer Straße in Mönchengladbach suchen sollte, in der es außer einem öffentlichen Parkplatz, besagten Containern und Werbetafeln nichts gibt.«

Theo zuckte die Schultern.

»Also bleibt das einzig Interessante an dieser Straße der Firmenparkplatz dieser Weberei.«

Theo blickte nachdenklich in den winterlichen Garten hinaus. Von der Blumenpracht, die im Sommer ein nur mäßig in Schach gehaltenes, vielfarbiges Chaos bildete, waren nur noch einige verwelkte Blüten und wenige kahle Stängel zu sehen. Sein Blick blieb auf der Terrasse hängen. »Dann stehe ich im Moment vor zwei

Rätseln. Erstens, welche Verbindung besteht zwischen einem Mordfall an einer Übersetzerin in Krefeld und der Gladbacher Traditionsfirma Gaston & Cie., und zweitens, was soll das Geschirr auf unserer Terrasse?«

Herr Fiedler schlug sich mit der Hand an die Stirn. »So'n Schiet. Das habe ich ja ganz vergessen.«

Theo folgte seinem Freund in die Küche, wohin dieser mit einer in Anbetracht seiner Gehbehinderung blitzartigen Geschwindigkeit verschwunden war, und beobachtete die Zubereitung von zwei Frikadellenbrötchen und einer großen Tasse heißer Brühe.

»Nimm du die Brühe«, ordnete Herr Fiedler an und nahm den Teller mit den Brötchen in die linke Hand, da er die Rechte für seinen Stock brauchte. Dann tauschte er die Teller auf der Terrasse aus und bedeutete Theo, mit den Tassen ebenso zu verfahren.

Wieder im Wohnzimmer beobachtete Theo, wie Herr Fiedler die Vorhänge bis auf einen Spalt zuzog und das Licht löschte. Er starrte auf den Spalt, durch den ein Eckchen der Terrasse zu sehen war.

»Ich hab schon gehört, dass alte Knaben manchmal etwas wunderlich werden«, begann Theo, wurde aber von einem energischen »Psssst« gestoppt.

Im Flüsterton fuhr er fort. »Bitte erklär mir die Situation in einfachen und verständlichen Worten, sonst muss ich mir ernsthafte Sorgen um deinen sowieso etwas fragwürdigen Geisteszustand machen.«

»Ich glaube, im Gartenhaus wohnt jemand.«

Theo wartete auf weitere Erläuterungen, die aber nicht kamen. »Wer?«

»Vermutlich ein Junge.«

»Was für ein Junge?«

»Da!« Herr Fiedler zeigte nach draußen, wo eine schattenhafte Bewegung im Dämmerlicht vor dem Wohnzimmerfenster wahrzunehmen war. Die beiden alten Männer strengten sich an, mehr zu erkennen, aber es war nichts mehr zu sehen.

»Du erinnerst dich an den Topf Gulaschsuppe, von dem wir an dem Abend vor deiner Abfahrt gegessen haben?«

Natürlich erinnerte Theo sich. Sein Freund hatte die Suppe so stark gewürzt, dass er in der Nacht vor Durst kaum hatte schlafen können.

»Ich habe den Topf mit dem Rest Suppe auf die Terrasse gestellt, und am nächsten Morgen war fast nichts mehr drin. Erst dachte ich an die Katzen aus der Nachbarschaft, aber der Deckel lag wieder ordentlich auf dem Topf. Außerdem essen Katzen nichts, was so stark gewürzt ist.«

»Schlaue Tiere«, murmelte Theo und erntete dafür einen schrägen Seitenblick.

»Am nächsten Tag brachte Frau Heidrich Kuchen rüber, sie hatte wohl nicht mitbekommen, dass du nicht da warst.«

Theo, dem die Avancen der Nachbarin zwar schmeichelten, aber auch etwas peinlich waren, errötete leicht.

»Dasselbe Spiel«, fuhr Herr Fiedler fort. »Ein Stück Kuchen weg, Alufolie wieder ordentlich drüber. Dann habe ich gezielte Tests gemacht. Milchreis, Brötchen, Kakao. Einmal habe ich eine schemenhafte Gestalt gesehen. Ich bin sicher, es ist ein Junge.«

»Was machen wir denn jetzt mit ihm?«

»Wir machen es so wie vor zwei Jahren mit dem Eichhörnchen in deinem Garten. Wir füttern es und hoffen, dass es immer zutraulicher wird, sodass wir es eines Tages streicheln können.«

*

November 1854, M.Gladbach

»Sehen Sie sich das einmal an, Herr Gaston!«

Johannes Mühlenberg, Gastons Kompagnon mit dem kaufmännischen Interesse einer Mastgans, aber dem technischen Geschick eines großen Erfinders, legte eine Zeichnung auf Gastons Pult.

»Was ist das?«, fragte Gaston, der das Papier in die Hand nahm und eingehend betrachtete.

»Das ist ein neuer Webschütz und die Vorrichtung zum Schuss. Damit werden die Maschinen schneller.«

»Aha.« Gastons Verständnis von Maschinenbau und Ingenieurskunst war mindestens ebenso gering wie Mühlenbergs Kenntnisse der Unternehmensführung. Jetzt allerdings hatte er verstanden,

dass dieses Ding das Teil war, mit dessen Hilfe der Querfaden – Schuss genannt – durch die Längsfäden, die Kette, praktiziert wurde. Die Grundzüge der Weberei waren ihm vertraut, genauso wie Mühlenberg addieren und subtrahieren konnte. Weitere Details interessierten ihn nicht. Gaston kümmerte sich um die Beschaffung des Garns und die Pflege der Kundenkontakte. Und er versuchte, die desolate finanzielle Situation des Unternehmens vor jedem anderen Menschen zu verheimlichen, auch vor seinem Partner.

»Wie viel schneller?«, wollte Gaston wissen. »Wie viele Ellen können wir damit zusätzlich produzieren?«

Mühlenberg hob die Schultern. »So genau kann ich das nicht sagen, Herr Gaston. Das müssen wir abwarten.«

Gaston bemühte sich, seine Ungeduld zu zähmen. Abwarten war genau das, was ihm stets am schwersten fiel. Es half zwar manchmal, wie der glückliche Tod seines größten Gläubigers Croon vor ein paar Monaten gezeigt hatte. Aber er konnte kaum darauf hoffen, dass alle seine Gläubiger der Reihe nach starben.

»Nun, dann probieren wir es aus.« Mit diesen Worten reichte Gaston die Zeichnung an Mühlenberg zurück.

»Wir müssen die Maschinen umrüsten und die Schütze herstellen lassen.«

Gaston ahnte Schreckliches. »Was wird das kosten?«

»Ich habe noch keinen Preis erfragt.«

»Versuchen Sie, es günstig zu bekommen, Herr Mühlenberg. Und versuchen Sie, die Sache exklusiv für uns fertigen zu lassen. Wenn nächsten Monat alle Unternehmen schneller und mehr produzieren, haben wir nicht viel gewonnen.«

Mühlenberg holte Luft, als wolle er noch etwas einwenden, drehte sich dann aber wortlos um und verließ das Büro. Gaston seufzte. Dieses Thema war immer ein Streitpunkt zwischen ihnen. Mühlenberg, der vom Geschäft keine Ahnung hatte, wollte mit seinen Erfindungen einfach nur die Webtechnik voranbringen und wäre vermutlich sogar glücklich gewesen, wenn die Neuerungen innerhalb kürzester Zeit allgemein Verwendung fänden. Gaston hingegen musste wirtschaftlich denken und war froh, wenn er jetzt seine Produktivität steigern konnte, bevor die von den führenden Gladbacher Unternehmern ins Leben gerufene Aktiengesellschaft im nächsten Jahr den Betrieb aufnahm. Die Situation war jetzt bereits schwierig genug. Das Geld, das seine Mutter ihm heimlich gegeben hatte, war längst weg. Seine Spielschulden waren gestundet, aber nun, da das Unternehmen lief, kamen seine Gläubiger und wollten ihr Geld. Auch die Miete für den Shedraum im Lüpertzend, in dem die Webstühle standen, sollte erhöht werden. Mühlenberg hätte noch etwas zuschießen können, aber gerade ihn wollte Gaston nicht fragen. Der herzkranke und vermutlich auch deshalb grundsolide Tüftler hätte sicherlich kein Verständnis für Gastons finanzielle Zwangslage. Besser, er erfuhr gar nichts davon.

Ohnehin hatte Mühlenberg momentan andere Dinge im Kopf: Er hatte sich endlich entschlossen, sich mit Thekla Quack zu verloben. Gaston grinste bei der Erinnerung daran, wie Theklas Mutter, die er von gesellschaftlichen Anlässen in der »Erholung« kannte, seine Tochter gerade ihm, Gaston, hatte schmackhaft machen wollen. Zu seinem Glück war der alte Quack mit dieser Idee gar nicht einverstanden gewesen. Er sah in Gaston nicht den gut aussehenden Charmeur, der wunderbar tanzte und mit seinem leichten französischen Akzent so nette Geschichten erzählen konnte. Quack betrachtete Gaston mit den Augen eines gestandenen Unternehmers. Er sah einen Mann, der noch nicht viel geleistet hatte in seinem Leben. Das Unternehmen war, wie jeder wusste, von seinem Kompagnon finanziert worden, und auch gesellschaftlich hatte dieser halbe Franzose nichts vorzuweisen. Das alles hatte Quack ihm mehr als deutlich gesagt und hinzugefügt, dass er eine Verbindung mit seiner Tochter nicht wünsche. Gaston hatte dieses Gespräch wie ein Mann durchgestanden und sich später auf die Schenkel geschlagen, während er sich vorstellte, wie der von Quack als Ehemann auserkorene leidenschaftslose Mühlenberg und Thekla, die graue Maus, abends schweigsam beieinander saßen und die Sonntagnachmittage im Quack'schen Wohnzimmer bei Kaffee und Kuchen verbrachten.

Mit einem immer noch leichten Lächeln in den Mundwinkeln widmete sich Gaston wieder seinen Büchern.

DREI

Mittwoch, 23. November

»Ich hatte Ihnen doch gesagt, dass Sie die Stadt nicht verlassen dürfen.« Kriminalhauptkommissar Watermann hatte Lara schon um halb acht morgens mit seiner schlechten Laune überfallen. Auch heute baumelte die Lakritzschnecke an ihrem Stammplatz.

»Ich war kaum drei Stunden weg, das kann ja wohl kein großes Drama sein.« Laras Tonfall war etwas schärfer, als sie eigentlich beabsichtigt hatte. Dieser Mann benahm sich aber auch wirklich furchtbar.

»Sie haben gegen eine ganz klare Anweisung verstoßen.« Auch er hatte die Stimme jetzt leicht erhoben.

»Ich hatte Sie so verstanden, dass ich die Stadt nicht dauerhaft verlassen darf. Um meine neue Arbeitsstelle anzutreten, zum Beispiel.«

»Ich hatte mich unmissverständlich ausgedrückt.«

Der Blick aus seinen eigentlich recht hübschen grünen Augen, die von den buschigen Augenbrauen geradezu erdrückt wurden, ging Lara durch Mark und Bein. Ein echter Kommunikationslegastheniker. Sie presste die Zähne zusammen, bis es wehtat. »Entschuldigung, dann lag das Missverständnis wohl auf meiner Seite.«

»Wo waren Sie?«

»In Mönchengladbach. Ich habe dort einen alten Freund besucht. Wollen Sie das nachprüfen?«

»Ich untersage Ihnen hiermit ausdrücklich, die Stadt ohne mein persönliches Einverständnis zu verlassen. Das gilt ohne Ausnahme. Ist das klar?«

»Können Sie schon absehen, wie lange die Ausgangssperre gelten wird?«

»Nein. Wir stehen mit unseren Ermittlungen noch ganz am Anfang.«

»Wie kommen Sie bloß darauf, mich zu verdächtigen? Ich kannte Martine kaum, wüsste beim besten Willen keinen Grund, ihr irgendetwas antun zu wollen ...«

»Wir ermitteln in mehrere Richtungen. Da Sie allerdings gesehen wurden, wie Sie über die Leiche gebeugt standen und sich dann davonmachen wollten –«

»Ich wollte mich nicht davonmachen.« Lara atmete tief ein und aus und zählte bis drei. »Diese Spaziergänger haben das falsch interpretiert. Aber die Diskussion führt zu nichts, das hatten wir ja alles schon.«

Watermann sah sie einen Augenblick schweigend an. Dabei zog er an der Schnecke und zuzelte ein Stück Lakritz zwischen die Zähne.

»Was ist eigentlich mit der Tatwaffe?«, fragte Lara jetzt mit ruhiger Stimme. »Haben Sie die schon entdeckt? Vielleicht kann sie mich ja entlasten.«

Watermann schüttelte den Kopf. »Kein Kommentar.«

»Außerdem fuhr ein Auto mit aufheulendem Motor in dem Moment vom Parkplatz, als der erste Streifenwagen und der Notarzt ankamen. Der Fahrer hat vielleicht etwas gesehen. Den sollten Sie mal ausfindig machen.«

»Das fällt Ihnen jetzt plötzlich ein?«

»Es fiel mir letzte Nacht ein, ja.«

Watermann gab ein Geräusch von sich, das wie »Na ja« klang. »Was für ein Wagen?«

»Er hatte eine dunkle Farbe. Über das Modell kann ich nichts sagen. Aber der Motor hatte mehr als vier Zylinder.«

Watermann starrte sie an. »Sind Sie sicher? Können Sie das beurteilen?«

Lara nickte. »Ich war mal mit einem Autonarr befreundet. Mit den neuen Karosseriemodellen kenne ich mich nicht mehr aus, aber den Klang eines großen Motors erkenne ich absolut zweifelsfrei.«

»Sonst noch etwas? Nummernschild, Farbe, Aufkleber?«

»Dunkel, wie ich schon sagte. Sonst konnte ich nichts sehen.«

»Hm. Das ist nicht sehr aufschlussreich.«

Lara schüttelte unwillig den Kopf. »Selbst wenn Ihnen diese

Beobachtung nicht weiterhilft, müssen Sie doch zugeben, dass ich einfach kein Motiv habe. Ich bin erst knapp vierundzwanzig Stunden vor dem Mord hier angekommen, war nie zuvor in meinem Leben in Uerdingen, ich habe Martine nur ein paar Minuten lebend gesehen und kannte weder sie noch sonst jemanden aus dem Übersetzer-Zentrum vor meiner Ankunft hier. Außerdem bin ich absolut unbescholten – bis auf zwei Punkte in Flensburg.«

»Das sind sie alle – vor dem ersten Mord«, nuschelte Watermann um die Schnecke herum. »Seien Sie um neun Uhr wieder hier. Der Erkennungsdienst kommt, wir nehmen Fingerabdrücke.«

Lara musste dringend an die frische Luft. Die Vorstellung, eines Mordes verdächtigt zu werden, war vollkommen absurd. Wie leicht man doch unter einen solch monströsen Verdacht geraten konnte. Da hatten zwei Spaziergänger überreagiert, wollten sich wichtig machen und würden sich jetzt vermutlich eher die Zunge abbeißen als zuzugeben, dass sie nichts Belastendes gesehen hatten. Wären diese Leute einfach ein paar Minuten später gekommen, hätte Lara bereits die Polizei verständigt und wäre vermutlich nie verdächtigt worden. Wären sie früher gekommen, hätten sie vielleicht den Mörder gesehen. Aber wie die Dinge gelaufen waren, befand sie sich in einer Situation, die sie nicht unter Kontrolle hatte, und das hatte sie immer schon gehasst. Außerdem war da noch die Tatsache, dass sie in wenigen Tagen eine Arbeitsstelle antreten wollte, die ihr sehr am Herzen lag. Und das auch noch in Südfrankreich. In direkter Nachbarschaft von Professor Dr. Jacques LeGrand, mit dem sie seit drei Monaten eine furchtbar unpraktische Wochenendliebe verband.

Ihre französische Oma war ganz begeistert gewesen, als Lara ihr von Jacques erzählt hatte. »Sehr ordentlich, *ma chère*«, hatte Mamie gesagt. »Zwar ist der Ruf der Franzosen als Liebhaber besser als die Realität, ihren Charme versprühen sie entweder zu Beginn einer Beziehung oder nach einem Seitensprung, und auf der ganzen weiten Welt gibt es keine wehleidigeren Männer als meine Landsleute – aber wenigstens verstehen sie etwas von gutem Wein und tragen keine Sandalen.« Und mit einem Augenzwinkern hatte sie hinzugefügt: »Heutzutage kann man kaum mehr erwarten.«

Lara hatte gar nicht bemerkt, dass sie ihre Schritte in Richtung des Tatortes gelenkt hatte. Plötzlich stand sie am Obertor-Parkplatz, neben dem sie Martine gefunden hatte. Nun gut, dachte sie, wenn ich schon einmal hier bin, kann ich mich auch ein bisschen umsehen.

Bei dem Fundort der Leiche handelte es sich, wie sie bereits festgestellt hatte, um das Gebüsch, das den öffentlichen Parkplatz von der Grünanlage trennte. Der Parkplatz war von allen Seiten gut einsehbar.

Was hatte Martine hier gewollt? Ihr Auto parkte in einer Seitenstraße des Übersetzer-Zentrums, wo es meistens gestanden hatte, seit sie in Uerdingen angekommen war. Das hatte Lara bereits von den anderen Übersetzern erfahren. War sie also einfach spazieren gegangen? Und was hatte der Mörder hier zu suchen gehabt? Waren sie sich zufällig begegnet? Lara schüttelte den Kopf. Die Vorstellung, dass ein Irrer an einem regnerischen Montagabend Ende November in Uerdingens Grünzug herumstreift und sich wahllos ein Opfer sucht, das er dann erschlägt, fand Lara eher absurd. Allerdings, so korrigierte sie sich in Gedanken, war es nicht unmöglich. Schließlich passierten solche Morde immer wieder, auch in kleinen Städten in der Provinz. Aber wenn es solch ein zufälliges Zusammentreffen gewesen war, würde Lara niemals Entlastungsmaterial finden. Ihre Ermittlungen konnten nur dann Aussicht auf Erfolg haben, wenn sie von einer Beziehung zwischen dem Mörder und Martine ausging. Also würde sie sich darauf konzentrieren, herauszufinden, warum Martine im Laufe ihrer Anwesenheit in Krefeld immer stiller, dünner und blasser geworden war und was sie in den letzten Tagen ihres Lebens unternommen hatte.

Eine zuschlagende Autotür schreckte Lara auf. Ob Martine vielleicht auf dem Parkplatz etwas gesehen hatte, was sie nicht hätte sehen dürfen?

Lara nahm sich vor, den Hauptkommissar zu fragen, ob zum Zeitpunkt des Mordes oder kurz davor oder danach vielleicht ein Auto gestohlen worden war. Dann sah sie sich weiter um.

Ihre Blicke streiften die Parkbuchten, die Telefonzelle und das Schild am Eingang der Fußgängerzone, auf dem Uerdinger Geschäftsleute ihre Werbetafeln angebracht hatten. Buchhandlung, Apotheke, Markt Café.

Zurück zu der Frage, was Martine an dem Abend am Obertor-Parkplatz gemacht hatte. Es hatte seit etwa fünf Uhr geregnet, aber Martine war weder total durchnässt gewesen noch hatte ein Schirm am Tatort gelegen. Wenn sie vom Übersetzer-Zentrum zu diesem Parkplatz gegangen wäre, hätten Haare, Jacke und Hose tropfnass gewesen sein müssen. Sie war also nur einen kürzeren Weg gegangen, oder sie hatte einen Schirm bei sich gehabt, der verschwunden war – oder sie war unter einem anderen Schirm gegangen.

Nochmals fiel Laras Blick auf das Schild des Cafés. War Martine vielleicht dort gewesen, obwohl sie laut Aussage der Übersetzerkollegen sehr sparsam gewesen war und im Übersetzer-Zentrum jederzeit einen meisterhaften Kaffee in allen Variationen von dem geradezu zwanghaften Kaffee-Liebhaber Antonio zubereitet bekommen hätte? Die Wahrscheinlichkeit eines Cafébesuchs stieg, wenn man in Betracht zog, dass sie sich mit jemandem dort getroffen hatte, der nicht ins Übersetzer-Zentrum hatte kommen wollen.

Lara beschloss, in dem Lokal nachzufragen. Dazu brauchte sie allerdings ein Foto von Martine, das sie herumzeigen konnte. Sie würde die Kollegen danach fragen.

Mit einem Seufzer sah sie auf die Uhr. Es war Zeit, umzukehren. Sie wollte Watermann nicht noch mehr gegen sich aufbringen, indem sie ihn warten ließ.

»Gut, dass du endlich kommst«, begrüßte Brigitte Hofmann sie an der Eingangstür und gestikulierte mit blauen Fingern. »Watermann fing schon an, dich zu vermissen. Der Erkennungsdienst ist da. Sie untersuchen Martines Zimmer. Außerdem nehmen sie von uns allen Fingerabdrücke. Das ist natürlich vollkommen freiwillig. Ab jetzt sind wir alle aktenkundig.« Sie grinste schief.

In Watermanns Behelfsbüro saß Antonio neben einem Polizeibeamten, der seine Fingerabdrücke nahm, und erklärte dem ge-

genübersitzenden Hauptkommissar Watermann, warum die ganze Prozedur sowieso keinen Sinn hatte.

»Sie werden an jeder Stelle dieses Hauses die Fingerabdrücke von allen Hausbewohnern finden, *commissario*. Auch in Martines Zimmer. Ebenso in meinem und in jedem anderen Raum. Immerhin sind die zigtausend Bücher, die hier zu Recherchezwecken zugänglich sind, überall verteilt. In den Zimmern, auf den Fluren, sogar entlang der Treppen. Also geht jeder, der etwas recherchieren möchte, an das entsprechende Regal, auch wenn es in einem Schlafzimmer steht. In dem Fall wird allerdings vorher geklopft. Dummerweise für Sie stehen bei Martine die Enzyklopädien – da muss wirklich jeder mal dran. Das bringt mich übrigens zu der Frage, wann Sie das Zimmer wieder freigeben.«

Watermann zeigte sich völlig unbeeindruckt, dankte Antonio mit einem Kopfnicken für die Erläuterungen, vertröstete ihn bezüglich seiner letzten Frage und wandte sich dann Lara zu.

Seufzend ergab sie sich in ihr Schicksal.

*

Herr Fiedler und Theo saßen am Wohnzimmertisch und genehmigten sich ein reichhaltiges »Full Irish Breakfast«. Herr Fiedler, der als junger Mann einige Zeit in Irland gelebt hatte, gönnte sich diesen Luxus gelegentlich. Besonders gern an Tagen, an denen anstrengende Aufgaben vor ihm lagen, so wie heute. Vormittags wollte er mit Theo zur Firma Gaston & Cie. fahren und sich dort umsehen. Darüber berieten die Männer bei irischem Sodabrot, Müsli und Eiern mit Speck, bis Theo plötzlich zusammenzuckte.

»Hast du das auch gehört?«, fragte er und sah alarmiert von seinem Frühstücksbrot auf.

Herr Fiedler ließ von seinem Rührei mit Speck ab und schüttelte den Kopf. Er wischte sich mit dem Handrücken ein Stück Ei aus dem Mundwinkel und sah seinen Freund fragend an. »Was war denn?«

»Ein komisches Geräusch im Garten.«

»Bedeutet komisch nur komisch oder vielleicht gefährlich?«

»Ich bin nicht sicher. Es war wie ein Bellen.«

»Dann wird es nicht die Nachbarskatze gewesen sein.« Herr Fiedler stand auf, schaltete das Licht auf der Terrasse an und holte überrascht Luft.

Nur wenige Meter von ihm entfernt krümmte sich eine kleine menschliche Gestalt auf dem Boden und versuchte, ein Husten zu unterdrücken. Herr Fiedler sah in zwei fiebrig glänzende Augen.

Theo eilte hinaus und führte den Jungen, der keinen Widerstand leistete, ins Wohnzimmer und zur Couch, wo er den inzwischen laut hustenden und niesenden Patienten in die Kissen drückte. Herr Fiedler tauchte mit einer dicken Wolldecke aus seinem Schlafzimmer wieder auf und breitete sie mit Theos Hilfe über dem Häufchen Elend aus.

»Hallo. Ich bin Piet Fiedler, und das ist mein Freund Theo. Äh, Theo Streckbein.«

Einen Moment standen die beiden Männer vor der Couch und blickten unschlüssig auf den Jungen hinunter. Dann verschwand Theo in der Küche, um Tee zu kochen, und Herr Fiedler setzte sich in den Sessel neben der Couch.

»Wie heißt du denn?«

»Sagichnich.«

»Sagichnich ist ein ungewöhnlicher Name. Und so lang. Gibt es davon eine Kurzform?«

»Das ist doch nicht mein Name!« Der Junge sah Herrn Fiedler an, als ob er an seinem Verstand zweifelte.

Herr Fiedler lächelte. »Ach so. Aber wie soll ich dich dann nennen? Wenn du mir deinen richtigen Namen nicht sagen willst, dann such dir einen Namen aus.«

»Robin.«

»Wie Robin Hood?«

»Wie Batman und Robin.«

»Aha.«

Nach ein paar Schlückchen Tee schlief Robin tief und fest, und die zwei Greise standen vor einem Problem.

»Was machen wir mit ihm, Theo?«

»Das ist doch keine Frage, Patrick. Wir sollten seine Eltern suchen.«

»Und wenn er genau das nicht will? Immerhin wird er ja einen

Grund haben, warum er in unserem Garten wohnt anstatt zu Hause.«

»Was heißt hier, wenn er das nicht will? Er wird doch wohl vermisst. Seine Eltern werden sich Sorgen machen. Und was ist mit der Schule? Wir können ihn nicht einfach hier wohnen lassen und so tun, als wäre er ein beliebiger Gast. Er ist ein *Kind*, Patrick!«

»Natürlich ist er ein Kind. Aber es ist Ende November, es ist furchtbar kalt und regnerisch, und trotzdem wohnt er lieber in unserem Gartenhaus als da, wo er hingehört. Vielleicht wird er geschlagen oder hat sonst einen Grund, abzuhauen. Er sucht hier Zuflucht, und die werde ich ihm nicht verweigern.«

Theo starrte seinen alten Freund an. »Patrick, wir wissen doch gar nicht, was so ein Junge braucht. Wir haben keine Erfahrung mit Kindern, schon gar nicht mit kranken Kindern.«

Herr Fiedler winkte ab. »Was heißt hier keine Erfahrung? Ich hatte schließlich selbst einen Sohn, wenn ich auch zugeben muss, dass ich ihn durch meine Seefahrerei nicht so oft gesehen habe, wie ich das gern gehabt hätte.« Er schwieg einen Moment nachdenklich. »Aber was soll schon so schwer daran sein, ein krankes Kind zu pflegen? Er bekommt Tee, eine Wärmflasche, wenn ihm kalt ist, Wadenwickel, wenn er Fieber hat, Zwiebelsaft gegen den Husten und einen steifen Grog –«

Theo zog die Augenbrauen hoch.

»Nicht? Na gut, keinen Grog.« Herr Fiedler grinste. »War doch nur ein Spaß, Theo! Also, die ganze Palette an Hausmittelchen, die immer schon geholfen haben. Und außerdem«, Herr Fiedlers Grinsen wurde noch breiter, »außerdem muss man kranke Kinder mit ihren Lieblingssüßigkeiten verwöhnen.«

»Woher stammt diese goldene Hausregel?«

»›Frau im Spiegel‹, die Seite mit den Ratschlägen für die moderne Großmutter. Habe ich letzten Monat beim Frisör gelesen.«

»Nie im Leben warst du letzten Monat beim Frisör«, sagte Theo nach einem Blick auf Herrn Fiedlers wallende Haarmähne.

»Na gut, dann eben letztes Jahr. Ist doch egal. Jedenfalls werden wir das Kind schon schaukeln. Immerhin kann er sprechen und sagen, was ihm fehlt.«

Theo hob die Hände zum Zeichen seiner Resignation. »Gut,

einverstanden. Aber wir sollten feststellen, ob er nur vor der Schule und den Eltern abgehauen ist oder auch von der Polizei gesucht wird. Und wir sollten ihn nicht hier im Haus allein lassen.«

Herr Fiedler nickte. »Es sollte demnach immer nur einer das Haus verlassen. Wer fühlt also heute den Leuten bei Gaston auf den Zahn? Sollen wir Pinnchen ziehen?«

Theo schüttelte den Kopf. »Du pfuschst sowieso!«

Herr Fiedler stemmte die Hände in die Seiten und blies die Luft aus. »Das lasse ich nicht auf mir sitzen. Du gehst also zu dieser Firma und bringst in Erfahrung, ob Martine dort aufgetaucht ist, mit wem sie gesprochen hat und was der Zweck ihres Besuchs war. Ich binde mir ein weißes Schürzchen um und kümmere mich derzeit um unseren neuen Mitbewohner.«

Theo nickte feierlich und lächelte erst, als sein Freund nicht mehr hinsah.

Eine Stunde später verging ihm das Lächeln. Er hatte den ganzen ihm zur Verfügung stehenden Charme versprüht, der aber an der bunt bemalten Empfangsdame von Gaston & Cie. einfach abperlte.

»Sie werden sicher verstehen, dass ich aus Datenschutzgründen keine Information darüber geben darf, ob die betreffende Dame hier war.«

Datenschutzgründe! Theo hätte beinahe laut gelacht, wenn ihm nicht so unwohl zumute gewesen wäre. Datenschutzgründe waren heute das Totschlagargument schlechthin. Komisch nur, dass jeder das Wort im Munde führte und trotzdem millionenfach Kundendaten verkauft wurden.

»Wieso wollen Sie das überhaupt wissen?«, hakte die Frau nach.

Theo hatte sich keine Begründung zurechtgelegt und kam sich hilflos und dumm vor. An diesem Dragoner würde er sich die Zähne ausbeißen, wenn ihm nicht schnell etwas einfiele. Bisher war er sich ja noch nicht einmal sicher, dass Martine Mirambaud etwas mit dieser Firma zu tun gehabt hatte. Aber wenn diese Spur richtig war, blieb die Frage, ob die Frau wusste, dass Martine tot war. Vielleicht war die Polizei schon da gewesen. Ihm kam eine Idee.

»Frau Mirambaud hat Unterlagen bei mir liegen gelassen, die für eine Person in dieser Firma bestimmt waren. Ich kenne den Namen der Person nicht, nehme aber an, dass es sich um denjenigen handelt, den sie letzte Woche hier besucht hat.«

»Warum fragen Sie Frau Mirambaud nicht selbst?«

Aha, sie wusste nichts von Martines Tod. »Sie hatte einen Unfall.« Theo wunderte sich, wie leicht ihm diese Lügen über die Lippen kamen. Da war er sein ganzes Leben lang ein ehrlicher Mensch gewesen, und kaum wohnte er drei Wochen bei seinem Freund …

»Geben Sie mir die Unterlagen, ich reiche sie dann weiter.« Die Empfangsdame streckte eine nahezu vollständig vergoldete Hand aus. Ihre raubtierähnlichen, violett lackierten Krallen ließen Theo zurückschrecken.

»Tut mir Leid, ich möchte die Sache lieber persönlich erledigen.«

Einen Augenblick sah sie Theo nur an. Mit diesem Blick würde sie sicherlich auch eine Spinne am Tellerrand betrachten, dachte er bei sich. Oder eine Laufmasche in ihrer Strumpfhose, einen Lippenstiftfleck am Kragen ihres Mannes, eine Schnecke im Salat, einen …

»Moment bitte«, sagte sie dann mit deutlicher Betonung auf dem zweiten Wort. Sie telefonierte, wobei sie Theo den Rücken zudrehte, und bedeutete ihm dann, auf einem der Ledersessel Platz zu nehmen, die in der imposanten Eingangshalle zu einer kleinen Sitzgruppe um einen würfelförmigen Glastisch gruppiert waren.

Die junge Frau, die Theo kurz darauf ihre gepflegte, unlackierte Hand entgegenstreckte, war deutlich verbindlicher. Ihr Lächeln war geradezu herzlich. Sie stellte sich mit einer wohlklingenden Stimme als Melanie Weber vor.

»Tut mir Leid, Herr Gaston ist heute nicht im Hause. Er war auch letzte Woche nicht im Haus, als Frau Mirambaud ihn sprechen wollte.«

Theo blinzelte verwirrt. »Herr Gaston …?«

»Ich bin seine Assistentin. Möchten Sie mir die Unterlagen geben?«

»Sie sagten, dass Frau Mirambaud gar nicht mit ihm gesprochen hat?«

»Sie kam unangemeldet und hatte das Pech, ihn nicht anzutreffen. Genau wie Sie jetzt.«

Sie lächelte Theo an, der sich angesichts ihrer Freundlichkeit und seiner Lüge miserabel fühlte.

»Aber sie wollte zu Herrn Gaston persönlich?«

»Ja. Und sie wollte mir nicht sagen, worum es geht.«

»Tja, dann rufe ich besser das nächste Mal vorher an …«, murmelte Theo und reichte Frau Weber die Hand.

»Möchten Sie mir die Unterlagen nicht geben?«

»Äh, nein, ich muss unbedingt mit Herrn Gaston darüber sprechen. Vielen Dank.«

Beinahe fluchtartig verließ Theo die Lobby, die mit ihrer Ausstattung aus Marmor, Stahl und Glas die Wichtigkeit des Unternehmens würdig zum Ausdruck brachte.

*

März 1855, M.Gladbach

Louis Gaston schlenderte nach Hause. Ihm war etwas leichter ums Herz, seit sein Kompagnon Mühlenberg zur Kur abgereist war. Nicht dass Mühlenberg sich plötzlich für die Bücher interessiert hätte, aber langsam befürchtete Gaston, dass der eine oder andere Gläubiger sich auch an seinen Partner wenden könnte, um die Schulden einzutreiben. Glücklicherweise waren die Übelsten unter den Schuldnern ausbezahlt, und die protestantischen Herren der Gladbacher Bürgerschaft, die Gaston nach Fürsprache von Quirin Croon vor drei Jahren ein kleines Darlehen gegeben hatten, waren Ehrenmänner, die Schulden nur mit dem Schuldner besprachen und mit sonst niemandem.

Wie jeden Abend kam Gaston am ehemaligen Weihertor vorbei, durch das vor gerade einmal dreiundfünfzig Jahren der letzte Abt der Benediktinerabtei zu Gladbach an einem frühen Oktobermorgen die Stadt verlassen hatte. Heute war der Turm, der auf den Resten der alten Stadtmauer errichtet war, ein Teil des Fabrikgebäudes von Anton Lamberts, dem Sohn des bekannten Unternehmers Christian Lamberts. Anton betrieb hier seine Spinnerei und Weberei, ein Unikum innerhalb des Gebietes der mittelalterlichen Stadt. Die anderen Unternehmen entstanden im Osten der Stadt an der Bahnlinie und am Gladbach. Die neue Aktiengesellschaft war ganze zwei Kilometer von der Stadtmitte entfernt!

Gaston blickte auf das Fabrikgebäude, das ihn von Anfang an fasziniert hatte. Eines Tages würde auch er eine große Fabrik besitzen. Aber an einem repräsentativen Standort, nicht wie dieses hier in eine alte Stadt gepresst, die aus allen Nähten platzte.

*

»Diese Sache ist nichts für mich«, gestand Theo seinem Wohngenossen, als er ihm nach seiner Rückkehr von Gaston & Cie. am Esstisch gegenübersaß und bei Tee und Gebäck Bericht erstattete.

»Welche Sache?« Herr Fiedler legte ein großes Stück Kandis in seine Teetasse, schüttete den sehr starken, sehr schwarzen Tee darauf und gab dann vorsichtig Sahne dazu.

»Diese Ermittlungen, bei denen man Leute anlügen muss. Mordfall hin oder her, es fällt mir schwer, die Unwahrheit zu sagen.«

»Du hast gelogen?« Herr Fiedler setzte seine Teetasse mit einem klirrenden Geräusch auf der Untertasse ab. »Du?«

Theo berichtete im Einzelnen.

»Sie ermitteln in einem Mordfall? Geil!«, kam plötzlich eine verschnupfte Stimme von der Couch her.

»Überhaupt nicht geil«, erwiderte Herr Fiedler streng. »Wie lange lauschst du schon?«

»Lauschen? Machen Sie Witze? Sie haben mich mit Ihrem Gebrüll geweckt. Können Sie sich nicht in normaler Lautstärke unterhalten?« Robin zog geräuschvoll die Nase hoch.

»Hast du schon mal was von Taschentüchern gehört, junger Mann?« Herr Fiedler holte eins seiner großen, karierten Stofftaschentücher aus dem Schlafzimmer und brachte es dem Jungen, der sich inzwischen aufgesetzt hatte.

»War das mal ein Hemd?«, fragte Robin, als er das ordentlich gebügelte Tuch entgegennahm.

Die beiden Männer sahen sich wortlos an. Herr Fiedler fasste sich als Erster wieder.

»Hast du Fieber?«, fragte er den Jungen.

»Weiß nich.«

»Ist dir warm?«

»Ja.«

Jetzt mischte Theo sich ein. »Der Junge hat die letzten Tage in einem ungeheizten Schuppen verbracht. Da muss ihm warm sein, wenn er in unserem Wohnzimmer unter einer dicken Decke auf der Couch liegt.«

Herr Fiedler nickte. »Das mit dem Fieber klären wir später. Hast du Hunger oder Durst?«

»Beides«

»Was möchtest du denn gern essen und trinken?«

»Pizza und Cola.«

Herr Fiedler deutete den Gesichtsausdruck des Jungen als eindeutig herausfordernd. Das hatte wohl auch Theo so interpretiert, denn er nickte Herrn Fiedler lächelnd zu.

»Gute Idee. Ich hole schnell die Karte vom Pizzadienst«, sagte er und verschwand in der Küche.

Herr Fiedler beobachtete mit tiefer Befriedigung, wie der Gesichtsausdruck von Batmans jungem Assistenten zu ehrlicher Fassungslosigkeit wechselte. Er konnte sich nicht bremsen.

»Ich nehme immer Salami mit doppelt Käse, und du?«

Endlich ließ der Junge so etwas wie ein Lächeln sehen. »Ich auch.«

Sie zwinkerten sich zu. Dann zog Robin laut die Nase hoch, Herr Fiedler schüttelte sich. »Ruhe jetzt, du Rotznase. Bevor das Pizza-Taxi kommt, müssen wir noch einen wichtigen Anruf erledigen.«

»Hat das was mit dem Mord zu tun?«

»Ja, das hat es. Du kannst dir ja in der Zwischenzeit die Hände waschen.«

»Och, ich würde aber gern hier bleiben und hören, wie das mit dem Mord ist. Darf ich?«

Herr Fiedler nickte, holte das Telefon an den Couchtisch und wählte, als Theo dazukam.

Nach einem ausführlichen Bericht, den Herr Fiedler unter Theos und Robins wachsamen Ohren geliefert hatte, fasste Lara die neuen Informationen zusammen.

»Martine war also bei dieser Firma Gaston & Cie., wollte Herrn Gaston sprechen, musste aber unverrichteter Dinge wieder abziehen. Jetzt wissen wir nicht viel mehr als vorher.«

In Rheydt ruckten die Köpfe näher an den Lautsprecher des Telefonapparats heran.

Herr Fiedler schüttelte den Kopf. »Was ist denn mit Ihnen los? Seit wann sind Sie so pessimistisch? Wir haben ein Puzzleteilchen, das vielleicht noch wichtig wird, auch wenn wir im Moment nicht wissen, warum.«

»An welchem Tag war Martine eigentlich bei Gaston?«, wollte Lara wissen.

Theo errötete, beugte sich zum Telefon hinüber und stieß mit Robin zusammen. »Keine Ahnung. Ich wollte nicht zeigen, dass ich gar keine Informationen habe, sondern nur welche bekommen wollte. Also habe ich mich bedeckt gehalten, und Frau Weber hat den Tag auch nicht erwähnt.«

Herr Fiedler übernahm das Gespräch wieder. »Fragen Sie bei den Übersetzern noch mal genau nach, was Martine letzte Woche so getrieben hat und an welchem Tag sie nach der Wegbeschreibung zu Gaston gefragt hat. Am besten machen Sie einen richtigen Plan.«

Lara stimmte zögernd zu. »Ich bin Ihnen wirklich dankbar. Allerdings kann es genauso gut sein, dass dieser Besuch in Mönchengladbach gar nichts mit der Sache zu tun hat. Ich finde auch Simon sehr verdächtig, der seit dem Mord verschwunden ist.«

»Also widmen Sie sich diesem Simon, und wir ermitteln hier weiter.«

*

Lara fand den Salon verlassen vor und ging in die Küche, wo sie Antonio traf. Er lud sie auf einen Kaffe ein.

»Wie kommst du voran, *cara Lara*?«, fragte er, während er sich an seiner Kaffeemühle zu schaffen machte.

»Nicht sehr gut. Im Moment versuche ich die letzten Tage von

Martine zu rekonstruieren. Sie war letzte Woche in Mönchengladbach. Weißt du, wann das war?«

»Dienstag. Sie hat mir aus einem italienischen Großhandelsgeschäft einen besonderen Risottoreis mitgebracht.«

»Weißt du, was sie den Rest der Woche gemacht hat?«

»Leider nein.« Antonio stellte schwungvoll die Zuckerdose auf den Tisch.

Lara seufzte. »Hast du nicht eine Idee, Antonio? Du hast doch schon viele Krimis übersetzt, du weißt sicher, nach welchem Motiv ich wo suchen muss.«

Antonio grinste. »Wenn ich tolle Ideen hätte, *bellissima*, dann wäre ich jetzt der gefeierte Autor und nicht nur der Hanswurst, dessen Namen niemand kennt und dessen Autogramm niemand haben will.«

Lara musste lachen. »Hast du es denn mal versucht? Selbst ein Buch zu schreiben, meine ich.«

Antonio nickte feierlich. »Ja, ich habe den großen Roman des zwanzigsten Jahrhunderts geschrieben. Er hatte allerdings nur drei Seiten. Mann liebt Frau, Frau liebt einen anderen, Mann ermordet Frau. Kommissarin verliebt sich in Mörder und lässt ihn laufen, der bringt sich um. Ende der Geschichte, Ende der Hoffnungen, Ende der Schriftstellerkarriere.«

»Du hättest es vielleicht einfach noch ein bisschen ausschmücken müssen«, sagte Lara grinsend. »Dann wäre es wenigstens eine Kurzgeschichte geworden.«

»Oh, die Länge war genau richtig. Jedenfalls, wenn man den Roman auf einer Zigarettenschachtel veröffentlichen will. Aber mir gefielen die Namen der Protagonisten im Nachhinein nicht mehr, deshalb habe ich die Sache nicht weiterverfolgt.«

Inzwischen war der Kaffee samt geschäumter Milch fertig, und Antonio setzte sich zu Lara an den Tisch.

»Ich mochte Martine sehr«, sagte er. »Sie war sehr fleißig, sehr ernsthaft und sehr zuverlässig. Charakterstärken, die mir leider ziemlich abgehen.«

»Meine Oma sagt immer: Jeder Mensch hat seine Daseinsberechtigung auf dieser Welt. Und wenn es nur als schlechtes Beispiel ist.«

»Ihr Teutonen habt so viel Charme wie ein Hochspannungsmast und so viel Feingefühl wie eine Dampframme.«

Lara kicherte. »Und ihr Italiener glaubt, ihr hättet alle den Charme von Casanova, das Genie von Michelangelo und die Ausstrahlung von Eros Ramazotti.«

Antonio grinste. »Das ist kein Glaube, das sind Fakten. Und außerdem ist unsere Bescheidenheit auf der ganzen Welt berühmt.«

»Hoch lebe die vorurteilslose Völkerverständigung im Europa des einundzwanzigsten Jahrhunderts!«

»Genug gefaselt, *signorina*, mach dich an die Arbeit und halte mich nicht von meiner ab. Wenn mir etwas einfällt, was zur Klärung dieses Falles beitragen kann, lasse ich es dich wissen.«

Stan saß an seinem Lieblingsplatz im Salon und konnte Lara berichten, dass Martine am Freitagnachmittag spazieren und Samstag den ganzen Tag verschwunden war. Wohin, wusste er nicht.

Lara klopfte wieder an Werners Tür.

»Weißt du, was Martine am Samstag getan hat?«, fragte sie ohne längere Vorrede.

»Da muss ich einen Moment überlegen, die Wochentage unterscheiden sich ja hier nicht so sehr.« Werner machte ein nachdenkliches Gesicht. »Also, am Mittwoch war ich morgens auf dem Markt, da habe ich ihr ein paar Orangen mitgebracht. Bei dieser Gelegenheit fragte sie nach dieser Straße in Mönchengladbach. Donnerstag war sie in Gladbach –«

»Dienstag war sie in Gladbach«, unterbrach Lara.

Werner sah sie erstaunt an. »Dienstag? Wer sagt das?«

»Antonio sagt, dass Martine ihm am Dienstag etwas aus Gladbach mitgebracht hat.«

»Aber sie hat mich erst am Mittwoch um den Stadtplan gebeten und gesagt, dass sie am Donnerstag fährt und ihn mir danach zurückgeben werde.«

»Gut, dann war sie vielleicht zweimal dort. Weißt du auch etwas über Samstag oder Sonntag?«

»Sonntag war sie den ganzen Tag im Haus, meist in ihrem Zimmer. Ich denke, dass sie gearbeitet hat.«

»Hat sie denn nicht im Salon gearbeitet?«

»Sie hat oft im Salon gearbeitet, aber oft auch auf ihrem Zimmer. Ich kann sie verstehen, für mich ist der Salon kein guter Platz.«

»Warum nicht?«

»Mir ist im Salon zu viel Unruhe. Aus welchem Grund Martine so viel Zeit auf ihrem Zimmer verbrachte, weiß ich nicht.«

Im Salon traf Lara auf Heidi, die inzwischen neben Stan saß und eifrig die Computertastatur bearbeitete.

»Ich weiß nichts über Martines Unternehmungen. Aber ich habe sie vor etwa zehn Tagen mal spätabends in dem kleinen Zimmer getroffen, in dem die altsprachlichen Wörterbücher stehen. Sie schäumte vor Wut. Das hat mich überrascht, denn eigentlich war sie ja ein stilles Wasser.«

»Hat sie dir den Grund genannt?«

Heidi grinste bei der Erinnerung. »Sie ließ eine halb deutsche, halb französische Tirade gegen besserwissende, eingebildete, herumschnüffelnde, herablassende und zu allem Überfluss auch noch amoralische Männer los. Kurz gesagt: gegen Simon.«

Jetzt musste auch Lara grinsen. »Mit dieser Meinung war sie nicht allein, oder? Immerhin hat Antonio Simon an meinem ersten Abend hier spöttisch als ›Seine Majestät Simon der Erste‹ vorgestellt.«

Heidi nickte. »Zwischen Simon und Martine hat es anfangs geknistert. Das ging von Simon aus, er hat sie regelrecht umgarnt. Das schien dann aber abzukühlen, und an dem betreffenden Abend war das Verhältnis definitiv eisig. Den genauen Anlass für ihre Wut wollte sie mir übrigens nicht sagen. Sie war schon ein feiner Kerl.« Heidi blinzelte mehrmals.

Kaum war Lara wieder in ihrem Zimmer, klingelte das Telefon.

»*Salut ma belle*. Wie geht es dir? Hat der verrückte Kommissar endlich erkannt, dass du niemanden umgebracht hast?«

Lara hatte seit dem Mord mehrmals täglich mit ihren Omas und ihrem Bruder telefoniert, die gemeinsam in Köln lebten.

»Mamie! Das tut gut, deine Stimme zu hören. Der verbohrte Bulle hat mich noch nicht von der Angel gelassen, also hänge ich weiter hier fest. Ich glaube, ich werde bald wahnsinnig.«

»Was tust du gegen die drohende Geisteskrankheit?«

»Ich habe eine Befragung der Übersetzer hinter mir und wollte gerade sehen, ob ich aus den Aussagen irgendwelche relevanten Schlüsse ziehen kann.«

»Ich stelle das Gespräch auf den Lautsprecher, dann können wir alle drei zuhören.«

Aus dem Hintergrund waren Grüße von Oma Bix und von Lukas, dem mittlerweile neunzehnjährigen Frauenschwarm, zu hören.

»Antonio sagt, letzte Woche Dienstag sei Martine in Mönchengladbach gewesen. Und am Donnerstag war sie noch mal in Gladbach. Sie hat Werner gefragt, wo eine bestimmte Straße liegt. Er hat wohl so fürchterlich erklärt, dass sie sich lieber seinen Stadtplan ausgeliehen hat.«

»Es gibt zwischen Männern und Frauen genetisch bedingte Verständigungsschwierigkeiten bei Wegbeschreibungen. Da Letztere von Natur aus orientierungslose Geschöpfe sind, muss eine Verständigung auf diesem Gebiet zwangsläufig scheitern«, ließ Lukas sich im Hintergrund vernehmen, wurde aber sofort von zwei Frauenstimmen niedergezischt.

»Was ist denn mit dieser Straße?«

»Dort liegt eine alte Weberei. Martine wollte mit dem Chef sprechen, der aber nicht da war. Worum es ging, weiß ich nicht. Am Freitagnachmittag war sie spazieren, am Samstag war sie den ganzen Tag weg, keiner weiß, wo.«

»Vielleicht hat sie einfach einen Ausflug gemacht? Wollte mal raus?«

»Möglich. Die restliche Zeit hat sie gearbeitet.«

»Woran hat sie denn eigentlich gearbeitet?«, wollte Lukas wissen, zog sich aber wieder den Unmut der Omas zu.

»Das steht doch hier gar nicht zur Debatte«, kam Oma Bix' sanfte Stimme durch den Hörer.

»Interessant ist ein Hinweis von Heidi«, fuhr Lara fort. »Als Martine vor zwei Monaten hier ankam, sei Simon gleich sehr an ihr interessiert gewesen, und die beiden wären sich dann auch näher gekommen, aber das Verhältnis kühlte wieder ab.«

»Ist Simon nicht der Typ, der seit dem Mord weg ist?«, warf Lukas ein.

»Apropos weg«, mischte sich jetzt Mamie ein, »sind eigentlich die Papiere aus Martines Zimmer wieder aufgetaucht?«

»Nein. Die Polizei hat das ganze Übersetzer-Zentrum auf den Kopf gestellt, aber nichts gefunden, was nach Martines Papieren aussah.«

»Aber was soll an den Papieren so interessant gewesen sein, dass jemand sie klaut?«, wunderte sich Oma Bix. »Es handelte sich doch vermutlich um ihren Übersetzungsauftrag, oder?«

»Vermutlich«, bestätigte Lara.

»Ich komme auf meine Frage von vorhin zurück, die die Damen vielleicht etwas vorschnell abgefrühstückt haben.« Die Befriedigung in Lukas' Stimme war deutlich hörbar.

Lara dachte angestrengt nach. »Ich weiß nicht, was sie gemacht hat.«

»Dann solltest du das vielleicht als Nächstes herausfinden«, schlug Mamie vor und schickte Lara damit auf eine zweite Befragungsrunde.

Sie ging zielstrebig zu Brigittes Büro. Wenn auch die anderen Übersetzer sicher wussten, woran sie gearbeitet hatte, so war doch Brigitte diejenige, die Martines Auftrag auf seine Förderungsfähigkeit hin beurteilen musste. Somit konnte sie Laras Fragen wahrscheinlich spontan und umfassend beantworten.

Die Tür war angelehnt, und Lara trat, ganz in Gedanken, ins Büro. »Woran hat Martine eigentlich gearbeitet, Brigitte? Du kannst mir doch bestimmt ... Oh, Entschuldigung.«

Brigitte hockte zusammengesunken in ihrem Stuhl, die Ellbogen auf den Schreibtisch gestützt. Sie hatte den Telefonhörer am Ohr.

»Ähem, nein, Entschuldigung, was sagten Sie gerade? Wer das war? Nur eine kleine Unterbrechung – ach, Sie haben die Frage gehört ... Nein, machen Sie sich keine Sorgen.« Brigitte wedelte mit der freien Hand in der Luft herum. Lara schlich auf Zehenspitzen rückwärts.

»Nein«, fuhr Brigitte fort, »natürlich weiß niemand davon. Und selbstverständlich sind wir versichert ... ach, das ist nicht das Problem?«

Lara schloss die Tür hinter sich und atmete tief durch. Offenbar hatte sie Brigitte durch ihr Hereinplatzen ziemlich aus der Fassung gebracht. Das Telefonat schien nicht erfreulich zu sein. Um welche Versicherung es wohl gegangen war?

Heidi lief Lara wieder über den Weg, und so war sie diejenige, die Lara nach dem Übersetzungsauftrag befragte. Zum Glück diente das Zentrum nicht nur dazu, die reine Infrastruktur wie Bibliothek, Internetzugang und Computerarbeitsplätze zur Verfügung zu stellen. Es sollte auch die Kommunikation zwischen Kollegen fördern, die zwangsläufig bei ihrer Arbeit sehr einsam waren. Wie Heidi jetzt bewies, hatte diese Kommunikation ganz hervorragend funktioniert. Sie konnte die Frage nach Martines Arbeit sofort beantworten.

»Sie hat einen deutschen Kriminalroman ins Französische übersetzt. Einen Krimi, der in der Eifel spielte, an der deutsch-belgischen Grenze. Das Buch ist in einem Kölner Krimiverlag erschienen, die Veröffentlichung in französischer Sprache ist für das nächste Frühjahr geplant.«

»Wer kann ein Interesse daran haben, diese Arbeitsunterlagen zu stehlen?«, fragte Lara.

»Das habe ich mich auch schon gefragt«, entgegnete Heidi. »Aber ich bin zu keinem Ergebnis gekommen. Es handelt sich schließlich um einen veröffentlichten Roman. Solche Papiere zu klauen macht wirklich überhaupt keinen Sinn.«

Lara dachte noch einmal an das Telefongespräch, das sie unabsichtlich mitgehört hatte. »Wenn die Unterlagen jetzt weg sind, muss der Verlag die Übersetzung noch mal neu vergeben, richtig?«

»Ja. Aber das hätte er nach Martines Tod sowieso tun müssen, zumindest für den Rest, den Martine noch nicht fertig gestellt hatte.«

»Ob das Zentrum für diesen Fall versichert war? Ich meine dafür, dass der bereits fertig gestellte Teil geklaut worden ist.«

»Was willst du da versichern? Ich kenne die Bedingungen von Martines Vertrag nicht, aber es würde mich wundern, wenn sie bisher für ihre Arbeit schon Geld bekommen hätte. Sollte sie einen Vorschuss bekommen haben, wird der Verlag diese Summe vielleicht vom Zentrum zurückfordern können, weil der Diebstahl hier passiert ist und der Verlag nun einen weiteren Übersetzer beauftragen muss. Aber es würde mich wundern, wenn dem so wäre. Viele Übersetzer bekommen erst Geld, wenn sie die Übersetzung abliefern. Damit läge der Schaden des Verlags nur im Zeitverzug.«

Laut durcheinander rufende Stimmen unterbrachen die Unterhaltung, und die beiden Frauen liefen in den Salon, um den Grund des Tumultes herauszufinden.

Simon stand in einem Kreis, den Antonio, Jamela und die anderen bildeten, und wehrte die auf ihn einstürmenden Fragen mit erhobenen Händen ab.

»Was ist denn los?«, fragte er gerade, als Lara und Heidi zu der Gruppe traten. »Habt ihr mich alle so vermisst, dass ihr hier einen derartigen Aufstand um meine Rückkehr veranstaltet?«

»Wo zum Teufel warst du die ganze Zeit?«, fragte Antonio.

»Ich weiß zwar nicht, was euch das angeht, aber ich will eure Neugier gern befriedigen. Ich war bei meinen Eltern in Paderborn. Mein Vater hatte einen Schlaganfall und liegt seit Montag im Krankenhaus.«

Montag war der Mord geschehen, seit Montag hatte niemand Simon gesehen. Hörte sich logisch an, dachte Lara.

»Weißt du denn nicht, was passiert ist?«, fragte Antonio.

»Jetzt spannt mich nicht so auf die Folter. Was ist los?«, entgegnete Simon.

Jamela schnappte nach Luft. Sonst war nichts zu hören. Eine unheimliche Stille lastete auf den Versammelten. Es schien Lara, als wollte niemand die furchtbare Wahrheit aussprechen.

Inzwischen war auch Brigitte zu der Gruppe gestoßen. Sie sah immer noch sehr mitgenommen aus.

»Martine wurde ermordet«, sagte sie in die Stille hinein. »Du solltest dich besser sofort bei Kommissar Watermann von der Kriminalpolizei melden. Man sucht dich seit Tagen.«

Simon starrte erst Brigitte, dann Antonio und zuletzt, etwas länger, Jamela an. Dann drehte er sich abrupt um und verließ das Haus.

*

Juni 1855, M.Gladbach

Gaston setzte sich in eine Ecke des Gesellschaftszimmers in der »Erholung« und ging in Gedanken die Unterhaltung mit seinem herzkranken Kompagnon durch, die ihn an diesem Mittag in tiefe Besorgnis gestürzt hatte.

»Ist Ihnen nicht gut?«, hatte Gaston Johannes Mühlenberg gefragt. »Soll ich einen Arzt rufen?«

»Danke, Herr Gaston. Ausnahmsweise ist es nicht das Herz. Gegen dieses Problem, das mich quält, hilft kein Arzt.«

Louis Gaston hatte den blassen Mann mit der angegriffenen Gesundheit genauer betrachtet und überlegt, ob er endlich fragen sollte, was ihn seit seiner Rückkehr aus der Kur so beschäftigte. Oft sah Mühlenberg bedrückt aus, manchmal lächelte er still vor sich hin, aber immer schien er mit seinen Gedanken weit weg zu sein.

»Wenn dies keine Angelegenheit für einen Arzt ist, dann vielleicht für einen Freund?«

Mühlenberg sah ihn mit einem Blick an, in dem Gaston Erstaunen zu erkennen glaubte. Nicht ganz zu Unrecht, wie er sich selbst eingestehen musste. Er war mit Mühlenberg zwar geschäftlich eng verbunden, aber von einer Freundschaft konnte keine Rede sein.

Mühlenbergs Kenntnis in technischen Dingen, die er schon bei ihrem früheren gemeinsamen Dienstherrn Quirin Croon unter Beweis gestellt hatte, war immer tiefer geworden. Croon hatte Mühlenberg damals nur ungern gehen lassen. Ein Tüftler wie er war in Croons Weberei, einer der ersten richtigen Fabriken in Deutschland mit einhundert mechanischen Webstühlen, Gold wert gewesen. Mühlenberg hatte sich nicht nur mit den aus England eingeführten Maschinen vertraut gemacht, er hatte sie sogar noch verbessert, um sie für den in Gladbach hauptsächlich hergestellten Baumwoll-Biber anzupassen.

Mühlenbergs Ruf hatte sich in Gladbach herumgesprochen, und Christian Lamberts hatte versucht, ihn für sein Unternehmen an der Ecke Fliethstraße und Viktoriastraße abzuwerben. Dort hatte er, nachdem seine Handspinnerei einige Jahre zuvor abgebrannt war, eine ganz moderne Fabrik einschließlich Weißweberei mit Dampfmaschinen, englischen Spinn- und Webmaschinen aufgebaut.

Mühlenberg hatte abgelehnt. Als nur Wochen später Mühlenbergs Vater verstorben war und ihm ein erkleckliches Erbe hinterlassen hatte, war Gaston mit dem Vorschlag einer eigenen Weberei an ihn herangetreten.

So waren die unterschiedlichen Männer, die beide den dreißigsten Geburtstag bereits hinter sich hatten, zu Geschäftspartnern geworden. Die Arbeit und gegenseitiger Respekt verbanden sie, aber eine Freundschaft war in den zwei Jahren gemeinsamer Geschäftstätigkeit nicht entstanden.

»Nun, da mein Problem auch etwas mit der Firma zu tun hat, sollte ich wohl darüber sprechen.«

Gaston musste sich beherrschen, um nicht ein erschrockenes Gesicht zu machen.

»Worum geht es, Herr Mühlenberg? Sprechen Sie sich aus, danach geht es Ihnen bestimmt besser. Wenn einem etwas auf der Seele liegt, findet der Geist oft keine Ruh.« Gaston sprach aus Erfahrung. Er selbst würde sich allerdings weiterhin eher die Zunge abbeißen, als auch nur ein Wort in dieser Hinsicht über seine Lippen kommen zu lassen.

Mühlenberg sah aus, als gebe er sich selbst einen Ruck.

»Die Kur in Marienbad hat meinem Herzen gut getan. Und auch auf meinen Verstand hat sie Einfluss gehabt. Ich habe lange nachgedacht und bin zu dem Schluss gekommen, dass ich nicht als Unternehmer tauge. Die Belastung, der ich mich ausgesetzt sehe, geht über meine Kräfte. Ich spiele mit dem Gedanken, mich aus der Firma zurückzuziehen.«

Gaston saß da wie vom Donner gerührt. Eine halbe Ewigkeit, so schien es ihm, war es still. Keine angenehme Stille, sondern drückend, unheilvoll, ja regelrecht beängstigend. Für ihn zumindest.

»Aber das wäre ja eine Schande, mein lieber Herr Mühlenberg. Sie sind inzwischen ein hervorragender Spezialist, was die Webtechnik angeht. Niemand kann Ihnen auf diesem Gebiet das Wasser reichen. Nicht nur in München-Gladbach, sondern weit darüber hinaus. Mit Ihren Ideen und Entwicklungen werden wir die mechanische Produktion revolutionieren. Das wollen Sie doch nicht aufgeben, oder?«

»Ich weiß es nicht, Herr Gaston. Für Sie scheint die Arbeit ganz

spielerisch vonstatten zu gehen. Sie haben Kräfte, die über meine bloße Vorstellungskraft weit hinausgehen. Ich will ehrlich sein, ich fühle mich überfordert.«

Gaston beglückwünscht sich heimlich, dass seine zur Schau gestellte Selbstsicherheit und Zufriedenheit offenbar überzeugend gewesen waren. Gleichzeitig bemühte er sich, sich an den Gedanken dieser neuen Katastrophe zu gewöhnen. Was Katastrophen anging, hatte er ja inzwischen einige Übung. »Dann lassen Sie uns nachdenken, wie wir Sie entlasten können. Was genau ist es, wodurch Sie sich unter Druck gesetzt fühlen? Sind es die Arbeitszeiten? Sie müssen nicht sechs Tage in der Woche von früh bis spät hier sein.«

»Aber Herr Gaston, natürlich muss ich das. Es gibt ständig Probleme mit den Webstühlen. Wer soll sich darum kümmern, wenn ich nicht da bin? Die Arbeiter können gerade die nötigsten Handgriffe ausführen. Wollen Sie etwa dafür sorgen, dass die Maschinen ohne Zwischenfall produzieren? Aber das ist auch nicht das Hauptproblem.«

»Was ist es dann?«

»Ständig fragen Sie mich nach irgendwelchen Zahlen. Ob es lohnender wäre, das Garn selbst zu spinnen und Spinnmaschinen dafür anzuschaffen, wie die großen Unternehmen es auch tun. Ob wir nicht mit anderen Kettfäden eine gleiche Qualität erreichen können und viele andere Fragen mehr. Ich kenne die Antworten nicht, ich habe keine Erfahrung in diesen Dingen, und es belastet mich, dass ich Ihnen etwas sagen soll, von dem ich nicht weiß, ob es wirklich stimmt.«

Gaston nickte. Es stimmte, immer, wenn wieder ein Zahlungstermin fällig war, hatte er Mühlenberg mit diesen Fragen behelligt. Und in diesem Punkt waren sie beide in der Tat grundverschieden. Er selbst hatte solche Fragen oft genug einfach nach Gefühl oder guter Hoffnung beantwortet. Andererseits sah er, wohin ihn diese Leichtfertigkeit, die sein Vater ihm immer schon vorgeworfen hatte, gebracht hatte. Mühlenberg war der Fels, auf den er sein Unternehmen gebaut hatte, ihn durfte er gerade jetzt nicht dazu anhalten, unvorsichtige Spekulationen zu äußern. Dazu war die Lage zu ernst.

»Ich werde nicht mehr nach solchen Prognosen fragen. Ich sehe ein, dass wir diese Dinge mit unserem jetzigen Kenntnisstand nicht

beantworten können. Also führen wir die Veränderungen durch, die Sie vorschlagen, und schauen einfach, was dabei herauskommt. Wie hört sich das an?«

Mühlenberg sah nicht wirklich überzeugt aus, aber Gaston wollte das Thema nicht weiter vertiefen, nachdem er nun einen Vorschlag zur Entlastung seines Kompagnons gemacht hatte. Zumindest einen kleinen Aufschub hatte er damit hoffentlich erreicht. Die Zukunft würde zeigen, wie – oder ob – es weiterginge.

VIER

Mittwochnachmittag

»Mit dem Übersetzungsauftrag hatte die Firma Gaston & Cie. also wohl nichts zu tun«, resümierte Herr Fiedler, nachdem Lara ihm die Ergebnisse ihrer Befragungen geschildert hatte. »Was kann sie sonst dort gewollt haben?«

»Ich habe nicht die geringste Ahnung, Herr Fiedler. Vielleicht suchte sie einfach einen Job. Sich als frei schaffende Übersetzerin durchzuschlagen, ist nicht ganz leicht. Und wenn die Firma international tätig ist, hätte sie mit ihren Sprachkenntnissen dort vielleicht eine feste Stelle finden können.«

»Nun, wir werden das sicher noch herausfinden.«

»Es kann auch sein, dass das nicht mehr nötig sein wird. Vielleicht klärt sich die ganze Sache jetzt, wo Simon zurückgekommen ist.«

»Heißt das, dass Sie ihn für den Mörder halten?«

»Eigentlich nicht. Ich fand es nur seltsam, dass er plötzlich verschwunden war. Und wenn ich ihm auch wirklich keinen Mord unterstellen will, ist es doch möglich, dass er etwas darüber oder zumindest über die Hintergründe weiß. Immerhin war er mit Martine recht eng verbandelt.«

»Nun machen Sie aber mal einen Punkt, mein Deern. Ob der Mann etwas weiß, kann ich natürlich nicht beurteilen. Aber die Wahrscheinlichkeit, dass dieser Simon der Mörder ist, ist deutlich kleiner geworden, seit er wieder da ist. Er bringt doch nicht die Frau um, verschwindet für ein paar Tage und taucht dann eiskalt wieder auf mit dem unschuldigen Blick eines Knäbleins aus dem Thomaner Chor.«

»Das glaube ich auch nicht«, stimmte Lara zu, obwohl sie inzwischen fast alles für möglich hielt.

»Über diesen Simon werden wir bald Gewissheit haben. Die Polizei wird prüfen, ob er bei seinen Eltern in Paderborn war, und wenn das stimmt, kann er's nicht gewesen sein. Wenn es allerdings nicht stimmt, werden sie ihn auseinander nehmen wie eine russische Puppe.«

»Sie haben vermutlich Recht, Herr Fiedler. Die Spur Simon führt im Moment nicht weiter. Ich werde mich mal mit dem Buch beschäftigen, das Martine übersetzen sollte, und Ihnen wäre ich dankbar, wenn Sie dieser Firma noch mal auf den Zahn fühlen könnten. Es wäre schon gut, wenn wir wüssten, ob das Unternehmen eine Rolle spielt oder nicht.«

»Machen wir, mein Deern. Vorher habe ich allerdings noch eine Frage. Wo war Martine am Samstag?«

»Keine Ahnung.«

»Mir ist Folgendes durch den Kopf gegangen. Sie haben gesagt, dass sie normalerweise sehr fleißig war.«

»Das haben alle Kollegen einstimmig bestätigt.«

»Und sie wurde blass und still, hatte also vermutlich irgendein Problem, das ihr auf der Seele lag.«

»Ja.«

»Freitagnachmittag war sie stundenlang spazieren, am Samstag war sie den ganzen Tag weg. Wie hört sich das für Sie an, mein Deern?«

Lara dachte einen Moment nach und schnalzte dann mit der Zunge. »Sie musste am Freitag mal raus, um nachzudenken.«

»Und dann?«

»Dann hat sie einen Entschluss gefasst, was sie am Samstag tun würde.«

»Genau das denke ich auch.«

»Haben Sie auch schon eine Idee, zu was sie sich entschlossen hat?«

»Ich traue mir aufgrund des nicht unerheblichen Altersunterschiedes und der Zugehörigkeit zum anderen Geschlecht nicht zu, mich in Martines Gedankenwelt einzufühlen. Das gelingt Ihnen sicher besser.«

Lara lachte. »Diese Bescheidenheit nimmt Ihnen keiner ab, Herr Fiedler. Wer Sie kennt, weiß, dass Sie sich sogar in einen Regenwurm hineinversetzen können. Weiß der Geier, wie Sie das immer machen.«

Herr Fiedler ließ ein Kichern hören, das für Laras Ohren eindeutig zufrieden klang. »Ich übe gerade wieder, mein Deern.«

Herr Fiedler sah hinüber zur Couch, auf der Robin, inzwischen frisch geduscht und in Theos viel zu großen rot-blau gestreiften Bademantel gewickelt, wieder eingeschlafen war. Die Haustür wurde aufgeschlossen, und Theo kam herein.

Herr Fiedler konnte seine Ungeduld nicht zügeln. »Was sagt die Polizei? Wird er gesucht?«

»Nein.«

»Nein? Bist du sicher? Vielleicht haben sie dir nur nichts gesagt.«

»Ich habe dem Beamten erzählt, dass ich einige Tage lang einen kleinen Herumtreiber auf dem Spielplatz an der Königstraße gesehen habe.«

»Und?«

»Er wusste spontan, dass zurzeit in Nordrhein-Westfalen kein Kind vermisst wird.«

»Dann ist er vielleicht nicht von hier.«

»Das müssen wir den Knirps schon selbst fragen. Üblicherweise werden Vermisstenmeldungen von Kindern allerdings bundesweit an alle Polizeidienststellen gegeben. Der Beamte hat in seinem Computer nachgesehen und keine Suchmeldung gefunden. Unser Gast scheint niemandem zu fehlen.«

Die alten Freunde sahen sich betroffen an. Ihre Frauen waren Schulfreundinnen gewesen, und beide hatten einen ganzen Stall voll Kinder gewollt. Herr Fiedler und seine Ilse hatten wenigstens einen Sohn gehabt, der aber früh nach Australien ausgewandert und dort bereits verstorben war. Theo und Elisabeth, die Pippa genannt worden war, waren kinderlos geblieben und hatten diesen Umstand immer sehr bedauert.

»Ich habe eine Grundausstattung für unseren Gast gekauft, damit er nicht dauernd in meinem Bademantel herumlaufen muss.«

Herr Fiedler nickte zufrieden. »Also bleibt er erst mal hier, zumindest bis er wieder gesund ist und wir mehr über ihn wissen. Jetzt lass uns das Abendessen vorbereiten und sehen, ob wir ein bisschen mehr über die Herkunft des Comic-Helden in Erfahrung bringen können.«

»Was ist das denn?« Robin starrte ungläubig auf das Unterwäsche-Set, das Theo gekauft hatte. Das Unterhemd war mit einem aufgedruckten Eisbär verziert, die Hose war getüpfelt. »So ein Kinderlätzchen soll ich ja wohl nicht anziehen, oder?«

Theo und Herr Fiedler sahen sich hilflos an. »Warum nicht?«

»Oh Mann, das ist doch voll uncool, ey.«

Mit dramatisch übertriebenem Kopfschütteln nahm Robin die Ausstattung entgegen und ging sich anziehen. An der Jeanshose bemängelte er, dass der Schritt *nicht* in den Kniekehlen hing. Herr Fiedler und Theo waren verblüfft. Sie hatten ihn bemitleidet, weil er ihrer Auffassung nach die zu große Hose eines älteren Bruders hatte tragen müssen.

»Mir scheint, wir sind modisch nicht ganz auf dem neuesten Stand«, murmelte Herr Fiedler mit einem breiten Grinsen.

Die Vorbereitungen für das Abendessen waren noch nicht ganz abgeschlossen, als Robin vollständig angezogen in der Küche auftauchte.

»Könntest du die Tomaten für den Salat schneiden, oder bist du noch zu sehr geschwächt?«, fragte Herr Fiedler den Jungen, der unsicher an der Kühlschranktür lehnte.

»Nö, für ein paar Tomaten fühl ich mich stark genug.«

Eine Weile schnippelten die drei Männer in trautem Schweigen Salatzutaten. Herr Fiedler zerlegte die Gurke, Robin teilte Tomaten, und Theo mühte sich mit den Kräutern ab. Aus dem Augenwinkel beobachtete Herr Fiedler, dass Robin sich die größte Mühe gab, die Tomaten in ordentliche, gleich große Stücke zu schneiden. Wieso hatte dieser Junge, der sein Bestes gab, die ihm übertragene Aufgabe richtig zu erledigen, in seinem Gartenhaus gewohnt anstatt zu Hause? Das interessierte ihn brennend.

Als die drei am Esstisch saßen, blickte Herr Fiedler Robin fragend an. »Also, woher kommst du, Robin?«

Robin wurde blass. »Hey Mann, was soll das? Sie wollen mich linken. Sobald ich Ihnen meinen Namen sage, rennen Sie zu den Bullen und schieben mich wieder ab. Ich geh aber nich zurück. Ende der Durchsage.«

Herr Fiedler schmierte seelenruhig Butter auf sein Brot, während er antwortete. »Hast du beim Duschen die Ohren vergessen, Junge? Ich habe nicht nach deinem Namen gefragt, das Thema haben wir ja schon zufriedenstellend geklärt. Ich habe nach der Herkunft gefragt. Dem Dialekt nach bist du ein echter Rheinländer, richtig?«

Robin schluckte. Dann biss er in sein Brötchen, das er mit beiden Händen fest umklammert hielt. »Ich komme aus Neuss«, nuschelte er.

»Und was machst du in Mönchengladbach?«

»Ich such meinen Freund.«

»Vermissen dich deine Eltern nicht? Und was ist mit der Schule?«

»Schule ist Scheiße. ‘nen Vater hab ich eh nich. Und seit meine Mutter mit dem neuen Typen zusammen is, interessiert die sich auch nich mehr für mich.«

Wieder wechselten die zwei Männer betroffene Blicke.

»Pass auf, Robin. Du bist erkältet und brauchst eine vernünftige Unterkunft, nicht nur eine Brücke oder ein Gartenhaus. Du kannst also fürs Erste hier bleiben. Wir geben dir das große Indianerehrenwort, dass wir dich nicht linken. Aber auch wir haben so unsere Charakterschwächen, und die Neugier gehört eindeutig dazu.« Herr Fiedler zwinkerte Robin mit einem Auge zu. »Wir würden uns also freuen, wenn du uns gelegentlich etwas über dich erzählst. Und das Wort Scheiße will ich nicht mehr hören. Ende meiner Durchsage.«

Robin blinzelte kräftig und wischte sich schnell mit dem Ärmel über die Augen. »Okay, das ist cool«, entgegnete er und widmete sich seinem Salat.

*

Kriminalhauptkommissar Watermann führte den Besucher in das Besprechungszimmer des Kriminalkommissariats 11 im Krefelder Präsidium. Die Luft stank nach kaltem Rauch, der Teppich hatte Brandlöcher, und die orangefarbenen Plastikstühle waren, ebenso wie der abgestoßene Tisch, zweifellos noch aus den Siebzigern. »Schmierig« war das Wort, das ihm immer wieder einfiel, wenn er dieses Zimmer betrat. Er fegte mit der Handfläche über den Sitz, bevor er Platz nahm. Sein Besucher machte es ebenso. Watermann lehnte sich zurück und betrachtete den Mann, der ihm nun mit lässig übereinander geschlagenen Beinen gegenübersaß.

»Name?«

»Simon Wegener.«

»Herr Wegener, wie war Ihre Beziehung zu Martine Mirambaud?«

»Meine Beziehung?« Hinter der randlosen Brille ging eine Augenbraue in die Höhe, die linke Hand fuhr kurz durch die etwas zu langen, grau melierten Haare.

Watermann ließ sich nicht beeindrucken. »Ja, Ihre Beziehung. Wie standen Sie zu der Frau? Dass Sie sie gekannt haben, steht außer Frage, jetzt möchte ich von Ihnen wissen, wie gut Sie sie gekannt haben.«

»Nun«, hob Wegener an und machte eine Kunstpause.

Schon wieder diese affektierte Augenbrauenakrobatik. Watermann seufzte innerlich und gönnte sich noch drei Zentimeter von seiner Lakritzschnecke. Er sehnte sich nach einer Zigarette.

»Sie war natürlich sehr attraktiv«, beendete Wegener seinen Satz.

»Natürlich?«

»Na ja, sie sah gut aus, hatte ein freundliches Wesen und war recht gescheit.«

Fast hätte Watermann die Schnecke fallen lassen. Wie arrogant musste ein Mann sein, um einer Frau Attraktivität anhand eines guten Aussehens, eines freundlichen Wesens und eines »recht gescheiten« Geistes zu attestieren? Dieser geschniegelte Vogel hielt sich wohl für ein Geschenk Gottes an die Damenwelt.

»Wie war also Ihre Beziehung zu dieser hübschen *und* gescheiten Frau?«

»Unsere Beziehung war hauptsächlich beruflicher Art.«

»Hatten Sie ein gemeinsames Projekt?«

»Nein, das nicht. Ich meine damit, dass wir eben zufällig in diesem beruflichen Umfeld miteinander zu tun hatten.«

»Hatten Sie zu allen Übersetzerkollegen den gleichen Kontakt?«

»Natürlich nicht. Das lag ja schon zum Teil an der Sprachbarriere. Nicht alle Übersetzer, die hier arbeiten, sprechen Deutsch. Die Arbeitssprachen sind kein Kriterium für ein Stipendium. Ich habe mich also sicherlich häufiger mit Martine unterhalten als mit den Koreanerinnen, um nur ein Beispiel zu nennen.«

»Was sind eigentlich Ihre Arbeitssprachen?«

»Deutsch als Muttersprache und Spanisch.«

»Worüber haben Sie mit ihr gesprochen?«

»Über ihre Heimat Belgien, über die berufliche Situation von Übersetzern dort, also in einem Land mit mehreren Amtssprachen. Solche Dinge eben.«

»Nicht über die aktuelle Arbeit?«

»Ja, auch. Mehr über meine Arbeit als über ihre. Ein Kriminalroman ist schließlich keine echte literarische Herausforderung, da gibt es nicht viel drüber zu reden.«

Watermann gestattete sich ein erneutes innerliches Seufzen.

»Jetzt erklären Sie mir doch bitte einmal ganz genau, wie der vergangene Montag abgelaufen ist.«

»Meine Mutter rief gegen vierzehn Uhr an und teilte mir mit, dass mein Vater einen Schlaganfall hatte und im Krankenhaus liegt. Ich habe mich sofort ins Auto gesetzt und bin nach Paderborn gefahren, ins St.-Vincenz-Krankenhaus, wo auch meine Mutter bereits war. Es war viel Verkehr, daher bin ich erst gegen halb sechs dort angekommen und bis etwa acht Uhr abends geblieben. Dann habe ich meine Mutter nach Hause gebracht und mir ein Zimmer in einer Pension genommen.«

»Name der Pension?«

Simon suchte etwas in seiner Brieftasche und schob dann die Zimmerrechnung über den Tisch. Watermann warf einen Blick darauf und legte sie zu seiner Akte.

»Am Dienstag und heute Vormittag war ich im Krankenhaus oder mit meiner Mutter unterwegs, um Besorgungen zu machen. Heute Mittag war der Zustand meines Vaters so weit stabil, dass ich beschlossen habe, meine Arbeit wieder aufzunehmen. Also bin ich zum Übersetzer-Zentrum zurückgefahren. Dort habe ich von Martines Tod erfahren und mich sofort bei Ihnen gemeldet.«

Watermann blieb nach dem Ende der Befragung noch einige Minuten in Gedanken sitzen. Die Alibis der anderen Übersetzer hatte sein Teampartner überprüft, bevor er sich heute Morgen krankgemeldet hatte. Sie waren in Ordnung. Wegeners Geschichte klang glaubhaft, musste aber ebenfalls verifiziert werden. Watermann würde die Mutter befragen, das Krankenhauspersonal, den Pensionswirt. Und dann wollte er herausfinden, wie lang eine Autofahrt von Paderborn nach Krefeld dauerte.

Watermann seufzte. Die Halter aller Autos, die zur Tatzeit auf dem Parkplatz abgestellt waren, hätten schon längst befragt werden sollen. Der Streifenpolizist hatte Montagabend auf Watermanns Veranlassung hin die Nummernschilder notiert – immer getreu dem Motto »Nimm mit, was du kriegen kannst, nachher ist es zu spät«. Leider waren außer seinem Partner weitere Kollegen erkrankt und die Befragungen noch nicht durchgeführt. Auch die Berichte über die am Tatort gefundenen Gegenstände waren wegen einer Grippewelle im Labor noch nicht verfügbar. Watermann sah auf die Uhr. Er würde zu spät zur Lagebesprechung der Mordkommission kommen. Wenigstens hatte er Wegeners Aussage vorzuweisen.

*

März 1856, M.Gladbach

Johannes Mühlenberg erschien im Büro seines Geschäftspartners und ließ sich auf den Besucherstuhl vor dem Schreibtisch fallen. Der Weg hierher ins Lüpertzend hatte ihn offenbar erschöpft. Zwei Monate war er krank gewesen. Eine schwere Erkältung, die auch seinem angeschlagenen Herzen gar nicht gut getan hatte, wie Gaston vom alten Quack erfahren hatte. Mehrere Anfälle hatte er in den letzten Wochen gehabt, seine Kräfte waren aufgezehrt. Seinen blassen und eingefallenen Wangen waren die durchlittenen Qualen deutlich anzusehen.

Gaston blickte von seinen Büchern auf und musste den Impuls unterdrücken, in der Schublade nachzusehen, ob der Brief noch an Ort und Stelle lag. Natürlich würde er noch dort liegen.

Gaston hatte das Schreiben an Johannes Mühlenberg zunächst fälschlicherweise für Geschäftspost gehalten und geöffnet. Die Anrede »Geliebter Johannes« hatte ihn zwar auf sein Versehen aufmerksam gemacht, aber auch seine Neugier geweckt. Wer sollte Mühlenberg, der doch mit Thekla verlobt war, einen Liebesbrief an die Firmenanschrift schreiben? Er hatte den Brief mit wachsender Erregung überflogen und danach wieder und wieder gelesen. Nun befand sich das Papier in der hintersten Ecke des immer verschlossenen Schreibtisches.

»Wie geht es Ihnen, Herr Mühlenberg? Haben Sie die Erkältung überwunden? Sie sehen etwas angestrengt aus. Vielleicht hätten Sie lieber noch ein paar Tage zu Hause bleiben sollen?«

Mühlenberg wischte sich den Schweiß von der Stirn und schüttelte den Kopf. »Nein, ich hatte das Bedürfnis, endlich wieder an die frische Luft zu kommen.«

Einen Augenblick saßen sie sich gegenüber wie zwei Fremde, die nicht wussten, wie sie eine Unterhaltung beginnen sollten. Dann räusperte sich Mühlenberg.

»Ich werde für eine Weile verreisen.«

Gaston erschrak. »Verreisen? Fahren Sie zur Kur?«

»Nein, nicht zur Kur.«

Gaston atmete auf.

»Ich werde trotzdem nach Marienbad fahren.«

Gaston stockte kurz der Atem. »Nach Marienbad, aber nicht zur Kur. Welcher Grund könnte Sie sonst dorthin führen?«

»Herr Gaston, ich werde Ihnen etwas beichten, von dem kein Mensch weiß. Ich zähle auf Ihre absolute Diskretion.«

Gaston war sich sicher, dass er bereits wusste, was jetzt kam, und sicherte Verschwiegenheit zu.

»Ich habe letztes Jahr in Marienbad eine Frau kennen gelernt. Sie heißt Annemarie. Ich liebe sie.«

»Herr Mühlenberg, ich muss gestehen, Sie überraschen mich.« Das war natürlich gelogen, aber Gaston hatte inzwischen eine grundsolide schauspielerische Fähigkeit entwickelt, die seine Glaubwürdigkeit perfektioniert hatte. »Aber Sie sind doch mit Thekla Quack verlobt. Soll nicht im Mai die Hochzeit sein?«

Mühlenberg wand sich förmlich auf seinem Stuhl. »Fräulein Quack ist ein nettes Mädchen, und ich fühle mich furchtbar schäbig, wenn ich nur an sie denke. Aber seit letztem Jahr kann ich nur noch an Annemarie denken. Ich habe es mir monatelang selbst nicht eingestehen wollen. Dann habe ich mir im letzten Monat endlich ein Herz gefasst und ihr geschrieben.«

Das war nun wirklich eine Neuigkeit für Gaston. »Und? Erwidert die Dame Ihre Gefühle?«

Mühlenberg sackte förmlich in seinem Stuhl zusammen. »Ich erhielt keine Antwort. Als Handelsrichter Preyer aus Viersen nach Marienbad fuhr, habe ich ihn gebeten, die Dame von mir zu grüßen. Er berichtete mir bei seiner Rückkehr, dass sie nicht mehr im Hause ihrer Eltern lebe und niemand etwas Genaueres über ihren Verbleib sagen mochte.«

Gaston fühlte, wie er blass wurde. Er kannte den Grund für das Verschwinden der jungen Frau.

Mühlenberg hatte derweil weitergesprochen. »… bin mir darüber klar geworden, dass ich nicht für das Unternehmertum geschaffen bin. Auch die immer schlechter werdende Luft in der Stadt und die zunehmende Eile, die alle Welt an den Tag legt, sind Gift für mein schwaches Herz. Ich möchte Annemarie finden und sie fragen, ob sie meine Frau werden will. Ich werde nach Gladbach zurückkommen, um meine Angelegenheiten zu regeln, aber wir werden nicht hier leben. Schon allein wegen der Schande, die ich Thekla Quack mit der Auflösung der Verlobung antun muss. Ich werde Sie bitten, mir meinen Firmenanteil auszuzahlen. Sie werden sicher keine Schwierigkeiten haben, einen neuen Partner zu finden – sofern Sie überhaupt noch einen brauchen.«

Gaston bemühte sich, gute Miene zum bösen Spiel zu machen. Mühlenberg wusste nichts von seinen Spielschulden. Er hatte keine Ahnung, dass der Betrieb keinen einzigen Taler abgeben konnte. Die Erträge, die in den beiden Betriebsjahren seit Eröffnung der Weberei geflossen waren, hatte Gaston zum großen Teil dazu verwendet, alte Verbindlichkeiten zu begleichen. Das Geld, das seine Mutter ihm heimlich mitgegeben hatte, steckte als winziger Partneranteil in der Firma, das Erbe seines Vaters hatte er auch durchgebracht.

Wenn Mühlenberg jetzt ausstieg, müsste er das Unternehmen schließen, Mühlenberg bekäme nur einen kleinen Teil seines Geldes zurück, und beide hätten die öffentliche Schande zu tragen. Besonders er selbst natürlich, denn es war ein offenes Geheimnis, dass Mühlenberg den Großteil des Kapitals aufgebracht hatte und sich aus dem kaufmännischen Bereich der Weberei heraushielt. Die Tatsache, dass Mühlenberg seinem Kompagnon völlig blind vertraute, hatte schon manch einen Unternehmer zu ungläubigem Kopfschütteln veranlasst.

»Nun, ich wünsche Ihnen viel Glück, Herr Mühlenberg. Aber übernehmen Sie sich nicht mit dieser Reise, Sie sehen wirklich schlecht aus. Vielleicht sollten Sie sich die ganze Sache noch mal überlegen.«

Mühlenberg sah Gaston mit weit aufgerissenen Augen an. Er fingerte mit der rechten Hand in der Jackentasche herum und zog das Taschentuch hervor, um sich die Stirn zu wischen, die schweißnass war. Mit der linken Hand griff er sich in den gestärkten Kragen und riss daran. Er öffnete den Mund und schloss ihn wieder. Gaston begriff.

»Wo haben Sie Ihre Medizin, Herr Mühlenberg?«

Mühlenberg wedelte mit dem Taschentuch in Richtung Tür.

»In Ihrem Mantel?«

Mühlenberg nickte. Seine Lippen wurden blau.

Gaston sprang auf und hastete aus dem Zimmer. Vor dem Garderobenständer blieb er stehen. Dort war das Fläschchen, nur eine Armlänge von ihm entfernt. Ein paar Tropfen davon würden Mühlenberg über den Anfall hinweghelfen. Seine Atmung würde sich beruhigen, die Lippen wieder rot werden, und schließlich würde Mühlenberg sich mit einem verlegenen Lächeln entschuldigen. Ja, entschuldigen. Dass er ihm Mühe gemacht und Sorgen bereitet hatte. Und dann würde er aufstehen und sein Geld zurückfordern, und Gaston müsste all seine Schmach und Schande gestehen.

Gaston nahm den Mantel. Seinen Mantel. Er zog ihn über und verließ das Büro.

FÜNF

Donnerstag, 25. November

Das Telefongespräch gestern war kein Ortsgespräch gewesen, sondern eine Nummer in Krefeld. Von einem öffentlichen Fernsprecher aus. Immerhin war eine Überprüfung durch die Polizei wahrscheinlicher geworden, nachdem die Frau das Zeitliche gesegnet hatte.

Das Telefonat mit Krefeld hatte nicht aufgeschoben werden können. Es musste endlich geklärt werden, was mit den Unterlagen geschehen war. Das Ergebnis war niederschmetternd. Ein Einbruch. Wer hatte damit rechnen können?

Einerseits war das gut, denn so fand die Polizei, die das Zimmer durchsucht hatte, keinen Hinweis auf eine Beziehung zu der Ermordeten. Andererseits gab es nun jemanden, der die Unterlagen hatte. Wer konnte das sein? Außerdem wusste diese vollkommen überforderte Institutsleiterin von dem Auftrag. Und es gab diese junge Frau, die von der Polizei verdächtigt wurde und selbst ermittelte. Warum hatte man sie eigentlich nicht verhaftet? War der Tatverdacht gegen sie nicht hinreichend? Da könnte man ja ein bisschen nachhelfen.

*

Lara hatte wieder schlecht geschlafen. Im Traum war sie immer wieder auf die am Boden liegende Martine zugegangen, die versuchte, ihr etwas zu sagen. Doch Lara konnte nichts verstehen. Irgendwann war sie schweißgebadet aufgewacht und hatte den Rest der Nacht mit Grübelei verbracht. Sie war sicher, dass das Auto eine Rolle spielte. Der Wagen mit dem großen Motor, der so rasant vom Parkplatz gefahren war, als Streifenwagen und Notarzt ankamen. Aber sie konnte sich weder an das Modell noch an das Kennzeichen erinnern. Solange sie solch dürftige

Informationen hatte, würde Watermann sich sicherlich nicht darum kümmern.

Gegen Morgen kam ihr die Erleuchtung. Sie konnte sich nicht an das Modell erinnern, weil sie es nicht kannte. Das war es, was ihr Unterbewusstsein ihr schon seit Tagen zu vermitteln versuchte. Lara sprang aus dem Bett und setzte sich an einen Computerarbeitsplatz im Salon. Sie wählte sich ins Internet ein und rief nacheinander die Seiten der Autohersteller auf, so wie sie ihr in den Sinn kamen. Mercedes, Porsche, Audi, BMW. Teure Marken mit großen Motoren. Sie klickte sich durch alle Modelle, die mit einem Sechs- oder Achtzylindermotor ausgestattet sein könnten. Gegen neun Uhr starrte sie gebannt auf das Bild, das sich langsam vor ihr auf dem Monitor aufbaute. Das war die Form. Sie klickte die verschiedenen Ansichten durch. Von vorn, von der Seite, von hinten. Mit an Sicherheit grenzender Wahrscheinlichkeit war es dieser Typ, den sie am Tatort gesehen hatte. Ein BMW Geländewagen.

Lara beschloss, den strahlenden Sonnenschein des Morgens zu nutzen und einen kleinen Spaziergang zu machen. Sie würde einen Blick auf den Rhein werfen und sich aus der Stadt frische Croissants mitbringen. Dann würde sie Watermann anrufen.

Wieder nahm sie den Weg durch den Grünzug, den sie nun schon etliche Male gegangen war, aber jetzt war es das erste Mal bei vollem Tageslicht. Sie schritt rasch aus, hielt sich am Obertor nicht auf und gelangte auf den Deich, dem sie bis zum Rheintor folgte. Dort wandte sie sich nach rechts zu der Treppe, die ins Hafengelände führte. Sie hatte gerade den linken Fuß auf die oberste Stufe gesetzt, als sie einen Stoß im Rücken spürte. Der nächste Schritt ging ins Leere. Sie fiel.

*

Watermann war pünktlich. Nachdem die gestrige Lagebesprechung bei seiner Ankunft schon fast vorbei gewesen war, hatte er sich diesmal beeilt. Heute hätte er für eine Verspätung auch keine Entschuldigung gehabt. Er war noch keinen Schritt weitergekommen.

»Schulz und Berger haben sich ebenfalls krankgemeldet.« Die Verärgerung war Kriminalhauptkommissar Daniel Lohse deutlich anzumerken. Watermann unterdrückte ein Seufzen, die beiden jungen Kollegen sahen sich genervt an. Damit waren nur drei der ursprünglich acht Mitglieder der Mordkommission noch arbeitsfähig. Besonders Bergers Ausfall war eine Katastrophe. Berger war ein alter Hase. Der einzige außer ihm.

Lohse war als Leiter der Mordkommission völlig überfordert. Tatsächlich schien er gar nicht bemerkt zu haben, dass der erfahrene Berger immer die Hauptarbeit für ihn machte. Wenn der sich krankmeldete, musste es schon wirklich schlimm um ihn stehen. Und die Mordkommission verlor mit ihm nicht nur einen guten Kommissar, sondern auch den einzigen Menschen, der mit Lohse zurechtkam.

»Haben wir inzwischen die Ergebnisse aus dem Labor?«, fragte Watermann.

»Nein, noch nicht.« Lohse klang genervt.

»Wie sollen wir unsere Arbeit machen, wenn wir drei Tage nach dem Mord noch nicht einmal wissen, ob die sichergestellten Gegenstände nur Müll sind oder die entscheidende Spur darstellen? Was ist mit dem Regenschirm?« Watermann deutete auf das Foto an der Pinnwand. »Oder mit diesem Plastikstopfen? Was ist das überhaupt?« Er stand auf und betrachtete das betreffende Foto, das am Tatort aufgenommen worden war. Es zeigte ein gelbes Plastikteil, das wie ein Stopfen mit einer Lasche aussah. »Haben wir wenigstens den Obduktionsbericht?«

Wie auf Kommando ging die Tür auf, und eine Assistentin reichte einen Umschlag herein. Lohse zog die Unterlagen heraus und begann zu lesen.

»Wie wäre es mit ein paar Kopien?«, fragte Watermann nach ein paar Minuten. Die beiden jüngeren Kollegen grinsten.

Lohse tat, als hätte er nichts gehört. »Tödliche Wunde, blablabla. Tatwaffe: ein länglicher Zylinder von ungefähr achtzehn Zentimetern Durchmesser. Vermutlich aus Stahl. Es wurden geringfügige Lackspuren in der Wunde gefunden. RAL 3000. Was ist das denn?«

Watermann verdrehte die Augen. »Das ist die Farbkennzahl. Knallrot.«

Die jungen Kollegen waren beeindruckt.

Watermann sah schwarz für die weiteren Ermittlungen. »Könntet ihr beide vielleicht die Fahrzeughalter von dem Parkplatz befragen? Wenn wir nicht bald eine weitere Spur finden, sehen wir ziemlich alt aus. Und ein paar Ersatzleute für unsere erkrankten Kommissare könnten wir auch gut brauchen«, fügte er an Lohse gewandt hinzu.

»Machen Sie einfach Ihre Arbeit«, gab der Chef zurück, »ich mache meine.«

Schön wär's, dachte Watermann. Er fragte sich allerdings, welche Arbeit das sein sollte. Der Leiter einer Mordkommission koordinierte üblicherweise vom Schreibtisch aus die Einsätze der ermittelnden Kollegen und sammelte die notwendigen Informationen wie Obduktionsbefund, Laborergebnisse und Befragungsprotokolle. Aber was gab es hier zu koordinieren? Es waren praktisch keine Kollegen mehr da, die Ermittlungen durchführen konnten, und Berichte hatte bisher weder der Erkennungsdienst noch das Labor geschickt.

Das Klingeln seines Handys enthob ihn einer Entgegnung. Er lauschte einen Moment, äußerte einen deftigen Fluch und verließ im Laufschritt den Raum. Lohses Frage nach seinem Ziel hörte er schon gar nicht mehr.

*

»Damit dürften wir einige Zeit beschäftigt sein«, entfuhr es Theo, als er den Stapel Bücher begutachtete, die Herr Fiedler aus der Stadtbibliothek in Rheydt besorgt hatte. Ein wacher und deutlich gesünder wirkender Robin stand neben Theo und blickte ebenfalls interessiert. Als Herr Fiedler drei Bücher auspackte, die die nette Dame am Info-Tisch ihm auf seine Bitte hin »für Rotzbengel zwischen zehn und zwölf« empfohlen hatte, wurde er richtig aufgeregt. »Für mich? Echt?«

»Die sind nur geliehen. Du solltest also pfleglich damit umgehen, keine Flecken oder Eselsohren reinmachen und sie nicht verlieren.«

Robin nahm eins der Bücher fast ehrfürchtig in die Hand und

begann, darin zu lesen. Sein Finger fuhr im Zeitlupentempo die Zeilen entlang, er murmelte jedes Wort leise vor sich hin.

»Mir scheint, er kann lesen«, freute sich Theo.

»Bei der Geschwindigkeit wird er allerdings den Führerschein und die ersten drei Punkte in Flensburg haben, bis er weiß, wie die Geschichte zu Ende geht«, murmelte Herr Fiedler mit gerunzelter Stirn, die sein Lächeln nicht verbergen konnte.

Sie sortierten die Werke nach Wichtigkeit, wobei die Festschrift von Gaston & Cie. zum hundertjährigen Jubiläum aus dem Jahr 1953 ganz oben auf dem Stapel landete. Dahinter kam ein dickes Buch über Textilbarone, in dem der Name Gaston ebenfalls an prominenter Stelle auftauchte. Mit diesen Wälzern und einer großen Kanne von Herrn Fiedlers starkem, schwarzem Tee setzten die Privatermittler sich an den Tisch. Eine Zeit lang hörte man nur das Knacken der Kandisstücke im Tee und das Umblättern der Seiten. Dann zog Robin geräuschvoll die Nase hoch.

»Lieber Hausgast«, begann Herr Fiedler, wurde aber von dem Übeltäter unterbrochen.

»'tschuldigung. Kommt nich wieder vor. Haben Sie noch so'n Schnodderlappen für mich?«

Theo stand auf und holte ein Päckchen Papiertaschentücher aus seinem Zimmer.

»Seit wann benutzt du so neumodisches Zeug?«, fragte Herr Fiedler verblüfft.

»Hatte ich für meine Reise gekauft«, gab Theo zu.

»Willkommen im dritten Jahrtausend, Gandalf«, kommentierte Robin grinsend.

Zwei Stunden später schlug Herr Fiedler sich mit einem lauten Seufzer plötzlich an die Stirn. »Wie konnte uns das entgehen!?«

Robin und Theo, die in ihre Lektüre versunken gewesen waren, sahen erschrocken von ihren Büchern hoch. »Was ist?«, fragten sie im Chor.

Herr Fiedler holte tief Luft und sah seine gespannt aussehenden Zuhörer mit strahlendem Blick an.

»Wir haben uns doch Gedanken darüber gemacht, was Martine am letzten Samstag wohl unternommen hat.«

Robins Interesse schien deutlich nachzulassen. »Na und?«, fragte er.

»Ich habe eine Idee. Mal sehen, ob ihr auf dieselbe Antwort kommt. Also: Martine ist eine Übersetzerin, die für eine gewisse Zeit aus ihrem alltäglichen Leben und ihrer normalen Umgebung herausgerissen ist, weil sie in diesem Übersetzer-Zentrum arbeiten darf.«

»Wie alt war die eigentlich?«, wollte Robin von Herrn Fiedler wissen.

»Ich glaube, Lara sagte etwas von Anfang dreißig.«

»Boa, das ist aber alt.«

Theo schmunzelte still vor sich hin, Herr Fiedler ließ ein lautes »Ha!« hören.

»Äh, für Frauen, mein ich«, setzte Robin leiser hinzu.

Herr Fiedler beschloss, nicht weiter darauf einzugehen. Über diese Dinge konnte er sich später einmal von Mann zu Mann mit Robin unterhalten. Jetzt ging es um die Lösung eines Mordfalles.

»Also, diese Frau, sie war übrigens Belgierin, das solltet ihr auch noch bedenken, ist fern von Heimat, Familie und Freunden und sieht sich plötzlich in ihrer Arbeit mit einem großen Problem konfrontiert.«

»Welche schwer wiegenden Probleme können eigentlich bei der Übersetzung von Kriminalromanen auftauchen?«, murmelte Theo.

Herr Fiedler zuckte die Schultern. »Was tut sie also? Ich denke, sie könnte sich einen Rat geholt haben.«

Theo nickte.

»An wen wendet man sich in so einer Situation?«

Theo überlegte nur einen Augenblick. »An die Person, die einem am nächsten steht.«

»Wer könnte das in ihrem Fall sein, Theo?«

»Familie. Also entweder Ehemann oder Eltern. Im Zweifelsfall die beste Freundin.«

»Es wäre also denkbar, dass sie am Samstag zu ihrem Mann, ihren Eltern oder ihrer besten Freundin gefahren ist.«

Theo nickte.

»Eltern?« Robin hatte das Wort förmlich ausgespuckt. »Wenn

man Probleme hat, dann geht man doch nicht *nach Hause*! Dann haut man ab!«

Herr Fiedler und Theo blickten den Jungen erschrocken an. Robin stand vor der Couch, auf der er die ganze Zeit gehockt hatte, die Arme in die Seiten gestemmt. Seine Wangen glühten.

»Wohin haut man denn ab?«, fragte Herr Fiedler, der sich um einen neutralen Tonfall bemühte.

»Na, irgendwohin ...« Robin zögerte.

»Vielleicht dahin, wo man jemanden kennt?«, half Herr Fiedler nach.

»Na ja, vielleicht.« Robin verschränkte die Arme vor der Brust. »Ist ja auch egal.«

»Also, als Theo von zu Hause abgehauen ist, ist er hierher gekommen. Wir sind nämlich schon seit über vierzig Jahren befreundet.«

»Echt, Sie sind von zu Hause abgehauen?« Robin sah Theo mit großen Augen an.

Theo warf seinem alten Freund einen, wie dieser fand, etwas düsteren Blick zu. »Nun, tatsächlich habe ich bis vor kurzem in Wegberg-Arsbeck gewohnt. Aber seit meine Frau tot ist, war es dort sehr ruhig geworden ...«

»Ihre Frau? Sie waren verheiratet? Ach, und ich dachte, äh, also ...« Robin wurde rot.

Daraufhin wurde auch Theo rot. Herr Fiedler hatte die längere Leitung, aber als er erst einmal verstanden hatte, lachte er, bis ihm die Tränen kamen.

»Wir sollten Lara davon erzählen, dass wir glauben, Martine ist zu ihren Eltern oder einem anderen Vertrauten gefahren«, beeilte Theo sich in einem seriösen Tonfall vorzubringen.

Herr Fiedler nickte und wischte sich die nassen Wangen, während er, immer noch kichernd, das Telefon holte. Er wählte ihre Handynummer, aber Lara antwortete nicht.

*

Watermann raste mit überhöhter Geschwindigkeit zum St.-Josefshospital in Uerdingen. Brigitte Hofmann hatte aufgeregt geklungen und kaum einen geraden Satz herausbekommen. Ein Unfall und Lara Lewandowski im Krankenhaus. Mehr wusste er nicht. Er fuhr direkt zur Notaufnahme. Wenige Minuten später stand er vor Lara. Sie lag auf einer Liege, hatte großflächige Hautabschürfungen auf der linken Wange sowie an beiden Handflächen und zwei bandagierte Knie. Sie war bei Bewusstsein.

»Was ist Ihnen denn passiert?«, fragte Watermann und bot der Patientin eine Lakritzschnecke an. Sie lehnte dankend ab.

»Ich bin die Treppe vom Deich zum Rhein hinuntergeschubst worden.«

Brigitte Hofmann, die Watermann erst jetzt bemerkte, jammerte leise vor sich hin.

»Von wem?«

»Ich weiß es nicht! Ich habe niemanden bemerkt. Es ging alles so schnell.« Sie fuhr sich mit zittriger Hand über die Stirn.

»Nichts gehört, nichts gesehen?«

Kopfschütteln. »Au.« Sie griff sich an den Schädel.

»Gehirnerschütterung?«, fragte Watermann.

»Leichte. Der Arzt meint, dass ich großes Glück hatte.« Sie versuchte ein Lächeln.

»Sind Sie allein hierher gekommen?«

»Nein, ein freundlicher Jogger hat mich gefunden und einen Krankenwagen gerufen.«

Watermann lächelte. »Die ganz große Show.«

»Das kann man wohl sagen.« Lara grinste matt.

»Müssen Sie hier bleiben?«, fragte Watermann.

»Nein, Brigitte bringt mich zurück.«

»Dann will ich Sie nicht aufhalten. Ich komme später noch mal vorbei, damit wir einen Bericht aufnehmen können, in Ordnung?«

»Klar.«

Brigitte half Lara auf. Watermann griff nach ihrer Jacke, die am Fußende der Liege lag. Dabei fiel ein kleines Büchlein aus der Tasche. Watermann bückte sich danach. Auf dem Umschlag waren die Initialen »M.M.« eingestanzt. Er stutzte.

»Ist das Ihres?«, fragte er Lara.

Sie warf einen erstaunten Blick darauf. »Nein. Was ist das?«

Watermann betrachtete den Fund genauer. Es war ein Adressbuch. Vorn im Umschlag stand der Name der Eigentümerin: »Martine Mirambaud«.

»Ich glaube, ich fahre Sie nach Hause, Frau Lewandowski«, erklärte Watermann mit kühler Stimme. »Ich hätte da ein paar Fragen, die ich nicht länger aufschieben möchte.«

Brigitte Hofmann sackte auf die Liege, von der Lara gerade aufgestanden war.

Im Übersetzer-Zentrum bugsierte Watermann Lara in sein Büro und bat Brigitte Hofmann, Wasser und Kaffee zu bringen. Sie machte den Mund auf, als wollte sie etwas sagen, drehte sich dann aber wortlos um und verließ den Raum.

»Wie kommen Sie zu dem Buch?« Er zückte Notizheft und Stift und sah Lara unverwandt an.

»Keine Ahnung. Ich habe das nie zuvor gesehen«, sagte sie fest.

Watermann blätterte in dem Adressbüchlein. Die vorderen Seiten mit den Buchstaben »A« bis »K« waren herausgerissen. Erst ab »L« gab es Einträge. Der Name Lewandowski tauchte nicht auf.

»Das Buch ist aus Ihrer Jackentasche gefallen. Wie erklären Sie sich das?«

Lara zuckte hilflos die Schultern. »Ich bin die Treppe hinuntergestoßen worden und habe die Besinnung verloren. Vielleicht … vielleicht hat die Person, die das getan hat, das Buch in meine Tasche gesteckt.«

Watermann steckte sich eine neue Lakritzschnecke in den Mund und kaute angelegentlich darauf herum. »Warum sollte jemand so etwas tun?«

»Um mich verdächtig zu machen.« Lara schnaubte jetzt durch die Nase. »Eigentlich witzlos, schließlich haben Sie mich sowieso auf dem Kieker.«

Brigitte Hofmann brachte Kaffee und Saft. Watermann füllte zwei Tassen und schob eine zu Lara hinüber.

»Und diese Person rechnet damit, dass das Buch gerade mir vor die Füße fällt?«

Lara Lewandowski dachte einen Moment nach.

»Wenn ich länger bewusstlos oder gar tot gewesen wäre, hätte ein Sanitäter oder Notarzt bestimmt in meiner Jackentasche nach einem Ausweis gesucht. Oder nach der Adresse von jemandem, der im Fall eines Unfalls benachrichtigt werden soll.«

Watermann zögerte. Die Vermutung war durchaus richtig. Allerdings wunderte er sich, dass Lara Lewandowski diese Vorgehensweise so spontan eingefallen war. »Wie kommen Sie auf diese Erklärung?«

»Als meine Eltern bei einem Verkehrsunfall ums Leben kamen, lief es genauso ab.«

»Oh, verstehe.«

»Vielleicht hat er auch gehofft, dass ich mir gleich das Genick breche und alle weiteren Untersuchungen aufgegeben werden, wenn die Hauptverdächtige sich mit dem Beweisstück in der Tasche in selbstmörderischer Absicht eine Treppe hinunterstürzt.«

»Jetzt werden Sie theatralisch«, murmelte Watermann, der die Kaffeetasse an die Lippen gesetzt und erst im letzten Moment daran gedacht hatte, die Lakritzschnecke aus dem Mundwinkel zu entfernen.

»Wissen Sie, ob Martine dieses Adressbuch in ihrem Zimmer aufbewahrte?«, fragte er dann.

»Nein. Ich wiederhole gern noch einmal, dass ich Martine kaum kannte. Fragen Sie Werner Bröder. Ich glaube, dass er derjenige ist, der am meisten über ihre Gewohnheiten weiß.«

Watermann nickte. »Danke, Sie können jetzt gehen. Und gute Besserung.«

Lara humpelte in ihr Zimmer, legte sich aufs Bett, streifte nur die Schuhe ab und schlief fast auf der Stelle ein.

*

»Wir hatten uns schon Sorgen um Sie gemacht«, brüllte Herr Fiedler in Laras Ohr, nachdem sie noch im Halbschlaf ans Telefon gegangen war. »Sind Sie verschütt gegangen?«

Lara berichtete von ihrem Erlebnis der unangenehmen Art und suhlte sich in den Mitleidsbekundungen, die ihre Mitstreiter ihr telefonisch übermittelten. Dann trug Herr Fiedler die Idee von Martines Reise zu einem Vertrauten vor. Da konnte etwas dran sein. Martine war Single, sie hatte bei ihren Eltern gewohnt. Sofern nicht einer der Übersetzer noch von einer Freundin wusste, würde sie die Eltern kontaktieren.

»Ich muss Sie bitten, ab sofort alle Nachforschungen einzustellen, meine Herren.« Laras Stimme klang fester, als sie zu hoffen gewagt hatte.

»Mir scheint, Sie haben sich ernstlich am Kopf verletzt«, sagte Herr Fiedler nach einer kurzen Pause.

»Quatsch. Ich will bloß nicht, dass Sie sich in Gefahr bringen. Wer auch immer mich diese Treppe hinuntergestoßen hat, könnte auch dahinter kommen, dass Sie in Mönchengladbach Erkundigungen einziehen.«

»Nun hören Sie mir mal gut zu, mein Deern. Ich habe etliche Kriege erlebt, habe auf See mit Unwettern zu tun gehabt, von denen Sie nicht einmal träumen möchten, und habe inzwischen ein Alter erreicht, das die meisten Menschen als gesegnet bezeichnen würden. Sie glauben doch nicht, dass ich Sie jetzt im Stich lasse?«

Laras Kopfschmerzen schwanden. Das Zimmer erschien ihr plötzlich viel heller. Ihr wurde warm ums Herz.

»Herr Fiedler, das kann ich nicht annehmen.«

»Das ist Unfug, und das wissen Sie auch. Sie können mich nicht davon abhalten. Also erlauben Sie es mir, damit wir weiterhin unsere Erkenntnisse austauschen können. Wenn ich heimlich Nachforschungen anstellen muss, wie soll ich Ihnen dann die Ergebnisse mitteilen?«

»Sie sind ein echter Schatz.«

»Ich weiß. Gute Besserung.«

Lara ging in die Küche, in der Hoffnung, dort jemanden zum Reden zu finden. Schon wieder war es Antonio, den sie traf, diesmal bei den Vorbereitungen zum Abendessen. Er hatte von ihrem Erlebnis gehört und freute sich offenbar, sie einigermaßen wohlbehalten anzutreffen. Lara berichtete kurz die Details.

»Wenn ich etwas für dich tun kann, lass es mich wissen«, sagte er.

»Lass uns einfach das Thema wechseln, dann geht es mir gleich besser.«

Antonio nickte. »Erzähl mir aus deinem Leben«, forderte er sie auf, während er Nudelteig rollte und ihn dann mit einer vorbereiteten Füllung aus getrockneten Tomaten und Mozzarella zu Ravioli verarbeitete.

»Ich habe in Frankreich Abitur gemacht, bin mit Bruder und Omas nach Köln gezogen, habe eine Ausbildung als Exportkauffrau gemacht, ein paar Jahre lang deutsche Industriegüter in alle Welt exportiert, und als ich davon die Nase voll hatte, habe ich Kommunikationswissenschaft studiert.«

»Warum hast du eine vermutlich gut bezahlte Arbeit in der Industrie gegen ein geisteswissenschaftliches Studium mit ausgesprochen unsicheren Zukunftsaussichten getauscht?«

»Ich hätte mich entscheiden müssen zwischen der diplomatischen Laufbahn und dem ewigen Stillstand.«

»Diplomatische Laufbahn in der Industrie?«

»Wenn du Karriere machen willst, musst du nicht nur deine Arbeit gut erledigen, du musst vor allem an den ganzen firmeninternen Intrigen, der Politik, der geheimdienstlichen Informationsbeschaffung und der Seilschaftbildung teilnehmen.«

»*Piccola Lara*, da ist deine Begriffsdefinition nicht auf dem neuesten Stand. Seit die Globalisierung das goldene Kalb ist, heißt das nicht mehr Seilschaft, sondern Networking. Intrigen sind nichts anderes als zielorientierte Kommunikation, geheimdienstliche Informationsbeschaffung ist Wissensmanagement, und Politik ist vermutlich die Mischung aus Führungsfähigkeit und Teamgeist, die in Personalunion von Mitarbeitern zu erbringen ist.«

Lara lachte. »Du kennst dich mit diesen Dingen gut aus.«

»Ich habe mal einen Ratgeber für Manager übersetzt. Da wurde für wirklich jedes verabscheuungswürdige menschliche Fehlverhalten ein spritziger Begriff erfunden und das Ganze dann als Sammlung hochaktueller Führungsinstrumente präsentiert. Ich muss dir sagen, ich übersetze lieber Krimis. Da heißen Verbrechen wenigstens noch Verbrechen und nicht ›betriebsangepasste Erfordernisse‹.«

Lara grinste immer noch. »Ich habe mir jedenfalls gedacht, dass ich auf diese ganze politische Taktiererei keine Lust habe. Als Alternative bleibt dann nur: Kopf runter, möglichst unauffällig die Arbeit erledigen und hoffen, dass man niemandem, der eine Karriere plant und von Paranoia geplagt wird, plötzlich im Weg steht. Diese Aussichten fand ich auch nicht spannend.«

»Und jetzt erhoffst du dir eine Arbeit, die dich erfüllt, dir Spaß macht, die Welt verbessert und außerdem deinen Lebensunterhalt sichert«, neckte Antonio.

»Ja!«

Antonio lachte. »Du hast die unsäglichen Tiefen des menschlichen Charakters im kaufmännischen Umfeld ausgelotet und glaubst immer noch daran, dass im Bereich der Übersetzer und Schöngeister eine hehre Gesinnung vorherrscht? Ich habe dich durchschaut, Lara. Im Grunde deines Herzens bist du eine unverbesserliche Optimistin.«

Antonio hatte bei diesen Worten mit seinen bemehlten Händen gestikuliert; der feine weiße Staub brachte Lara zum Niesen.

Sie fächelte sich frische Luft zu und kicherte. »Wenn ich mal einen zurückhaltenden, bescheidenen Therapeuten brauche, werde ich mich vertrauensselig an dich wenden. Aber zunächst bist du dran mit deiner Lebensbeichte. Woher kommst du?«

»Aus Venedig.«

»Die Stadt des unerschrockenen *Commissario B.*?«

Antonio verdrehte die Augen. »Diese Amerikanerin scheint in den letzten zehn Jahren das Venedig-Bild der Deutschen mehr beeinflusst zu haben als alle Dogen und Künstler in den Jahrhunderten davor. Schon wieder ein Unkultur-Imperialismus der Supermacht, um den sie keiner gebeten hat.«

»Du kennst die Bücher also?«

»Natürlich! Es gibt sie zwar nicht auf Italienisch, aber ich lese sie auf Englisch oder Deutsch, weil es mich interessiert, wie eine Zugereiste die venezianischen Verhältnisse sieht.«

»Und wie sieht sie sie?«

»Wie eine Zugereiste eben. Ich ergänze: wie eine zugereiste Amerikanerin.«

Lara grinste. »Und wie siehst du diese Verhältnisse?«

Antonio unterbrach seine Arbeit einen Moment und richtete

seinen Blick in die Ferne. »Es gibt nichts auf der Welt, was mit Venedig vergleichbar wäre. Es gibt keine Stadt, die mich glücklicher, und keine Stadt, die mich trauriger machen könnte.«

»Oh, da brodelt die italienische Leidenschaft an die Oberfläche des stillen Wassers. Was macht dich glücklich?«

»Die großartigen Kunstwerke der Architektur, der Malerei, der Schiffsbaukunst und der Kirchen, die dort entstanden sind. Und die geradezu dörfliche Gemeinschaft der Venezianer, von denen jeder alles über den anderen weiß. Man trifft sich schon vormittags in den Bars, trinkt eine *ombra*, ein winzig kleines Gläschen Wein, und wiederholt das über den Tag verteilt noch fünf- oder sechsmal. Dabei begegnet man immer jemandem, den man kennt, und plaudert ein bisschen. Lästert über diese, hetzt über jenen. Die ganz normale menschliche Gemeinheit, verpackt in ein Ritual, das es in dieser Form nicht noch einmal gibt auf der Welt.«

Antonio setzte, während er sprach, kleine Häufchen der vorbereiteten Füllung auf rechteckig zugeschnittene Teigläppchen und faltete diese sorgfältig zusammen.

»Gleichzeitig sind die Venezianer, obwohl ganz in ihren Stadtteilen verwurzelt, so weltoffen wie kein zweites Volk. Toleranz ist immer eine große Tugend der Venezianer gewesen, auch wenn der alte Shakespeare uns diese Othello-Geschichte angedichtet hat. Die Toleranz brauchten die Venezianer übrigens nie dringender als heutzutage. Wenn sich täglich hunderttausend schlecht gekleidete Touristen durch die wunderbaren Gassen wälzen und kitschige Souvenirs kaufen, ist Ruhe und Gelassenheit erste Bürgerpflicht.«

Lara musste über die Formulierung »das venezianische Volk« grinsen. Von allen lokal- und nationalpatriotischen Südeuropäern, die sie bisher kennen gelernt hatte, war dieser hier die Krönung.

»Und was macht dich traurig?«

»Dass die Stadt in absehbarer Zeit in einem Atemzug mit dem versunkenen Atlantis genannt werden wird. Dass die Immobilienpreise so sehr steigen, dass sich bald nur noch ultrareiche Amerikaner eine Wohnung kaufen können, die dann elf Monate im Jahr leer steht. Dass es eine Touristenmagenfüllstation von MeckDreck in der Stadt gibt. Und dass ich gerade nicht da bin.«

»Bist du wegen dieser venezianischen Toleranz und Weltoffenheit Übersetzer geworden?«

Antonio lachte. »Das wäre in der Tat ein sehr ehrbares Motiv, und es würde mir wahrscheinlich einen moralischen Pluspunkt einbringen, wenn ich ›ja‹ sagen würde. Wenn ich mal die Memoiren des unbekannten Übersetzers schreibe, muss ich mir diese Begründung unbedingt zu Eigen machen. Aber das war nicht der Grund. Ich war in eine Frau verliebt und wollte in ihrer Nähe sein. So folgte ich ihr an die Universität und wählte dieselben Fächer wie sie.«

»Was ist aus ihr geworden?«

»Wir sind seit fünfzehn Jahren verheiratet, haben vier Kinder und führen eine wunderbare Ehe, in der der Streit ebenso leidenschaftlich ausgetragen wird wie die Liebe.«

Lara hatte Antonio bisher nicht von seiner Familie sprechen hören und war sich daher nicht ganz sicher, ob er sie auf den Arm nahm. Aber sie hatte den Eindruck, dass er die Wahrheit sagte.

Antonio grinste Lara an. »Jetzt weißt du alles über meine venezianische Seele. Ich würde dir gern auch meine venezianische Kochkunst demonstrieren, aber leider habe ich kein Fischgeschäft gefunden, das Tintenfische verkauft, die noch mit Tinte gefüllt sind. Also musst du mit diesen wirklich hervorragenden Ravioli vorlieb nehmen. Es ist bestimmt genug für drei da, und Charles wird sich freuen, wenn du uns gleich Gesellschaft leistest. Er besorgt gerade Wein.«

Lara ging in ihr Zimmer zurück, um in Köln anzurufen. Sie hatte beschlossen, den Sturz vorerst zu verschweigen. Das würde die Omas nur beunruhigen.

»Ich habe euch doch erzählt, dass Martine am Samstag den ganzen Tag weg war.«

»Und, hast du herausgefunden, wo sie war?«, fragte Mamie.

»Nicht hundertprozentig, aber ich glaube, wir haben eine gute Spur.« Lara gab Herrn Fiedlers Idee wieder.

»War sie verheiratet?«

»Nein, Brigitte sagt, dass sie auf dem Hof ihrer Eltern lebte. Und zwar in Aywaille.«

»Ist das dieses hübsche Dorf in den Ardennen, wo wir mal Urlaub gemacht haben?«

»Genau! Du kennst also schon den Weg, wenn du zu Martines Eltern fährst und in Erfahrung bringst, ob Martine tatsächlich am Samstag zu Hause war.«

»Du meinst, ich soll zu den Eltern eines Mordopfers fahren und sie ausfragen?«

Lara, die ihre französische Großmutter immer für forsch und absolut unerschrocken gehalten hatte, hörte ein deutliches Zögern in ihrer Stimme.

Lara schluckte. »Deine Muttersprache ist auch die Sprache dieser Leute, Mamie. Ich könnte mir vorstellen, dass sie froh sind, in ihrer Sprache darüber reden zu können.«

»Worüber?«

»Über ihre Tochter. Über das, was Martine ihnen vielleicht, wenn unsere Vermutung stimmt, am Samstag anvertraut hat. Über Gott und die Welt, was weiß ich.«

Noch immer kam keine Antwort.

»Also, Mamie, fährst du hin? Und lass dir bitte ein Foto von Martine geben. Hier im Übersetzer-Zentrum konnten wir keins auftreiben.«

»Ist gut, *ma belle*, gib mir die Adresse. Gleich morgen werde ich mich darum kümmern.«

Als Lara auflegte, war ihr einsam zumute. Eigentlich hatte es ihr seit dem Unfalltod ihrer Eltern vor zehn Jahren an nichts gefehlt, und sie fühlte sich in ihrer außergewöhnlichen Restfamilie geborgen. Mit ihrem Bruder hatte sie sich immer gut verstanden, und ihre Omas waren sowohl altmodisch als auch modern, warmherzig und cool, in ihren Ansichten unorthodox und in ihrer Hingabe an die Familie absolut kompromisslos. Aber plötzlich hielt Lara es für möglich, dass eine Mutter und ein Vater grundsätzlich nicht ersetzbar waren. Wie schwierig mochte es für Martines Eltern erst sein, den Tod eines Kindes zu ertragen?

Lara verfluchte Kriminalhauptkommissar Watermann und den von ihm verordneten Hausarrest aus tiefstem Herzen und ging zurück in die Küche in dem Wissen, dort etwas Gutes für Leib und Seele zu bekommen.

Antonio und Charles saßen bereits am für drei gedeckten Tisch und sahen höchst zufrieden aus, dass ihre Mitesserin endlich kam. Antonio ließ die Teigtaschen mit großer Vorsicht ins kochende Wasser gleiten und servierte als Vorspeise mariniertes Gemüse. Die Herren hatten über den Wahrheitsgehalt nationaler Vorurteile debattiert und befragten Lara nach ihren erotischen Erfahrungen mit Vertretern der britischen und italienischen Volksgruppen. Laras Beteuerung, in dieser Hinsicht keine Vergleiche anstellen zu können, wurde von den beiden als feige Ausrede gewertet.

Das Thema kam Lara allerdings gerade recht. »Was war denn eigentlich mit Simon und Martine?«, wollte sie wissen.

»Warum fragst du ihn nicht selbst?«, schlug Antonio vor.

»Ich habe ihn seit gestern nicht mehr gesehen. Habt ihr eine Ahnung, wo er abgeblieben ist?«

Antonio und Charles sahen sich an.

»Irgendwie kommt mir die Situation bekannt vor. Plötzlich merkt man, dass Simon nicht da ist. Mir ist er jedenfalls auch nicht mehr begegnet, seit er hier aufgetaucht und dann zum Polizeirevier gefahren ist«, bemerkte Antonio nachdenklich.

»Details über ihr Liebesleben können wir sowieso nicht liefern, ihre Zimmer lagen ja sehr abseits«, bemerkte Charles trocken.

»Klar ist, dass Simon ihr vom ersten Tag an schöne Augen gemacht hat.« Antonio sprach mit den Händen fast so viel wie mit dem Mund.

»Was muss ich mir darunter vorstellen?«, wollte Lara wissen.

»Er ging mit ihr gemeinsam einkaufen und trug die Taschen. Er holte ihr morgens frische Croissants – oder das, was die Deutschen dafür halten. Er fand ihre Witze immer witzig, ihre Meinung immer richtig und ihren Kaffee ganz hervorragend. Auch wenn er tatsächlich wie magenschonender, entkoffeinierter Kinderkaffee schmeckte.«

»Und wie reagierte Martine?«

»Wie vermutlich jede normale Frau reagiert hätte. Sie war geschmeichelt.«

»Man muss zugeben, dass Simon tatsächlich charmant sein kann«, warf Charles ein.

»Eine Zeit lang schien es auch, als ob sie sich wirklich ganz gut verstünden. Aber irgendwann änderte sich das. Zumindest von Martines Seite.«

Lara erinnerte sich an die Begegnung, die Heidi ihr geschildert hatte.

»Habt ihr eine Ahnung, was der Grund für den Stimmungswandel war?«

Lara bemerkte, dass Antonio und Charles ihren Blick mieden. »Was ist los, Männer? Was verschweigt ihr mir?«

»Das musst du schon Jamela fragen.«

»Was hat die denn damit zu tun?«

Antonio zuckte die Schultern. »Frag sie, Lara, und lass uns jetzt während des Essens über etwas anderes reden.«

Gut, dachte Lara, sie würde Jamela also nachher fragen. Zunächst allerdings, und darauf legte sie großen Wert, würde sie sich gemeinsam mit Antonio und Charles über die Ravioli hermachen. Zum ersten Mal, seit sie Martines Leiche gefunden hatte, war sie wieder richtig hungrig.

*

Donnerstagabend

»Es war ein gelungener Abend«, bemerkte Edith Gaston beiläufig, als sie sich im Wohnzimmer auf die Couch sinken ließ. Sie liebte dieses Zimmer, dessen Fenster den Blick in den über hundert Jahre alten Garten freigaben. Der Enkel des Firmengründers hatte die Villa gebaut, obwohl seine Familie bereits ein repräsentatives Stadthaus auf der Regentenstraße besaß. Dieser Gaston aus der langen Reihe der Gastons schien an Gefallsucht gelitten zu haben. Das verriet auch die Ausstattung mit den großen Gemälden zwischen riesigen Fenstern und den Vitrinen mit der Sammlung alter Pistolen, die kunstvoll gearbeitet und mit Einlegearbeiten verziert waren. »Machst du mir auch etwas zu trinken?«

Robert, seit über dreißig Jahren mit ihr verheiratet und schon lang Geschäftsführer von Gaston & Cie., schluckte eine Bemerkung über ihren Alkoholkonsum herunter und brachte ihr ein Glas Prosecco.

»Die Frau des Handelskammerpräsidenten sah ja wirklich verboten aus in ihrem Kleid«, fuhr Edith fort. »So etwas sollte eine Person ihres Umfangs nicht einmal an Karneval tragen, geschweige denn zum Adventsempfang.«

»Hm.«

»Und diese Immobilienmaklerin, die neuerdings in der Stadt ihr Unwesen treibt, hat eine fürchterliche Stimme. Die Deckenlampen haben geklirrt, wenn sie den Mund aufgemacht hat.«

Gaston füllte das Glas, das seine Frau ihm reichte, noch einmal.

»Du hast eine sehr gute Figur gemacht, Darling«, lobte sie. »Es steht dir ganz gut, dass du ein paar Kilo weniger auf die Waage bringst.«

»Dann hat die Überarbeitung ja wenigstens etwas Gutes.«

»Nun sei doch nicht so empfindlich, Robert. Es ist kein Geheimnis, dass gut aussehende Menschen mehr Erfolg haben im Leben. Und diesen kleinen Trumpf sollte man wirklich nutzen, meinst du nicht?«

»Ich nutze sieben Tage in der Woche mehr als sechzehn Stunden täglich jede noch so kleine Chance, um den Erfolg des Unternehmens zu garantieren und dir deinen Lebensstil zu erhalten. Und damit meine ich wirklich *jede* Chance.« Seine Stimme war lauter geworden, und er führte sein Whiskyglas so abrupt zum Mund, dass einige Tropfen auf dem Hemd landeten. »Herrgott noch mal, ich habe genug von diesem Gerede! Ich gehe zu Bett.«

Auch dort war ihm allerdings keine Ruhe beschieden. Als er nach Stunden, die er mit fruchtlosen Grübeleien verbracht hatte, endlich einschlief, quälten ihn Alpträume, bis der Wecker um fünf Uhr dreißig einen neuen Tag einläutete.

SECHS

Freitag, 26. November

Mamie atmete tief durch und ging dann zu der mit einer schwarzen Schleife geschmückten Tür und klopfte. Eine Frau von etwa sechzig Jahren öffnete die Tür.

»Wer sind Sie?«

»Mein Name ist Catherine Brizard. Ich würde gern mit Ihnen über Ihre Tochter Martine sprechen.«

Die Frau sah einen Moment lang so aus, als hätte sie gar nicht zugehört. Dann drehte sie sich um und ging wieder ins Haus. Die Tür ließ sie offen. Mamie folgte ihr schweren Herzens ins Wohnzimmer.

Die Einrichtung offenbarte, dass hier Menschen in bescheidenen finanziellen Verhältnissen wohnten. Die Möbel waren alt, die Dielen zeigten deutliche Risse und Spalten, eine Renovierung wäre schon länger fällig gewesen. Mamie seufzte leise.

»Worüber genau wollen Sie mit uns sprechen?« Monsieur Mirambaud saß in einem abgewetzten Ohrensessel und schaute Mamie nachdenklich an. »Und warum, wenn ich fragen darf? Kannten Sie Martine?«

Mamie fühlte sich denkbar unwohl. »Nein, ich kannte Martine leider nicht, Monsieur. Meine Enkelin kannte sie. Sie ist zurzeit im Übersetzer-Kollegium in Krefeld. Lara, das ist meine Enkelin, meint, dass die Polizei bei ihren Ermittlungen nicht allen Spuren nachgeht.«

»Aber …«, begann Madame Mirambaud, verstummte jedoch nach einem Seitenblick auf ihren Mann. Er übernahm wieder die Gesprächsführung.

»Ein Mann war gestern Abend hier. Er sagte, dass er von der deutschen Polizei käme. Er sprach nur sehr schlecht Französisch.«

»Darf ich Ihrer Formulierung entnehmen, dass Sie daran zweifeln, dass er ein Polizist war?«

Monsieur Mirambaud hob die Schultern. »Ich bin mir nicht sicher.«

»Darf ich nach dem Grund für Ihre Zweifel fragen?«

»Wir haben die Nachricht vom Tod unserer Tochter am Montagabend von unserem Ortspolizisten bekommen. Er kam mit dem Pfarrer zu uns. Dann sind wir am Dienstag nach Krefeld gefahren, wo wir Martine noch einmal sehen konnten. Dort haben wir mit einer deutschen Polizeibeamtin gesprochen, die nicht sehr gut Französisch sprach. Sie sagte, dass vielleicht in den nächsten Tagen jemand käme, um mit uns zu reden.«

»Das könnte also der Mann gestern Abend gewesen sein.«

»Aber dann hätte er doch einen Dolmetscher mitgebracht. Die Polizeibeamtin hat ja festgestellt, dass wir kein Deutsch sprechen.«

Mamie nickte. »Hat der Mann gestern Ihnen einen Polizeiausweis gezeigt?«

»Nein.«

»Wie hieß er denn?«

»Born. Oder so ähnlich.«

»Und wie sah er aus?«

»Mittelgroß. Mittelalt. Schwarzes, kurzes Haar, glatt rasiert, randlose Brille. Er sah gut aus.«

»Was wollte er von Ihnen?«

»Er wollte wissen, ob Martine in letzter Zeit hier gewesen sei.«

»Und, war sie hier?«, fragte Mamie nach.

»Ja, am Samstag«, bestätigte Mirambaud zögernd.

»Haben Sie das der Polizistin in Krefeld auch schon gesagt?«

Mirambaud schüttelte den Kopf. »Wir waren sehr durcheinander, und die Frau sprach kein Französisch ... Wieso interessieren Sie sich eigentlich dafür?«

Mamie zögerte. Jetzt war es wichtig, dass sie die richtige Formulierung fand.

»Sie wissen sicher, dass alle Unterlagen aus Martines Zimmer gestohlen wurden.«

Mirambaud nickte.

»Das deutet auf einen Zusammenhang zwischen dem Mord und ihrem Übersetzungsauftrag hin, obwohl wir uns beim besten

Willen keinen Reim darauf machen können, was an der Übersetzung eines Regionalkrimis so brisant sein soll, dass man die Unterlagen stiehlt und vielleicht sogar einen Mord dafür begeht.«

Mirambaud strich sich mit der linken Hand über die Augen, sagte aber nichts.

»Hat Martine Ihnen am Samstag irgendetwas erzählt, das uns bei der Beantwortung dieser Frage nützen könnte?«, fragte Mamie.

Madame Mirambaud vermied es sorgfältig, ihren Mann anzusehen, während sie antwortete. »Gesagt hat sie nichts. Aber sie war in gedrückter Stimmung. Es ging ihr nicht gut. Ich habe immer gewusst, dass es so kommen würde, aber sie musste ja unbedingt ihre Heimat verlassen und studieren gehen. Dabei hatte sie so einen netten Freund. Er wollte sie heiraten, eine gute Partie. Er hat einen schönen Hof, da hätte sie gut leben können. Aber nein, sie hatte Flausen im Kopf, wollte zur Universität ...«

In Mamies Kopf schrillten mehrere Alarmglocken. Ein verlassener Liebhaber in Aywaille? Eine enttäuschte Liebe? Vielleicht war es tatsächlich ein Verbrechen aus Leidenschaft. Vielleicht hatte »die gute Partie« sich gedacht, wenn er Martine nicht haben könne, solle auch kein anderer sie haben. Mamie schluckte. Dieses Thema würde schwierig werden. Vielleicht sollte sie erst die anderen Möglichkeiten ansprechen. Beruflicher Art.

»Francine, das reicht.« Mirambaud unterbrach ihre Gedankengänge. Sein Gesicht war rot angelaufen. »Das interessiert die Dame nicht.« Er wandte sich wieder an Mamie. »Madame ... Entschuldigung, ich habe Ihren Namen vergessen.«

»Brizard. Catherine Brizard.«

»Ja, also, Madame Brizard. Bitte fragen Sie, was Sie wissen möchten. Ich grüble von früh bis spät, warum diese schreckliche Tat geschehen ist. Also, wenn Sie uns helfen wollen, Licht in diese Angelegenheit zu bringen, unterstütze ich Sie, wo ich nur kann.«

»Kannten Sie den Übersetzungsauftrag von Martine?«

»Welchen?«

Mamie war einen Moment perplex. »Hatte sie denn mehrere Aufträge? Ich weiß nur von einem Kriminalroman.«

Mirambaud warf seiner Frau einen kurzen Blick zu und räusperte sich dann. »Von diesem Regionalkrimi hat sie uns erzählt. Sie war stolz, dass sie den Auftrag bekommen hatte, er war recht gut bezahlt. Aber sie hatte noch einen Auftrag, von dem ich keine Details kenne. Sie hat mir nur erzählt, dass sie dafür ihre Zusatzqualifikation nutzen kann.«

»Welche Qualifikation meinen Sie?«

»Martine hat natürlich ein Übersetzerdiplom. Sogar eins von einer deutschen Universität. Aber das ist nicht alles. Sie kennt sich sehr gut mit altem Französisch aus. Verstehen Sie? Nicht die Sprache, die Sie und ich heute sprechen, sondern das, was die Leute vor zwei- oder dreihundert Jahren gesprochen haben. Sie kannte auch alle diese komischen Monatsnamen und Daten aus Napoleons Zeit und diese ganzen Sachen. Sie hat viele Handschriften dafür studiert und konnte diese alten Texte so schnell lesen wie unsereins die Zeitung.«

Wenigstens ein Familienmitglied hatte den Berufswunsch von Martine offenbar nicht ganz abgelehnt, stellte Mamie erleichtert fest. Ob diese Informationen, die der Vater mit deutlichem Stolz in der Stimme vortrug, nützlich waren, konnte sie allerdings nicht abschätzen.

»Hat Martine Ihnen am Samstag irgendetwas erzählt, was uns vielleicht weiterhelfen könnte? Hat sie von einem Streit gesprochen? Mit einem ihrer Auftraggeber? Oder mit einem anderen Übersetzer? Oder im privaten Umfeld? Da fällt mir ein, wer war überhaupt ihr zweiter Auftraggeber?«

»Das weiß ich nicht.« Monsieur Mirambaud sah Mamie lange an, dann bat er sie, einen Moment zu warten, und verließ das Zimmer.

»Sie hätte niemals diesen Beruf ergreifen dürfen. Was ist das überhaupt für ein Beruf? Sie hat immer so viel gearbeitet, aber reich werden konnte sie damit nicht. Und sie war immer allein. Sie hat immer ganz allein in ihrem Zimmer gesessen, vor ihrem Computer, und gearbeitet«, lamentierte Madame Mirambaud derweil weiter.

Mamie wusste beim besten Willen nicht, was sie dazu sagen sollte. Sie schwieg und atmete erleichtert auf, als Martines Vater zurückkehrte. Er trug einen großen Karton, den er auf den Tisch stellte.

»Das hat Martine am Samstag mitgebracht. Sie sagte, sie hätte Angst, dass jemand in ihr Zimmer einbricht und die Unterlagen stiehlt. Deshalb wollte sie sie lieber hier verwahren. Sie hat mir gesagt, dass ich niemandem davon etwas sagen darf.«

Madame Mirambaud starrte entgeistert auf den Karton. »Was ist das? Davon hat Martine mir gar nichts gesagt. Wo hast du den her? Warum hast du mir nichts davon erzählt? Ich bin ihre Mutter!« Sie war aufgestanden und starrte mit hängenden Armen, aber geballten Fäusten den Karton an, als enthalte er etwas Gefährliches.

»Martine wollte dich damit nicht belasten, Francine. Deshalb hat sie mir den Karton gegeben.«

Francine Mirambaud sackte wieder in ihren Sessel zurück und schlug die Hände vors Gesicht.

»Wissen Sie, um was für Unterlagen es sich handelt?«, wollte Mamie von Martines Vater wissen.

»Nein. Sie sagte, es sei besser, wenn ich nichts darüber wüsste. Und sie sagte, dass sie jemandem Geheimhaltung zugesichert habe. Dieses Versprechen wollte sie nicht brechen. Ich gehe davon aus, dass das hier etwas mit ihrer Arbeit zu tun hat. Ich habe gestern in den Karton geschaut und festgestellt, dass es keine persönlichen Papiere von Martine sind. Alles andere interessiert mich nicht. Sie können den Karton mitnehmen.«

»Warum haben Sie diese Papiere nicht dem Mann gegeben, der gestern hier war?«, wollte Mamie wissen.

»Wie ich eben bereits sagte, habe ich ihm nicht getraut, und ich habe ihn auch nicht gemocht.«

»Ich vermute, dass Ihr Gefühl Sie nicht getrogen hat.«

Mirambaud nickte. »Ich denke auch, dass ein deutscher Kriminalbeamter, der die französisch sprechenden Eltern eines Mordopfers besucht, um ihnen ein paar Fragen zu stellen, sicher einen belgischen Polizisten mitnimmt. Und doch hoffentlich auch einen Dolmetscher, denn sonst kann er ja gar nicht verstehen, ob diese Leute ihm etwas Wichtiges zu sagen haben.«

*

Lara wachte mit einem dicken Kopf auf. Sie erinnerte sich daran, dass die Ravioli vorzüglich gewesen waren. Antonio hatte ihr verraten, dass er zwar sehr viel arbeitete, aber mindestens zweimal pro Woche seinem Hobby frönte und ein ordentliches Gericht kochte, sonst hätte er keinen Spaß mehr an der Arbeit.

Am Essen hatte es also nicht gelegen. Schon eher an dem Wein, den Charles besorgt hatte. Wobei man ihm nicht den Vorwurf machen konnte, dass er schlechten Wein gekauft hätte – nein, er hatte einfach zu viel davon mitgebracht. Oder Lara hatte zu viel davon getrunken. Vermutlich hätte sie gar keinen Alkohol trinken sollen nach ihrem Sturz. Ist ja auch egal, dachte sie. Jedenfalls hatte sie jetzt einen dicken Kopf und daher auch keine Lust, aufzustehen.

Erst die Erinnerung, dass sie unbedingt mit Jamela sprechen wollte, brachte die Entscheidung. Sie quälte sich aus dem Bett und ins Bad. Ihr Anblick im Spiegel erschreckte sie selbst. Sie hatte duschen wollen, musste allerdings angesichts der Verbände an den Knien und der Pflaster an den Händen davon absehen. So hielt sie nur den Kopf unter warmes und dann unter kaltes Wasser und ertrug die Tortur, bis sie Erbarmen mit sich selbst hatte und die Dusche abstellte. Sie wechselte das aufgeweichte Pflaster auf der Wange. Jetzt fühlte sie sich dem Tag gewachsen.

Eine Tasse Kaffee war der logische nächste Schritt in der Entwicklung hin zu einer Wiedererlangung der natürlichen Körper- und Hirnfunktionen. Sie schlürfte ihn allein in der Küche. In dem Maße, in dem ihre Lebensgeister erwachten, nahm ein Gedanke Gestalt an. Ein Gedanke an einen Anruf, den sie gestern tätigen wollte und bisher nicht erledigt hatte. Worum ging es doch gleich …

Der Wagen! Lara wählte Watermanns Nummer.

»Der Wagen, der am Montagabend von dem Parkplatz fuhr, war ein BMW Geländewagen.«

»Wie kommen Sie jetzt darauf?«, nuschelte Watermann undeutlich.

»Ich konnte mich nicht an das Modell erinnern, weil ich es nicht kannte. Also habe ich mir im Internet Fotos der Modelle mit großen Motoren angesehen und bin ganz sicher, dass es dieser Typ war.«

Einen Moment drangen nur Hintergrundgeräusche an Laras Ohr.

»Danke.«

Dann war das Gespräch unterbrochen. Lara überlegte zum wiederholten Mal, ob der grantige Ton des Kripomannes auf Unfreundlichkeit oder Stress beruhte. Sie kam zu keiner Lösung.

Ein Blick auf die Uhr bestätigte ihr, dass sie es wagen konnte, Jamela aufzusuchen. Sie ging zu ihrem Zimmer und klopfte. Niemand antwortete. Lara wartete einen Augenblick und versuchte es dann noch mal, mit dem gleichen Ergebnis. Sie drückte die Klinke herunter und lehnte sich leicht gegen die Tür. Nichts. Lara beschloss, in den anderen Räumen zu suchen. Systematisch machte sie ihre Runde durch das ganze Gebäude und fragte unterwegs jeden, ob er Jamela gesehen habe. Die Antworten waren negativ.

Im Salon traf sie Antonio. Er hockte vor einem Regal auf dem Boden und blätterte in einem Comicheft.

»Lara, dich schickt der Schutzengel der geplagten Übersetzer. Sage mir, dass du deiner halbfranzösischen Herkunft den nötigen Respekt erweist und mit den beliebtesten Nationalhelden der *Grande Nation* auf Du und Du stehst.«

»Den beliebtesten … Ach so, du meinst den Kleinen, den Dicken und den Hund?«

»Bravissima!«

»Na klar kenne ich mich mit Asterix aus. Warum fragst du?«

»Mein Autor ist ein absoluter Asterix-Fan. Ständig vergleicht er irgendwelche Leute mit Figuren aus den Comics. Ich kriege noch einen Asterix-Fimmel. Weißt du vielleicht, welche Figur ›Gibtermine‹ heißt?«

»Die Empfangsdame des Druiden Amnesix«, antwortete Lara, ohne zu zögern, und grinste. »Sie heißt so, weil sie den Patienten Termine gibt.«

»Dem Himmel, der uns hoffentlich nicht auf den Kopf fallen wird, sei Dank, dass du dein gallisches Erbe so hoch ehrst, *dottoressa.*« Antonio stand auf, stellte das Heft zurück und wollte offenbar wieder an die Arbeit.

»Weißt du, wo Jamela ist?«, fragte Lara.

Antonio hielt in der Bewegung inne und runzelte seine hohe Stirn. »Nein, weiß ich nicht. Ist sie denn nicht in ihrem Zimmer?«

»Wenn sie drin ist, öffnet sie jedenfalls nicht.«

Langsam wechselte Antonios Gesichtsausdruck zu Besorgnis. »Lass uns noch mal nachsehen.«

Wieder zog Lara durch das Haus, diesmal mit Antonio im Schlepptau. Wieder antwortete niemand auf das Klopfen. Antonio drückte die Klinke hinunter, dann warf er sich mit seinem ganzen Gewicht gegen die Tür. Sie öffnete sich mit einem lauten Knarren. Das Zimmer war leer. Antonio und Lara traten ein und sahen sich um.

»Wo sind denn ihre Sachen?«, fragte Antonio.

Eine zunächst vorsichtige, dann immer hektischere Suche bestätigte den ersten Verdacht: Jamela war mit ihrer gesamten Habe verschwunden.

*

Kriminalhauptkommissar Watermann ließ seine ganze Wut an dem Sandweg unter seinen Füßen aus und marschierte mit langen, kraftvollen Schritten durch die neblige, nasskalte Luft. Der Wind fegte durch die entlaubten Pappeln, die zwischen Neersen und Süchteln an der Niers standen. Hierher kam er, wenn er einen klaren Kopf brauchte. Stundenlang konnte er an diesem kleinen begradigten Flüsschen entlangspazieren, vorausgesetzt natürlich, dass er diese Zeit erübrigen konnte. Das war heute nicht der Fall. Aber einen kleinen Marsch brauchte er jetzt einfach. Auch wenn der Fluss nur aus Sümpfungswasser des Braunkohlentagebaus bestand und die Landschaft wenig Abwechslung bot, diente ein solcher Spaziergang als Gedanken-Katalysator. Als Gehirnmassage. Als Grübelhilfe.

Watermann fluchte vor sich hin. Nichts funktionierte so, wie es sollte. Der Computer, den die Spezialisten aus Martine Mirambauds Zimmer mitgenommen hatten, hatte sein Geheimnis noch nicht preisgegeben. Die Festplatte war gelöscht und formatiert worden. Es gab zwar Datenfragmente, wie es so schön hieß, und im Laufe der Zeit würde man einige Informationen wiederbeschaffen können, aber das würde dauern. Das war keine Frage von Stunden, sondern von Tagen. Oder Wochen.

Die Ergebnisse des Labors über die am Tatort gefundenen Gegenstände war auch noch nicht da. Fünf Tage nach dem Mord! So etwas hatte es noch nie gegeben.

Immerhin hatte einer der beiden verbliebenen Kollegen endlich damit begonnen, die Fahrer zu befragen, deren Autos zur Tatzeit am Obertor-Parkplatz gestanden hatten. Einer hatte tatsächlich einen Wagen davonbrausen sehen, allerdings konnte er keinerlei Angaben über Modell, Farbe oder Kennzeichen machen. Aber dass der Wagen sehr schnell gefahren war, das hatte er bemerkt. Somit war der einzige Anhaltspunkt jetzt ein Wagentyp, den die Hauptverdächtige meinte, anhand eines Fotos aus dem Internet wiedererkannt zu haben. Er machte sich zwar keine großen Hoffnungen, hatte aber die Bußgeldstelle gebeten, für Montagabend Geschwindigkeitsübertretungen entsprechender Wagen zu prüfen.

Watermann trat gegen einen Stein, der in großem Bogen ins Wasser flog. Die Mordkommission »Martine« hatte ursprünglich aus acht Beamten und dem Leiter bestanden. Fünf Beamte lagen krank im Bett, Ersatzleute standen nicht zur Verfügung. Gab es eigentlich eine Statistik darüber, ob Mordfälle im Winter seltener aufgeklärt wurden als im Sommer?

Bereits vor zwei Tagen hatte Watermann eine Liste der Telefonate von den Apparaten des Übersetzer-Zentrums angefordert. Er hatte sich überlegt, dass der Einbrecher in Martines Zimmer mit Sicherheit gewusst hatte, dass sie tot war. Es wäre fahrlässig anzunehmen, dass dieser Einbruch nur zufällig ein paar Stunden nach ihrem Tod – nach dem Mord, verbesserte Watermann sich in Gedanken – geschehen war. Das Wissen um ihren Tod konnte er allen Bewohnern des Zentrums unterstellen, einschließlich Simon Wegener. Auch wenn Wegener an dem Abend nicht da gewesen war, könnte er telefonisch davon informiert worden sein, wenn er einen Vertrauten im Zentrum hatte, der sich bisher nicht als solcher zu erkennen gegeben hatte. Nur hatte Watermann dafür keinen Beweis, solange diese Liste nicht endlich kam. Und selbst dann blieb fraglich, ob sie aufschlussreich war, da heute jeder, der etwas auf sich hielt, vom eigenen Handy aus telefonierte.

Die Auswertung der Fingerabdrücke in Martines Zimmer war zwar erstaunlicherweise inzwischen erfolgt, aber ebenfalls höchst unbefriedigend. Es war so, wie man ihm erklärt hatte: Bis auf Lara Lewandowski hatte jeder Bewohner dieses seltsamen Hauses seine Abdrücke in dem Zimmer hinterlassen. Auf der Türklinke, an den Regalen, sogar an dem Kunstdruck, der über dem Bett hing, waren gleich mehrere Abdrücke, unter anderem von diesem Italiener, zu finden.

Auf der Computertastatur allerdings waren nur die Abdrücke von Martine. Dabei glaubte Watermann keine Sekunde lang, dass sie ihre eigene Festplatte gelöscht hatte. Vermutlich hatte der Einbrecher Handschuhe getragen. Oder eine andere Tastatur angeklemmt. Oder sonst einen elektronischen Trick angewandt, den Watermann nicht kannte. Danach würde er die Kabelflechter, wie die EDV-Leute in der Dienststelle genannt wurden, noch fragen müssen.

Watermann blieb stehen und atmete mehrmals tief ein und aus. Dann drehte er sich um und ging eiligen Schrittes zurück zu seinem Wagen. Die Besprechung der zusammengeschrumpften Mordkommission sollte in einer halben Stunde beginnen. Bis dahin würde er es nicht schaffen. Er würde sich wieder einen Rüffel für sein Zuspätkommen einfangen. Wenn er wenigstens etwas vorzuweisen hätte, das die Verspätung rechtfertigte. Er zermarterte sich das Gehirn – bis er an der alten Pappel, die letztes Jahr der Blitz getroffen hatte, einen Anruf bekam, der ihn einen Schritt weiterbringen konnte.

*

Jamela ging entschlossenen Schrittes zum Bahnhof. Sie war aufgewühlt und zweifelte, ob sie das Richtige tat. Immerhin hatte sie bisher den Mund gehalten, und das war schon schwer genug gewesen. Dieser Kommissar hatte ihr eine Heidenangst eingejagt. Aber er schien keines ihrer kleinen Geheimnisse zu kennen, und wenn doch, dann hatte er jegliche Erwähnung geschickt vermieden.

Das Bahnhofsgebäude kam in Sicht, und Jamela zögerte kurz. Noch konnte sie umdrehen und wieder ins Übersetzer-Zentrum zurückkehren. Sie konnte weiterhin so tun, als ob sie von nichts wüsste. Aber wenn der Kommissar dahinter käme, dass sie ihm nicht ihren richtigen Namen gesagt hatte? Würde er dann nicht automatisch denken, dass sie etwas mit dem Mord an Martine zu tun hatte? Immerhin hatte sie kein Alibi. Sie war zur Tatzeit in ihrem Zimmer gewesen, aber das ließ sich nicht beweisen. Und wenn jemandem Zweifel daran kämen, könnte er genauso gut annehmen, dass sie über die kleine Seitentreppe und den Hinterausgang heimlich das Haus verlassen hatte.

Jamela hatte ihren schnellen Schritt wieder aufgenommen. Es war besser, wenn sie erstens den Anweisungen Folge leistete und zweitens aus Uerdingen herauskam. Es würde nur zu weiteren Komplikationen führen, wenn sie hier bliebe. Und zwar nicht nur für sie selbst.

Sie verhielt sich genau nach Plan, kaufte eine Fahrkarte am Automaten und wartete möglichst unauffällig in einer Ecke des Bahnsteigs auf den Zug, der sie in eine bessere Zukunft brachte. Unter neuem Namen in einem Land, in dem sie frei und glücklich leben würde.

SIEBEN

»Mach den Mund zu, *ma chère,* und zeig mir ganz schnell, wo die nächste Damentoilette ist.« Mamie drängte sich bereits an Lara vorbei in den Flur des Übersetzer-Zentrums, dicht gefolgt von einer strahlend lächelnden Oma Bix und einem augenrollenden Lukas.

»Wir kennen schon jede öffentliche Toilette zwischen Köln und Aywaille und bis nach Krefeld«, erklärte Lukas seiner Schwester. »Hast du dich beim Rasieren geschnitten?«, fügte er mit Blick auf das Pflaster auf der Wange hinzu.

»Erkläre ich dir gleich«, entgegnete Lara und schickte Mamie auf den richtigen Weg zur Toilette. »Was macht ihr hier?«

»Klo-Tourismus«, entgegnete Lukas lapidar.

»Wir hatten das Familientreffen für dieses Wochenende zwar in Köln vorgesehen, aber wenn der seltsame Kommissar dich nicht aus der Stadt lässt, begeben wir uns eben in die nicht nur topographischen Niederungen des linken Niederrheins. Gibt es hier ein Hotel?«

Brigitte Hofmann, die ihr Telefonat beendet hatte und mit schleppenden Schritten aus dem Büro kam, um zu sehen, wer gerade angekommen war, wurde vorgestellt.

»Sie können hier im Übersetzer-Zentrum wohnen, wenn Sie das möchten, wir haben noch ein paar Zimmer frei.«

»Das Angebot nehmen wir mit herzlichstem Dank an«, verkündete Mamie, die sich wieder zu ihnen gesellt hatte. »Wie wäre es jetzt mit einem Kaffee?«

Lukas schüttelte den Kopf. »Für dich gibt's Blasentee.«

Lara fühlte sich, als könnte sie im Kreis grinsen, wenn sie keine Ohren hätte. Ihr war gar nicht klar gewesen, wie sehr sie ihre Familie vermisst hatte. Sie warf sich in Oma Bix' Arme. Die kleine Frau mit dem großen Busen und den starken Hüften drückte Lara ganz fest an sich. Die große, schlanke Mamie und der schlaksige Lukas sahen sich kopfschüttelnd an.

»*Mon dieu*, ihr zwei macht ein Theater, das ist bühnenreif, nicht wahr, Luc?«

»Absolut, Mamie. Sie ruinieren den kalten, herzlosen Ruf unserer Familie, ohne sich auch nur die geringsten Gedanken über die Folgen zu machen.«

Lara quartierte ihre Familie mit Brigittes Einverständnis in direkter Nachbarschaft zu ihrem eigenen Zimmer ein. Mamie suchte sich das Zimmer mit der Sammlung der französischen Klassiker aus, Oma Bix wurde gegen ihren Willen bei den Horrorschockern untergebracht, und Lukas erklärte sich grinsend bereit, ein kleines Zimmerchen zu beziehen, in dem Erotikliteratur aus dem asiatischen Kulturraum zu finden war.

Verabredungsgemäß trafen sie sich alle kurz darauf in der Küche.

»Nun sag, mit wem du dich geprügelt hast, Schwesterchen«, begann Lukas, während er Lara beim Kaffeekochen assistierte.

»Ich bin vorgestern von einer unbekannten Person in der Nähe des Tatorts eine steile Betontreppe hinuntergestoßen worden.«

»Gütiger Himmel!« Oma Bix war blass geworden und legte die linke Hand auf die Brust. »Wer macht denn so etwas?«

Lara zuckte die Schultern. »Jemand, der mit dem Mord an Martine zu tun hat. Er hat mir nämlich Martines Adressbuch in die Jackentasche gesteckt.«

Lara berichtete detailliert. Ihre Zuhörer waren schockiert.

»Was habt ihr bei Martines Eltern erfahren?«, fragte Lara, als die Omas sich wieder etwas beruhigt hatten.

»Also, wen kennst du, der mittelgroß ist, schwarzes Haar hat und eine randlose Brille trägt?«, fragte Mamie, nachdem sie knapp von dem Besucher bei Martines Eltern berichtet hatte.

Lara überlegte kurz. »Kriminalhauptkommissar Watermann jedenfalls ist aschblond, sehr groß und trägt keine Brille, dafür aber eine Lakritzschnecke im Mundwinkel.«

»Er hätte wahrscheinlich auch einen offiziellen Weg gewählt und wäre mit der belgischen Polizei gemeinsam dort aufgetaucht, oder?«

Oma Bix' Weltsicht von einem geregelten Universum ließ sich auch durch Mord und Totschlag nicht grundsätzlich ins Wanken bringen, stellte Lara grinsend fest.

Sie nickte und ging in Gedanken die Übersetzer durch. Simon sah gut aus und trug eine randlose Brille, hatte aber einen Kinnbart und längere, grau melierte Haare, keine kurzen schwarzen. Werner trug keine Brille und galt nicht mehr als mittelalt, Antonio hatte zwar eine randlose, war aber kahlköpfig. Außerdem erinnerten seine Brillengläser mehr an Glasbausteine, das hätte Monsieur Mirambaud bestimmt erwähnt. Stan war ziemlich groß, und seine Haare waren bereits richtig weiß, nicht erst meliert. Charles war klein und rotblond. So richtig passte die Beschreibung auf keinen der Männer.

Mamie machte ein geheimnisvolles Gesicht. »Es gibt da allerdings etwas, wofür der Besuch sich wirklich gelohnt hat. Kommt mit in mein Zimmer, ich denke, dass wir das nicht hier begutachten sollten.«

In ihrem Zimmer, das über einen großen Schreibtisch und mehrere Stühle und Sessel verfügte, zog Mamie eine überdimensionale Plastiktüte unter dem Bett hervor, aus der sie einen großen Karton holte.

»Das hat Monsieur Mirambaud mir gegeben. Ich habe erst einen kurzen Blick hineingeworfen, aber ich denke, dass diese Unterlagen sehr interessant sind.«

Mamie sah Lara erwartungsvoll an. Oma Bix war offenbar so gespannt, dass sie wieder die linke Hand auf die Brust gelegt hatte – ein untrügliches Zeichen äußerster Erregung. Nur Lukas lehnte an der Tür und gab sich cool, aber auch er beobachtete Lara ganz genau, wie sie mit einem Seitenblick feststellte.

Lara öffnete den Karton und sah hinein. Ein locker zusammengelegter Stapel von vergilbtem Papier lag darin. Lara nahm das oberste Blatt heraus.

»Oje, wer soll das denn lesen?«, rief sie aus, als sie die steile Handschrift sah. »Ist das alles so?«

Mamie nickte. »So weit ich es bisher durchgesehen habe, ist das alles so.«

Lara versuchte, die ersten Worte zu entziffern. »Es scheint Französisch zu sein. Und hier das Wort, das könnte ›Gaston‹ heißen, aber sicher bin ich mir nicht.«

Oma Bix schaltete sich ein. »Ja, es heißt ›Gaston‹. Zu dem Ergebnis sind wir auch gekommen. Es könnte sein, dass es sich hier um Unterlagen handelt, die Martine übersetzen sollte.«

»Moment, das muss ein Missverständnis sein. Ihr Auftrag war ein deutscher Regionalkrimi.«

»Sie hatte offenbar einen zweiten Auftrag. Einen, der so große Diskretion erforderte, dass nicht einmal ihre Eltern davon wussten.«

»Und sie hat an beiden Übersetzungen parallel gearbeitet?«

»Es scheint so.«

Lara erinnerte sich an Werners Bemerkung, dass Martine häufig in ihrem Zimmer gearbeitet habe. Das machte Sinn, wenn sie einen zusätzlichen Auftrag hatte, von dem niemand etwas wissen sollte.

»Gut, sie hat also an zwei Übersetzungen parallel gearbeitet. Aber warum hat sie diese Papiere hier zu ihren Eltern gebracht?« Lara runzelte die Stirn.

»Monsieur Mirambaud sagte, dass Martine Angst vor einem Diebstahl hatte, deshalb hat sie sie bei ihren Eltern deponiert. Wenn es sich also tatsächlich um ihren zweiten Übersetzungsauftrag handelt, hat sie entweder die Arbeit seit Samstag unterbrochen, oder sie hat diese Originale kopiert und mit den Kopien gearbeitet. Das wäre sowieso ratsam, wenn man sich den Zustand des alten Papiers ansieht. Bei manchen Blättern hat man den Eindruck, dass sie zerfallen, sobald man sie in die Hand nimmt.«

Lara überlegte. »Bevor wir uns an die mühsame Entzifferung und Übersetzung dieser umfangreichen Blattsammlung machen, werde ich in Erfahrung bringen, ob wir uns nicht ein bisschen Arbeit sparen können.«

Sie ließ ihre verdutzte Familie zurück und ging zu Brigitte Hofmann, die zusammengesunken auf ihrem Stuhl hockte und unbeweglich auf die Zettelbox am Rande ihrer Schreibtischunterlage starrte.

»Darf ich hereinkommen?«, fragte Lara vorsichtig.

»Natürlich, die Tür ist ja offen.«

»Brigitte, woran hat Martine eigentlich gearbeitet?«

»Das weißt du doch.«

»Ich meine den zweiten Auftrag.«

Brigitte sah erschrocken auf. »Wie kommst du denn darauf?«

»Ich weiß, dass sie parallel zu dem Krimi an einem weiteren Auftrag gearbeitet hat. Worum handelte es sich, Brigitte?«

»Ihr Auftraggeber hat um Geheimhaltung gebeten.«

»Du kennst ihren Auftraggeber?«

»Jein.«

Lara unterdrückte ein Seufzen. »Was soll das denn heißen? Kennst du ihn oder nicht?«

»Ich glaube nicht, dass ich das mit dir diskutieren sollte.«

»Brigitte! Martine wurde ermordet, und du kommst mir hier mit Geheimhaltung, um die dich jemand gebeten hat, den du *vielleicht* kennst. Und es gibt nicht nur eine Tote, es gibt auch eine des Mordes Verdächtige, die noch dazu eine steile Treppe hinuntergestoßen wurde, und das bin ich. Ich muss diesen Verdacht loswerden, und wenn es irgendetwas gibt, was du dazu sagen könntest, dann wäre es meiner Auffassung nach deine Pflicht, das zu tun.«

Brigitte sank weiter in ihrem Stuhl zusammen. »Ich werde keine Namen nennen.«

»Fangen wir mit einer einfachen Frage an. Handelt es sich bei Martines zusätzlichem Auftrag um eine Literaturübersetzung?«

»Nein.«

»Worum dann?«

»Das kann ich nicht sagen.«

Lara atmete tief durch. Diese Situation war eine schwere Geduldsprobe, aber sie war entschlossen, hier und jetzt einige Informationen zu bekommen. Sie wollte wissen, welcher geheime Dritte seine Finger im Spiel hatte. Und sie musste das Motiv für den Mord finden, bevor der grimmige Hauptkommissar sie aus Erfolgsdruck vielleicht sogar noch verhaftete. Dabei fiel ihr ein, dass sie Werner fragen wollte, was er Watermann über das Adressbuch gesagt hatte.

»Ich respektiere deine Bedenken und will dich auch nicht drängen, Geheimnisse auszuplaudern«, sagte Lara und war stolz auf ihre eiserne Beherrschung. »Ich schlage also vor, dass ich Vermutungen äußere und du entweder nickst oder den Kopf schüttelst, okay?«

Brigitte nickte. Ein guter Anfang. Jetzt musste Lara nur noch ein paar fundierte Vermutungen äußern. Hier lag das Problem. Sie versuchte, Ordnung in ihre Gedanken und die Informationen zu bringen, die sie eben von Mamie erhalten hatte. In den Papieren, die Martine bei ihrem Vater deponiert hatte, war der Name Gaston aufgetaucht. So hieß die Weberei in Mönchengladbach.

»Ich vermute, dass Martines Auftraggeber aus Mönchengladbach stammt.«

Nicken. Gut. »Ich vermute, dass es sich um einen Auftrag handelt, der mit einem Mönchengladbacher Unternehmen zu tun hat.«

Nicken.

»Ich vermute, dass der Auftraggeber die Firma Gaston & Cie. ist.«

Verdammt, was war das für eine gymnastische Übung? Weder Nicken noch Kopfschütteln. Eher so ein vorsichtiges Hin- und Herwiegen.

»Okay, neuer Versuch. Ich vermute, dass es sich um einen Auftrag handelt, der mit der Firma Gaston & Cie. in Verbindung steht.«

Nicken.

»Brigitte, bitte sag mir, wer der Auftraggeber war.«

»Nein.«

»Wieso kennst du den Auftrag überhaupt? Martine hätte dir doch gar nichts darüber sagen dürfen, wenn das alles so geheim ist.«

»Sie musste das Antragsformular für das Stipendium ausfüllen. Darin wird ausdrücklich danach gefragt, ob es neben dem Hauptauftrag weitere Übersetzungsprojekte gibt, an denen der Übersetzer zurzeit arbeitet. Martine hat das Formular ordnungsgemäß ausgefüllt und mich zur Geheimhaltung verpflichtet.«

Brigitte legte den Kopf in die Hände und schwieg. Lara bedankte sich und wollte das Büro verlassen, als ihr noch etwas einfiel.

»Hast du am Mittwochabend, als ich hier hereingeplatzt bin, mit dem Auftraggeber telefoniert?«

Brigittes Kopf ruckte hoch. »Wie kommst du darauf?«

»Du hast etwas von Versicherung gesagt, und ich habe mir zusammengereimt, dass damit eine Diebstahlversicherung gemeint sein könnte. Natürlich hatte ich an den Krimi gedacht, das machte aber keinen Sinn. Und dann hast du am Telefon noch gesagt, dass natürlich niemand etwas davon wisse. Auch das passt nicht zu dem Krimi. Es könnte aber dieser zweite Auftrag gemeint sein.«

Brigitte starrte schweigend vor sich hin.

Lara gab weitere Fragen auf und trat den Rückzug an.

»Dann hat der Einbrecher oder die Einbrecherin, der oder die Montagnacht in Martines Zimmer war, also nicht die Originale bekommen, sofern er überhaupt dahinter her war. Er hat die Arbeitskopien geklaut, und wir haben die Originale. Jetzt müssen wir nur noch herausfinden, was darin steht, und hoffen, dass wir dann auch erfahren, wer der Auftraggeber war.« Lara raufte sich die Haare. »Wie machen wir das am besten?«

Mamie hatte sich schon einen Plan zurechtgelegt. »Beatrix und ich versuchen die Schrift zu entziffern. Sobald wir wissen, was da steht, können wir drei uns an die Übersetzung ins Deutsche machen.«

»Warum sprichst du plötzlich von einer Einbrecherin, Lara?«, wollte Oma Bix wissen.

»Oh, das habe ich euch ja noch gar nicht gesagt. Jamela ist verschwunden.«

Oma Bix wurde blass. »Glaubst du, dass sie auch – du weißt schon – ermordet wurde?«

Lara schüttelte den Kopf. »Nein. All ihre Sachen sind weg. Ich vermute also, dass sie abgehauen ist. Hier weiß jedenfalls niemand, wo sie steckt.«

»Mensch, Lara, langsam wird die Geschichte hier unheimlich. Kannst du mir mal erklären, was du dir bei dieser Jobwahl gedacht hast? Warum hast du nicht einen anständigen Beruf ergriffen, wie Masseurin zum Beispiel?«, ließ Lukas sich mit nicht ganz fester Stimme von der Tür her vernehmen.

Mamie enthob Lara einer Antwort. »An die Arbeit, meine Lieben, lasst uns das Geheimnis dieser Papiere ergründen.«

»Ich bin immer noch nicht ganz sicher, ob wir die Unterlagen nicht doch direkt der Polizei geben sollten«, wandte Oma Bix ein, offenbar nicht zum ersten Mal, nach Mamies und Lukas' leicht genervter Reaktion zu schließen.

»Was passiert, wenn wir die Unterlagen der Polizei geben?«, fragte Lukas seine Schwester.

»Man wird sich die Papiere ansehen und feststellen, dass sie in französischer Sprache und einer schwer zu entziffernden Handschrift geschrieben sind. Daraufhin wird die Polizei versuchen, einen qualifizierten Übersetzer zu finden, der die Texte ins Deutsche überträgt. Das wird nicht leicht sein, weil Übersetzer für das Entziffern von Handschriften oft eine zusätzliche Gebühr verlangen. Die Polizei allerdings ist sowieso nicht sehr großzügig mit Übersetzerhonoraren, und so wird die Suche nach einem Fachmann oder einer Fachfrau sicher einige Zeit dauern. Und wenn man bedenkt, dass jetzt schon Freitagnachmittag ist, würde ich nicht darauf wetten, dass vor Montag überhaupt jemand einen Blick darauf wirft.«

»Autsch«, kommentierte Lukas.

»Siehst du, Beatrix, es ist also sicher nicht sinnvoll, die Papiere übers Wochenende in einem Polizeirevier abzustellen. Besser ist doch, wenn wir inzwischen einen Blick darauf werfen. Wir können sie dem Kommissar am Montag immer noch geben.«

Oma Bix sah von einem zum anderen und nickte dann. »Gut, dann lasst uns anfangen.«

*

30. Juli 1860, M.Gladbach

Gaston war spät dran. Die meisten Mitglieder der Gesellschaft »Erholung« hatten sich bereits im Josten'schen Garten eingefunden, der seit dem Vormittag der Gesellschaft gehörte. Der Großteil der Anwesenden hatte auch schon in reichlichem Maße der Bowle zugesprochen, die in zwei Halb-Ohmfässern angesetzt worden war. Der große Andrang bei dieser spontanen Feier zeigte, wie sehr die Mitglieder darauf brannten, bald in einem neuen Gesellschaftshaus zu residieren. Die Stimmung war hervorragend.

»Herr Gaston, wie laufen die Geschäfte?«

Gaston, der sich gerade mit Bowle versorgt hatte, schluckte und nickte. »Gut, sogar bestens. Zwar kann sich niemand von uns mit der Aktienspinnerei und Weberei und ihren eintausend Arbeitern messen, aber auch ich kann mich nicht beklagen. Danke der Nachfrage, Herr Quack. Heute ist allerdings ein ganz anderes Thema aktuell, wenn ich mich nicht irre. Ein schönes Grundstück haben Sie da erworben.«

Johann Quack, der fast Mühlenbergs Schwiegervater geworden wäre, nun aber seine Thekla nach Viersen verheiratet hatte, freute sich sichtlich über das Lob. Allerdings könnte sein rotbäckiges Strahlen auch von übermäßigem Bowle-Genuss herrühren, dachte Gaston und musste sich ein Lächeln verkneifen.

»Die ganze Stadt freut sich, wenn Ihre Geschäfte gut laufen, Gaston. Immerhin gehen Sie mit den Gewinnen ja sehr großzügig um.«

Gaston winkte ab. »Mein Beitrag zu den sozialen Einrichtungen der Stadt ist bescheiden verglichen mit den Gaben der anderen Unternehmer. Besonders da die Investitionen in meine neue Fabrik an der Flieschermühle sehr umfangreich waren. Aber ich muss gestehen, dass die Dampfmaschinen ihr Geld wert sind. Nachdem ich bei Peltzer in Rheydt gesehen hatte, was er mit achtzig Arbeitern und der Dampfkraft schafft, war mein Entschluss gefasst.«

»Immer am Puls der Zeit, so kennen wir Sie, Gaston. Geschäftlich gesehen haben Sie den tragischen Tod Ihres Kompagnons gut verkraftet.«

Gaston hätte sich fast verschluckt. »Das bringt mich zu der Frage, wie es Ihrer Thekla geht.«

»Bestens, das dritte Kind ist unterwegs. Wie sieht es bei Ihnen aus?«

»Louis Frédéric gedeiht prächtig, und die kleine Charlotte ist ihrer Mutter wie aus dem Gesicht geschnitten.«

Quack, der als Mitglied des Komitees zur Beschaffung eines Grundstücks und der Errichtung des neuen Gesellschaftshauses bei dieser Feier im Mittelpunkt des Interesses stand, wurde in ein anderes Gespräch verwickelt.

Gaston schlenderte über das Grundstück, das bis gestern noch als der Josten'sche Garten bekannt gewesen war, diesen Namen aber mit der heutigen Inbesitznahme ablegen würde. Rückblickend war er mit dem Verlauf der letzten Jahre sehr zufrieden.

Mühlenberg hatte ein Vermögen besessen, das größer war, als Gaston sich je hätte träumen lassen. Als letzter Überlebender einer Familie von Herzkranken hatte er in seinem kurzen Dasein bereits mehrere Erbschaften gemacht, die er sorgsam verwaltet und gemehrt hatte. All das Geld hatte er seinem Kompagnon hinterlassen. Sein Anteil an der Firma fiel sowieso an den jetzt alleinigen Inhaber Louis Gaston. Der Firmenname lautete immer noch Mühlenberg & Gaston. Dies war die einzige Sentimentalität, die Gaston sich erlaubte, nachdem er seine Spielschulden bezahlt und sich selbst einen disziplinierten Lebenswandel verordnet hatte.

Er hatte der Gesellschaft »Erholung« die Treue gehalten, obwohl er sich als Katholik dort in einer Außenseiterposition befand. Aber die demonstrative Toleranz, der man sich allenthalben verpflichtet fühlte, ließ den Konfessionsunterschied im alltäglichen Leben nicht sehr zutage treten.

Langsam aber sicher hatte Gaston sich die Anerkennung der Unternehmer verdient. Konnte er 1855 noch kaum einen Beitrag zu den Suppenküchen für die Armen leisten, so hatte er sich in den letzten drei Jahren im Rahmen seiner Möglichkeiten sehr großzügig gezeigt, hatte in seinem Unternehmen eine Krankenkasse und eine Sterbekasse eingerichtet und nicht zuletzt für die Renovierung der Münsterkirche gespendet.

Aber seine beste Entscheidung war die Ehe gewesen. Lange genug hatte er sich gegen eine Heirat gesträubt, obwohl er wusste, dass seine äußere Erscheinung viele Damenherzen schwach werden ließ. Auch sein leichtsinniger Charakter, der ihm selbst in finanziellen Dingen so viel Ärger beschert hatte, schien die Damenwelt zu reizen. Aber vor der Verantwortung einer festen Bindung war Gaston immer zurückgeschreckt. Dieser Umstand war seinem Ruf innerhalb der Unternehmerschaft – und besonders bei den sehr strengen Protestanten – nicht gerade zuträglich gewesen. Oft genug hatte er spitze Bemerkungen gehört. So war Gaston mit seinen sechsunddreißig Jahren schon ein alter Junggeselle, als das Glück ihn plötzlich und unerwartet traf. Und zwar in der Gesellschaft »Erholung«, auf einem der beliebten Bohnenfeste vor drei Jahren.

Angefangen hatte es mit einem Missgeschick. Eine junge Dame hatte, da sie von anderer Seite angestoßen worden war, ihre Bowle über Gastons Ärmel geschüttet. Die steile Falte, die daraufhin zwischen ihren Augenbrauen erschien, veranlasste Gaston zu der Bemerkung: »Wir kennen uns noch gar nicht, und schon sehen Sie mich so böse an. Wie werden Sie mich erst ansehen, wenn ich im zehnten Jahr unserer Ehe zu spät von einem Gesellschaftsabend heimkehre?«

Die junge Dame, die sich später als Friderike Winands vorstellte, hatte diese Unverschämtheit mit gleicher Münze zurückgezahlt.

»Wenn Sie mir nach zehn Jahren Ehe noch nicht die Ehre der Pünktlichkeit erweisen wollen, dann wird Sie nicht nur ein böser Blick treffen, sondern auch das Nudelholz!«

Von dem Moment an waren sie unzertrennlich gewesen und inzwischen zu einer richtigen Familie gewachsen.

Bei diesem Gedanken angelangt, sah Gaston nach der Zeit und machte sich lächelnd auf den Heimweg. Die seit fünf Jahren immer zahlreicher werdenden Gaslaternen in den städtischen Straßen machten den Spaziergang durch das alte Gladbach zu einem rechten Vergnügen. Vor seiner Haustür sah er nochmals auf die Uhr. Pünktlich, da hatte er noch mal Glück gehabt. Verspätungen sah seine Frau tatsächlich nicht gern.

*

»Guten Tag, was darf es denn sein?«, fragte die lächelnde Bäckereiverkäuferin. Dabei bemerkte Herr Fiedler, dass ihre Augen Robin folgten, der seine Fingerabdrücke auf der Scheibe der Kuchentheke hinterließ.

»Was sollten wir doch gleich für Theo mitbringen?«, fragte Herr Fiedler.

»Quaakkuchn«, nuschelte Robin. Herr Fiedler übersetzte die Bestellung mit einem Lächeln.

»Wie viele Stücke werden es denn?«

»Drei.«

»Ooch …«, machte Robin.

»Vier?«, schlug Herr Fiedler vor.

Robin strahlte. »Ich will einen Streusel-Creme-Ballen und einen Berliner.«

»Können wir jetzt endlich mit unserer Besprechung anfangen?« Herr Fiedler hatte die Obstschnitte aufgegessen und betrachtete seine beiden Hausgenossen kopfschüttelnd. Theo war immer noch mit dem Quarkkuchen beschäftigt, hatte aber immerhin schon zwei Drittel geschafft. Robins Gesicht und Pullover waren flächendeckend mit Puderzucker bestäubt, an der Nasenspitze hing ein Creme-Klecks, ein Schnurrbart aus Kakao zierte die Oberlippe.

»Dich stellen wir am besten erst mal unter die Dusche.«

Ein breites Grinsen war die Antwort.

»Also, ich habe Folgendes herausgefunden.« Herr Fiedler schob seinen Teller beiseite und griff nach den Notizen, die er während der Recherche gemacht hatte.

»Die Firma Gaston & Cie. wurde vor fast hundertfünfzig Jahren von zwei Männern gegründet: Louis Gaston und Johannes Mühlenberg. Ursprünglich hieß die Firma Mühlenberg & Gaston.«

Robin nuschelte ein leises »Überraschung!« dazwischen, wurde aber mit einem strengen Blick von Herrn Fiedler zum Schweigen gebracht, der dann fortfuhr.

»Es war eine der ersten Firmen, die im großen Stil mechanische Webstühle einsetzte, natürlich nach Quirin Croon, der noch ein paar Jahre früher dran war. Die beiden Gründer hatten übrigens bei Croon gearbeitet. Bei Mühlenberg & Gaston wurden einige bahnbrechende Erfindungen gemacht, sodass die Firma von Anfang an gut lief. Mühlenberg starb nur wenige Jahre nach Unternehmensgründung an einem Herzleiden, unverheiratet und kinderlos. Gaston führte die Geschäfte allein weiter und vererbte das Unternehmen an seinen Sohn, der wiederum an seinen, und so ging es weiter von Generation zu Generation. Bis heute ist der Betrieb in Familienbesitz.«

Theo hatte seinen Kuchen inzwischen ebenfalls aufgegessen und spülte mit einem Schluck Tee nach, bevor er weitere Informationen hinzufügte. »Gaston war Franzose. Sein Vater war unter Napoleon hier in Gladbach gewesen, dann aber wieder nach

Frankreich zurückgegangen. Er war allerdings mit einer Frau aus Gladbach verheiratet, die mit ihm in seine Heimat zurückging. Sein Sohn, eben dieser Louis Gaston, der das Unternehmen gründete, kam Ende der vierziger Jahre des neunzehnten Jahrhunderts hierher.«

Herr Fiedler las wieder von seinem Zettel ab. »Gaston war ein angesehener Bürger in Mönchengladbach. Er war Mitglied in der Gesellschaft ›Erholung‹, außerdem hat er, wie das damals bei den Unternehmern üblich war, einige großzügige Spenden gemacht. Er hat die Kinderarbeitszeit auf zehn Stunden täglich begrenzt, lange bevor es Gesetze dazu gab.«

Robin sah Herrn Fiedler mit vollem Mund und großen Augen an. »Wapf?« Ein feiner Puderzuckernebel sprühte über den Tisch.

»Wir sollten für die Beteiligung an diesem Gespräch die Regel festlegen, dass man einen vollen Mund geschlossen hält und nur spricht, wenn dieser leer ist, einverstanden?«

Herr Fiedler blickte Robin mit gespielter Strenge an. Der presste sich die Hand fest auf den Mund und nickte, wobei er glucksende Geräusche von sich gab.

»Dass Kinder früher arbeiten mussten, weißt du vermutlich?«

Robin schüttelte den Kopf.

»Sie haben zu Hause auf dem Bauernhof oder in der Hausspinnerei oder Weberei gearbeitet. Als die Arbeit dann in Fabriken verlegt wurde, haben sie dort gearbeitet.«

»In die Fabrik verlegt? Hat man nicht immer in der Fabrik gearbeitet?«

Robin hatte zwar mit immer noch halb vollem Mund gesprochen, darin aber offenbar so viel Übung, dass die Aussprache mit der nun geringeren Beladung fast fehlerfrei war.

»Die Bauern haben nie in der Fabrik gearbeitet«, neckte Herr Fiedler ihn und amüsierte sich prächtig über den zuckerhutweißen Zeigefinger, mit dem Robin in die Nähe seiner Stirn tippte.

»Auch die Weber, und das waren im Bezirk Mönchengladbach etliche tausend Menschen, arbeiteten zu Hause.«

Robin hatte den Mund wieder voll und hob Arme und Schultern mit fragendem Blick. Herr Fiedler stellte fest, dass der Junge pantomimisches Talent hatte.

»Die meisten Menschen lebten damals von der Landwirtschaft. Sie bauten Getreide an und Flachs, aus dem man Leinen machte. Theo, du weißt doch sicher, wie man Leinen herstellte?«

Theo nickte. »Der Flachs wurde geschnitten, wenn er eine gewisse Höhe hatte, und dann in so genannte Flachskuhlen gelegt, die mit Wasser gefüllt waren. Darin rottete er dann so vor sich hin.«

Robin rümpfte die Nase

»Ja, das stank. Weil die Leute diesen Gestank nicht unbedingt direkt vor der Haustür ertragen wollten, lagen die Flachskuhlen immer ein bisschen abseits der Häuser.«

Robin reckte grinsend den Daumen nach oben.

»Wenn der Flachs eingeweicht war, wurden die feinen von den holzigen Fasern getrennt und zu Garn gesponnen.«

Herr Fiedler übernahm die Erläuterungen. »In den Häusern außerhalb der Stadtmauern, also in den allermeisten Häusern, gab es damals einen Hauswebstuhl, etwa zwei mal zwei Meter groß. Kannst du dir das vorstellen?«

Robin überlegte einen Moment und nickte dann.

»An diesem Webstuhl saß der Mann der Familie und webte. Oft vierzehn Stunden am Tag. Zusätzlich mussten die Spulen neu gewickelt werden. Das machten die Kinder.«

Robin kaute immer noch, war aber sehr langsam geworden.

»Die Kinder durften nicht in die Schule gehen, hatten keine Freizeit, konnten nicht mit ihren Freunden Fußball spielen und gingen häufig sogar hungrig ins Bett. Und dann kam die Industrialisierung, und die Arbeit wurde in der Fabrik erledigt.«

Inzwischen waren die Teilchen zu Ende gegangen, und Robin konnte wieder freier artikulieren: »Wie lang ist das her?«

»Ungefähr hundertfünfzig Jahre.«

»Durften die Kinder das Geld, das sie verdient haben, wenigstens selbst behalten?«

Jetzt mischte Theo sich wieder ein. »Nein. Die meisten Arbeiter haben so wenig Geld verdient, dass die ganze Familie von früh bis spät arbeiten musste, damit sie nicht verhungerte. Und in den Fabriken haben die Unternehmer das Geld üblicherweise den Eltern gegeben. Die Kinder bekamen es gar nicht in die Hand.«

»Völlig bescheuert.« Robin lehnte sich in seinem Stuhl zurück und schloss die Augen. Herr Fiedler konnte nicht erkennen, woran er mehr litt: an einem überlasteten Magen oder an einem überlasteten Verstand.

»Jetzt lasst uns aber wieder auf unser aktuelles Problem zurückkommen: Gaston & Cie.«, sagte Theo. »Wir sollten etwas über die finanzielle Lage der Firma in Erfahrung bringen. Wie stellen wir das an?«, wollte Theo wissen.

»Wir brechen ein und sehen in den Akten nach«, schlug Robin vor.

»Wie kommst du denn auf die Idee?«

»So machen die das im Fernsehen auch immer. Die finden ein offenes Fenster, haben eine Taschenlampe dabei und schauen sich mal um.«

»Aber ›die‹ im Fernsehen sind vermutlich etwa vierzig Jahre jünger, brauchen keinen Stock zum Gehen und wissen, wo und wonach sie suchen sollen. Habe ich etwas vergessen?« Theo sah seine Mitdenker herausfordernd an.

Herr Fiedler nickte. »Sie brechen regelmäßig alle möglichen Gesetze, werden nie erwischt und wenn doch, werden sie zumindest nicht zur Verantwortung gezogen. Wenigstens nicht die Guten, und mit denen vergleichen wir uns doch, oder?«

»Da ist etwas dran. Also schließen wir diese Möglichkeit der Informationsbeschaffung aus. Weitere Vorschläge?«

Robin schüttelte den Kopf, Herr Fiedler blickte vor sich hin und nickte dann plötzlich.

»Wir holen eine Auskunft der Creditreform ein.«

Robin sah ihn verständnislos an, Theo schaute nachdenklich. »Bekommen Privatleute wie wir so eine Auskunft? Da könnte ja jeder kommen und sich über die wirtschaftliche Situation jedes Unternehmens informieren.«

Herr Fiedler zuckte die Schultern. »Weiß ich nicht. Aber Bankangestellte bekommen solche Auskünfte. Ich muss nachdenken, ob ich nicht jemanden kenne, der uns diese Auskunft beschaffen kann ... vielleicht einen ehemaligen Untermieter.«

»Sie haben Informanten an wichtigen Stellen?«, fragte Robin und sah Herrn Fiedler mit leuchtenden Augen an. »Warum haben

Sie das nicht gleich gesagt, Mann. Dann ist doch alles in Butter. Zapfen Sie Ihre Quelle an.«

Herr Fiedler überlegte kurz und langte dann nach seinem abgegriffenen Adressbuch. »Wie hieß der junge Mann noch gleich? Alexander irgendwas …« Er blätterte schnell und fand, was er gesucht hatte. »Hier ist er. Alexander Wolf. Hat 2001 für sechs Monate hier gewohnt. Praktikum bei der Gladbacher Bank.« Herr Fiedler löste eine an die Seite geklammerte Visitenkarte. »Die Karte hat er mir ganz stolz geschickt, als er eine Festanstellung bekommen hat. Ich denke, das ist unser Mann.«

Robin hielt dem neben ihm sitzenden Theo eine nach oben geöffnete Handfläche hin. Theo schaute darauf, sah dann Robin an. »Das war nicht deine Idee. Wofür willst du Geld?«

Robin verdrehte die Augen. »Schlagen Sie ein, Mann. So.« Er schlug sich mit der anderen Hand auf die Handfläche und führte die Aktion dann noch einmal umgedreht vor. »Also, jetzt Sie.«

»Ruhe dahinten!«, rief Herr Fiedler. Er wählte, bekam Alexander Wolf auf Anhieb an den Apparat und erklärte sein Anliegen. Dann hörte er einen Moment zu. »Was heißt hier ›vertraulich‹? Ich will die Information nicht veröffentlichen, ich muss mir nur ein Bild von der Firma machen. Es geht um einen Mordfall.«

Theo stellte den Lautsprecher des Telefons an, damit Robin und er mithören konnten.

»Ich komme in Teufels Küche, wenn ich Ihnen solche Daten weitergebe.«

»Sie kommen nirgendwohin, weil alle Beteiligten äußerste Vertraulichkeit wahren und kein Mensch etwas von der Sache erfährt.«

»Ich weiß nicht …«

»Hören Sie, junger Freund. Wenn *Sie* unter Mordverdacht stünden, würde ich auch *Ihre* Unschuld beweisen wollen. Jetzt ist eine nette Untermieterin von mir in dieser schrecklichen Situation, und ich finde, Sie sollten ein bisschen Loyalität zeigen und mir außerdem glauben, wenn ich Ihnen sage, dass von mir kein Mensch erfahren wird, woher ich die Informationen habe.«

»Ich werde Ihnen eine Kopie der letzten Auskunft schicken. Sie ist etwa vier Wochen alt, reicht Ihnen das?«

Herr Fiedler dankte überschwänglich und legte auf.

»Denkst du, was ich denke?«, fragte Theo mit gerunzelter Stirn.

»Momentan denke ich gar nicht, sondern sonne mich in meinem Erfolg.«

»Darüber reden wir gleich«, versprach Theo. »Der Mann sagt, dass er eine vier Wochen alte Information auf dem Schreibtisch liegen hat. Ich kann mich täuschen, aber ich würde vermuten, dass die Bank einen Grund hatte, skeptisch zu sein, und deshalb die Auskunft angefordert hat.«

Herr Fiedler nickte. »Verstehe. Du meinst, dem Unternehmen geht es schlecht, wir sollten uns auf eine nicht allzu rosige Bewertung vorbereiten.«

Theo nickte.

Robin hatte mit sehr ernstem Gesicht dabeigesessen und sah nun auf. »Können Sie auch Leute finden?«

Theo hielt sichtbar die Luft an und erstarrte. Herr Fiedler räusperte sich, um Zeit zu gewinnen, und nickte dann.

»Ich denke schon. Wen suchen wir denn?«

»Meinen besten Freund. Er heißt Bülent.«

»Und wie weiter?«

»Yilmaz.«

Herr Fiedler bemühte sich, seine Besorgnis zu verbergen. »Der Name Yilmaz ist im Türkischen ziemlich häufig, glaube ich. Weißt du, wo er wohnt?«

Robin schüttelte den Kopf und sah niedergeschlagen aus. Theo stand auf und holte Schreibzeug. Oben auf den Block schrieb er »WANTED«.

Robin schaute auf das Papier und sah dann mit einem schiefen Grinsen zu Theo auf. »Setzen Sie auch eine Belohnung aus?«

»Sag uns alles, was du über Bülent weißt«, ordnete Herr Fiedler an, und Robin legte los.

»Er ist zwölf. Sein Vater arbeitet nur halbtags. Komisch, ne? Seine Mutter arbeitet auch, ich weiß aber nicht, wo. Jedenfalls sind die weggezogen nach Mönchengladbach. Jetzt ist er aus meiner Klasse raus, und seitdem ist es in der Schule so richtig sch…« Robin schlug sich die Hand vor den Mund. »Echt doof eben.«

Theo unterdrückte ein Grinsen, Herr Fiedler machte sich gar nicht erst die Mühe. »Klar. Echt doof«, stimmte er zu.

»Bei denen durfte ich sogar manchmal übernachten. Die sind voll cool. Der Bülent hat dann eine Matratze in seinem Zimmer auf den Boden gelegt, da hab ich gepennt. Und essen durfte ich dann auch immer bei denen. Die Mutter vom Bülent, die kann total gut kochen. Börek und rote Linsensuppe und so klebrig süße Kuchen. Hat die immer alles ganz selbst gemacht.«

»Wo haben die Yilmaz' denn vorher gewohnt?«

»Auf der Furth.«

Theo und Herr Fiedler sahen sich an, dann hatte Herr Fiedler eine Eingebung. »In Neuss?«

»Klar. Schabernackstraße.«

»Weißt du, auf welche Schule er jetzt geht?«

»Nö.«

»Auf welcher Schule wart ihr denn in Neuss?«

»Gesamtschule Annastraße.«

»Gibt es noch etwas, das du über seinen neuen Wohnort in Mönchengladbach weißt?«

»Nö.«

»Kennst du die Vornamen der Eltern?«

»Ich durfte seinen Vater Batman nennen. Und er hat mich so im Spaß auch mal Robin genannt.« Robin wurde in seinem Stuhl glatt ein paar Zentimeter größer.

»Warum gerade Batman?«, wollte Theo wissen, der die bisher recht spärlichen Informationen säuberlich notiert hatte.

»Er ist ein totaler Batman-Fan, hat alle Comics zu Hause, und es gibt ein Foto von ihm in Amerika, da war er in diesem Filmstudio und da stand er direkt neben dem Batmobil.« Robin sackte wieder in sich zusammen. »Aber wie er in echt heißt, weiß ich nicht.«

»Wann ist Bülent denn umgezogen?«, wollte Theo noch wissen, der sich Mühe gab, dessen Steckbrief zu vervollständigen.

»In den Sommerferien.«

»Und seitdem hast du nichts mehr von ihm gehört? Hat er denn nie angerufen? Oder du ihn?«

Robins Augen wurden feucht. »Das normale Telefon, das haben wir nicht mehr. Jetzt hat meine Mutter nur noch ein Handy, aber damit darf ich nicht telefonieren. Ich hab kein Handy. Und als ich von der Zelle aus anrufen wollte, hab ich gemerkt, dass ich die Telefonnummer, die er mir gegeben hat, verloren hab.« Jetzt liefen die Tränen über Robins Gesicht und rannen durch die Puderzuckerreste, wo sie verästelte Nebenarme bildeten.

»Ich glaub, die hab ich in der Hosentasche vergessen, und beim Waschen ...«

Theo rückte seinen Stuhl ein Stückchen zurück und streckte die Hand nach Robin aus. Herr Fiedler beobachtete verblüfft, wie der Rotzbengel mit der laufenden Nase, ohne auch nur einen Augeblick zu zögern, auf Theos Schoß kletterte und den Kopf an seine Brust lehnte. Der Puderzucker wechselte die Seite. Unbeholfen tätschelte der Mann ohne Nachkommen die zuckenden Schultern des schluchzenden Kindes.

ACHT

Freitagnachmittag

Robert Gaston saß in seinem Büro, das, so hoffte er zumindest, kühle Eleganz ausstrahlte. Und etwas Futuristisches. Dafür hatte er mit seinem ganz persönlichen Geschmack gebrochen und einen Schreibtisch aus Edelstahl und Glas angeschafft. Eher dem Zweck angemessen als dem ästhetischen Empfinden. Ein Zugeständnis an seine Position als Unternehmenslenker.

Die fast zwanghafte Hinwendung zur glorreichen Vergangenheit dieses Unternehmens, die von allen bisherigen Geschäftsführern exzessiv betrieben worden war, erschien ihm gerade heute furchtbar unpassend.

Die Zeiten waren hart für deutsche Textilbetriebe, man musste sich täglich Gedanken über Strategien für die Zukunft machen, wenn das Unternehmen auch in fünf Jahren noch existieren sollte. Da half der rückwärts gerichtete Blick auf vergangene Erfolge nicht weiter, da waren Mut und Entschlossenheit gefordert, auch drastische Maßnahmen durchzusetzen. Nicht umsonst hatte Gaston in Paris die »Ecole de Guerre Economique« besucht, die Schule für Wirtschaftskrieg. Mit zimperlichen Maßnahmen waren die Attacken des Wettbewerbs aus Asien, die im Textilgeschäft die europäischen Unternehmen das Fürchten lehrten, nicht zu parieren. Es hatte keinen Sinn, sich etwas vorzumachen: Es ging um das nackte Überleben. Und im Krieg, das weiß jedes Kind, ist jedes Mittel erlaubt.

Das Leder des Sessels knarrte, als Gaston sich zurücklehnte und seine Frau anrief. »Ich komme heute spät aus dem Büro, du wirst ohne mich in die Oper gehen müssen.«

Er rechnete mit der üblichen Entrüstung und konnte sein Glück kaum fassen, als die erwartete Tirade nicht durch den Hörer drang.

»Nun, wenn du nicht gehst, bin ich nicht sicher, ob ich allein hingehen soll. Hast du eine Ahnung, wann du mit der Arbeit fertig bist und nach Hause kommst?«

»Nein, ich habe keine Ahnung. Aber ich fürchte, dass es sehr spät wird. Ich habe noch viel zu tun, das unbedingt erledigt werden muss.«

»Robert, du arbeitest so viel. Ich mache mir wirklich Sorgen …«

»Dazu hast du auch allen Grund. Du musst nicht auf mich warten. Geh ruhig schon zu Bett, wenn dir danach ist.«

Gaston legte auf. Seltsam, dass seine Frau sich über die Planänderung für den Abend gar nicht aufgeregt hatte. Normalerweise hielt sich ihre Flexibilität in diesen Dingen in engen Grenzen. Ob sie einen Liebhaber hatte? Gaston stellte fest, dass er sich über diesen Gedanken nicht wirklich aufregen konnte. Im Moment hatte er einfach andere Sorgen. Er saß noch einen Moment mit geschlossenen Augen an seinem Schreibtisch, dann nahm er den Hörer wieder in die Hand und wählte eine Nummer. Die männliche Stimme am anderen Ende meldete sich mit einem kurzen »Ja«.

Gaston holte Luft. »Ich habe darüber nachgedacht. Ich bin bereit. Lassen Sie uns über Geld reden.«

*

Watermann hatte Pech, er traf seinen Chef auf dem Flur.

»Ach, der Herr Kriminalhauptkommissar Watermann gibt sich auch noch die Ehre. Das ist aber nett von Ihnen.« Lohses Stimme troff vor Sarkasmus.

Watermann spürte, wie sich seine Nackenhaare aufstellten. Wenn er etwas nicht leiden konnte, so waren es derartige Bemerkungen. Warum sagte der Mann nicht einfach: »Watermann, Sie gehen mir auf den Sack!«? Das wäre frei heraus und ehrlich.

»Ich muss noch schnell eine E-Mail abrufen, dann stehe ich Ihnen zur Verfügung.«

Lohse schüttelte den Kopf. »Die Besprechung sollte vor einer Viertelstunde beginnen. Da Sie nun schon im Haus sind, werden Sie die Güte haben, jetzt daran teilzunehmen.«

Lohse stellte sich vor die Tür zu Watermanns Büro. Nur eine

Handgreiflichkeit konnte ihn von diesem Platz vertreiben, aber danach stand Watermann jetzt wirklich nicht der Sinn.

»Die Ergebnisse des Labors sind eingetroffen«, eröffnete Lohse großspurig die Besprechung der mit vier genervten Beamten vollständig anwesenden Mordkommission. »Der Regenschirm war nicht die Tatwaffe.«

Das hatte Watermann sich auch schon gedacht. Wo hätte sonst der rote Lack herkommen sollen?

»Frau Lewandowski bleibt, nicht zuletzt aufgrund des Adressbuchs der Ermordeten, weiterhin verdächtig.« Lohse plusterte sich mächtig auf.

»Welche Funktion das Plastikteil hat, das am Tatort gefunden wurde, konnte das Labor noch nicht klären. Es sind jedenfalls keine Fingerabdrücke darauf. Es war aber noch sauber genug, dass es etwa um die Tatzeit dort hingefallen sein könnte.«

Das war ja eine tolle Nachricht. Das Ding war wahrscheinlich wichtig, auch wenn man noch nicht einmal wusste, was es war.

»Was gibt es sonst Neues?« Lohse schaute Watermann herausfordernd an.

»Ich habe einen Hinweis auf den Wagen bekommen, der sich schnell vom Tatort entfernt hat. Es handelt sich vermutlich um einen BMW Geländewagen.«

Der junge Kollege, der bei seinen Befragungen bisher keine verwertbaren Informationen bekommen hatte, starrte Watermann ungläubig an.

»Ich habe die Bußgeldstelle um Überprüfung gebeten, sie haben tatsächlich ein solches Modell geblitzt. Nummernschild und Halter kommen per E-Mail. Wenn Sie mich kurz danach schauen lassen, wissen wir gleich mehr.«

Lohse nickte gnädig und unterbrach die Besprechung, bis Watermann ein paar Minuten später zurückkehrte. »Nun?«

»Hier ist das Kennzeichen.« Watermann kritzelte die Buchstaben und Zahlen auf das Flipchart. »Halter ist der ›Verein zur Förderung der Lebensqualität durch textile Gestaltung e.V.‹, ansässig in Mönchengladbach.«

»Was soll das denn sein?«

»Das werden wir frühestens am Montag erfahren. Das Vereinsregister beim Amtsgericht Mönchengladbach hat bereits Wochenende.«

*

Samstag, 27. November

Lara wachte auf und war orientierungslos. Es war stockdunkel im Zimmer, aber irgendetwas hatte sie geweckt. Sie spürte, wie ihr Herz schnell und hart schlug. Hatte sie schlecht geträumt?

Sie hatte gemeinsam mit Omas und Bruder bis spät in die Nacht über den Papieren gehockt. Das eigentliche Problem war die Entzifferung der Handschrift. Nicht nur, dass die Formen der Buchstaben nicht den heute üblichen entsprachen, diese Schrift hier war auch noch zittrig und krakelig. Das war das Erste, was Lara nun, auf der Suche nach dem Grund für ihre Aufregung mitten in der Nacht, in den Sinn kam. Dann hörte sie das Geräusch wieder.

Es war ein Geräusch, das sie nicht zuordnen konnte. Es schien vom Flur zu kommen, aber es waren keine Schritte. Eher eine Art Schlurfen, mal auf dem Boden, mal an der Wand. Lara war jetzt hellwach. Sie war noch unentschieden, ob sie Angst hatte oder nicht. Aber allein bei der Vorstellung, das warme Bett zu verlassen, um nachzusehen, was vor ihrer Zimmertür los war, fröstelte es sie.

Als das Schlurfen ihre Tür erreichte und von einem leichten Kratzen begleitet wurde, fiel die Entscheidung: Verdammt, sie hatte Angst. Trotzdem wollte sie nicht wie das Kaninchen vor der Schlange sitzen bleiben und tatenlos auf das warten, was gleich passieren mochte. Lara biss die Zähne zusammen, stand mit wackeligen Beinen und schmerzenden Knien auf und öffnete die Tür. Im nächsten Moment knallte ihr das hölzerne Blatt mit voller Wucht gegen die Stirn. Lara taumelte zurück und versuchte trotz des wilden Schmerzes, der in ihrem Kopf tobte, die Situation zu erfassen.

Eine zusammengekrümmte Gestalt sackte langsam am Türrahmen zu Boden. Lara fluchte und drückte sich flach an die Wand neben der Tür. Was war das jetzt? Die neue Masche nächtlicher Eindringlinge? Die Person im Zimmer wecken, warten, dass sie die Tür öffnet, sie durch Herumhocken auf der Schwelle in Sicherheit wiegen und dann … was? Lara betastete ihre Stirn. Das gäbe bestimmt eine tolle Beule, die sie, genau wie die Abschürfung auf der linken Wange und an den Händen, ihrem neuen Chef nächsten Mittwoch erklären müsste. »Ja, wissen Sie, nachdem Martine tot und Jamela verschwunden und ich die Treppen hinuntergestoßen worden war, knallte mir eines Nachts die Tür ins Gesicht …«

Sicherlich wäre die Probezeit gleich wieder vorbei und der neue Job weg, bevor sie ihn überhaupt antreten konnte. An diesem Punkt angelangt zuckte Lara zusammen. Sie würde keine Chance haben, ihrem Chef die Beule zu präsentieren, wenn sie nicht vorher den Mordverdacht loswürde. Und ein mögliches nächstes Attentat verhinderte. Mist.

Die Gestalt am Türrahmen bewegte sich nicht. Laras Neugier überwog, sie machte vorsichtig drei Schritte auf sie zu und bückte sich zu dem Bündel auf ihrer Türschwelle hinunter.

»Jamela!«

»Ooooh …«, war die einzige Antwort.

Lara stieg kurzerhand über die junge Frau hinweg und klopfte an Mamies Tür. »Mamie, ich bin's, Lara. Komm in mein Zimmer!«

Die Tür wurde geöffnet, Mamie stand mit zerzausten Haaren vor ihrer Enkelin. »Was gibt's?«

»Komm mit.« Lara humpelte bereits die wenigen Schritte über den Flur zurück zu Jamela, die sich inzwischen nicht gerührt hatte.

Gemeinsam halfen Mamie und Lara Jamela ins Zimmer und setzten sie auf Laras Bett. Ihr linkes Auge war zugeschwollen, sie hatte eine leicht verkrustete Wunde auf der Augenbraue, und sie hielt sich den Brustkorb, als hätte sie Schmerzen.

»Was ist passiert, Jamela?«, fragte Lara und lief ins Badezimmer, um ein Handtuch nass zu machen.

»Simon …«, nuschelte Jamela und fing an zu weinen.

»Hast du ihn gesehen?«, wollte Lara wissen, die ihr das Handtuch an die Wange drückte.

Jamela nickte. »Er wollte mich umbringen.«

Lara und Mamie sahen sich an. Lara holte Luft, um eine Frage zu stellen, als Jamela, ohne einen weiteren Laut von sich zu geben, ohnmächtig auf die Seite kippte.

Der Krankenwagen, der Jamela in das nur wenige Straßen entfernte St.-Josefshospital brachte, war gerade weg, als Kriminalhauptkommissar Watermann im Übersetzer-Zentrum eintraf.

»Ich hätte gern einen ausführlichen Bericht von Ihnen, Frau Lewandowski«, legte er schon an der Eingangstür los. »Wir können in mein Büro gehen oder in die Küche, wie Sie wollen.«

Er sah übernächtigt und unrasiert aus. Der feuchte Mantel war falsch geknöpft, und an den Füßen trug er nicht wie sonst schwarze Stadtschuhe, sondern ein Paar schmutzige Wanderstiefel. Aber was Lara am deutlichsten auffiel, war, dass weit und breit keine Lakritzschnecke zu sehen war. Sie konnte sich nicht helfen, sie empfand plötzlich Mitleid mit diesem Mann.

»Kommen Sie mit in die Küche, ich mache einen Kaffee, wenn Sie wollen.«

Watermann warf ihr einen müden Blick zu. »Gern.«

Als die Tassen mit dem recht stark geratenen Gebräu auf dem Tisch standen, fragte er in schleppendem Tonfall nach den Vorgängen der letzten Stunden. Lara hatte beschlossen, ihm gar nicht erst zu erzählen, dass sie Jamelas Verschwinden gestern bemerkt hatte, das würde nur unnötige weitere Fragen nach sich ziehen. Auch über die Anwesenheit ihrer Familie würde sie erst einmal schweigen, sofern Watermann nicht gezielt danach fragte. Aber wie sollte er auf die Idee kommen?

»Ich wachte gegen halb vier auf, weil ich ein Geräusch an meiner Zimmertür gehört hatte«, begann sie ihren Bericht. »Ich öffnete die Tür, und da kippte Jamela ins Zimmer.«

»War sie angezogen?«

»Ja, vollständig angezogen mit Jacke und Schuhen.«

»Kam sie von draußen?«

»Ihre Jacke war nass, also vermute ich, dass sie von draußen kam.«

»In welchem Zustand war sie?«

»Der Arzt kann Ihnen das sicher besser erklären, aber ich würde sagen, dass sie geschlagen worden ist.«

»Woran haben Sie das gesehen?«

»Ihr linkes Auge war zugeschwollen, ihre Augenbraue aufgeplatzt, die Lippe dick.«

Watermann warf Lara einen schnellen Blick zu. »Sie sah also so ähnlich aus wie Sie.«

»Danke, sehr charmant.«

»'tschuldigung. Was hat sie gesagt?«

»Dass Simon sie umbringen wollte.«

Der Stift, mit dem Watermann die Aussagen in seinem roten Heftchen notiert hatte, schwebte über dem Blatt. »Bitte?«

»Sie sagte, dass Simon sie umbringen wollte«, wiederholte Lara.

»Sind Sie sich sicher, dass Sie das richtig verstanden haben?«

»Absolut.«

»Was sagte sie sonst noch?«

»Nichts. Sie fiel in Ohnmacht.«

Watermann brachte seinen Stift dazu, auch diese Information noch zu notieren, dann bedankte er sich nochmals für den Kaffee und machte sich auf den Weg ins Krankenhaus.

Fast hätte Lara zum Abschied »Gute Nacht« gewünscht, was in Anbetracht der Tatsache, dass er im Dienst war, sicher unpassend gewesen wäre. So sagte sie nichts mehr und ging wieder ins Bett.

Sie war zwar erschöpft, konnte aber lange nicht einschlafen. Tausend Fragen quälten sie. Wo war Jamela gewesen? Was hatte sie mit Simon zu tun? Warum hatte sie ihn getroffen? Warum hatte er versucht, sie umzubringen? Wo war Simon jetzt? Würde er ins Übersetzer-Zentrum kommen, um Jamela endgültig zum Schweigen zu bringen? Lara stand noch mal auf und vergewisserte sich, dass ihre Tür abgeschlossen war. Als sie später endlich einschlief, träumte sie unruhig.

*

Piet Fiedler hatte sich an diesem Samstag bereits sehr früh am Morgen nach Gladbach aufgemacht, um einen »historischen Stadtrundgang« zu machen, wie er es genannt hatte. Er hatte so viel über M.Gladbach, wie die Stadt sich damals noch nannte, herausgefunden, dass er sich diese Fakten gern einmal vor Ort vergegenwärtigen wollte. So stieg er am Alten Markt aus dem Bus und begann seinen Rundgang an dem Haus mit dem kleinen rechteckigen Türmchen oben auf dem Dach, in dem ein Restaurant italienische Speisen anbot. Schon zu Gastons Zeiten war dort ein Gasthaus gewesen, wenn er sich nicht irrte, denn damals war das Haus seiner eigentlichen Bestimmung bereits entwachsen. Zur Zeit der Stadtmauern war dies das Torhaus an der Straße nach Viersen gewesen. Herr Fiedler wunderte sich wieder einmal, wie klein die Stadt innerhalb der Mauern gewesen war. Der Kapuzinerplatz, auf dem am heutigen Samstag der Gladbacher Wochenmarkt stattfand, war bereits zu Gastons Zeiten vom Kampanile der evangelischen Christuskirche beherrscht worden, zu dessen Grundsteinlegung im Jahre 1845 sogar der preußische König angereist war. Herr Fiedler grinste. Damals legten noch Könige Grundsteine. Heute fanden Grundsteinlegungen – wenn überhaupt – in kleinem Kreis mit allenfalls lokalen Würdenträgern statt.

Der moderne Straßenbelag des Alten Marktes, der gemäß dem allgegenwärtigen Retrotrend wieder in Stolpersteinoptik ausgeführt worden war, hatte damals vermutlich ähnlich ausgesehen. Dort war gegen Ende des neunzehnten Jahrhunderts die Straßenbahn entlanggezockelt. Die armen Gäule hatten die Wagen den Abteiberg hochgezogen und waren hier oben vermutlich nass geschwitzt und mit Schaum vor dem Maul angekommen.

Herr Fiedler ging an seiner heiß geliebten Münsterkirche vorbei den Weg hinunter dorthin, wo sich heute einer der hässlichsten Parkplätze der Stadt in direktem Blickkontakt zu Gladbachs religiösem Wahrzeichen befand. Hier hatte einst der große Weiher gelegen, aus dem die Abtei ihren Fisch bezogen hatte. Als die Mönche vertrieben worden waren und die Industrialisierung fortschritt, war die Wasserqualität von Gladbach und Niers allerdings so schlecht geworden, dass sich Bleicher, die sauberes Wasser benötigten, und Färber, die ihre Farbreste in den Flüssen und Bächen auswuschen, ständig stritten. Daher wurde im Jahr 1847, etwa um die Zeit, als Louis Gaston nach Gladbach kam, die Regelung erlassen, dass die Gewässer von zehn Uhr morgens bis fünf Uhr nachmittags den Färbern zur Verfügung standen, davor und danach jedoch den Bleichern. Ob das wohl viel genützt hatte? Herr Fiedler hegte da so seine Zweifel.

An der Lüpertzender Straße wandte er sich nach links und stieß an der Querstraße »An der Flieschermühle« auf das Betriebsgelände von Gaston & Cie., das sich, bis auf den öffentlich zugänglichen Parkplatz, der wohl ursprünglich zum Firmengrund gehört hatte, bis zur nächsten Querstraße »Am Kämpchen« zwischen Lüpertzender Straße und Fliethstraße erstreckte. Die rote Backsteinarchitektur war beeindruckend, und genau das hatte sie wohl auch sein sollen. Herr Fiedler wünschte sich zum wiederholten Male in seinem Leben eine Zeitmaschine, mit der er in die Vergangenheit reisen könnte. Allzu gern hätte er den alten Louis Gaston getroffen und mit ihm ein Bier in seiner Stammwirtschaft in der Weiherstraße getrunken, von der in einer historischen Quelle berichtet wurde.

Herr Fiedler warf noch einen Blick auf die Fabrik und wollte sich gerade abwenden, als er einen dunkelgrünen Jaguar auf den Hof fahren sah. Aus dem Auto stieg ein Mann, der zielstrebig zum Haupteingang ging, die Tür aufschloss und eintrat. In Gedanken versunken machte Herr Fiedler sich auf den Heimweg.

*

Als Theo und Robin mit ihren Einkäufen vom Rheydter Markt zurückkamen, wartete Herr Fiedler bereits in der Küche. Er saß einfach so da, während das Teewasser kochte, bis der elektrische Kessel sich automatisch abschaltete.

»Was ist los mit dir?«, fragte Theo mit leichter Besorgnis in der Stimme.

»Theo, Robin, ich denke, wir sollten nun endlich mal dieser Firma Gaston auf den Zahn fühlen.«

»Am Wochenende dürfte das etwas schwierig sein«, warf Theo ein.

»Im Zweifelsfall ist es genau das eben nicht. Ich habe soeben den Firmenchef gesehen, der sich, wie man das von einem fleißigen Unternehmer erwartet, zu seinem samstäglichen Arbeitseinsatz eingefunden hat.«

»Woher weißt du, dass der Mann, den du gesehen hast, der Firmenchef war? Weißt du denn, wie der aussieht?«

»Nun ja, ähem, ich habe mir das so gedacht.«

Theo schüttelte den Kopf. »Ach so. Es könnte also auch der Buchhalter, der Hausmeister oder der Mann vom Sicherheitsdienst gewesen sein, richtig?«

»Theoretisch schon. Aber er kam in einem teuren Auto, parkte auf dem Parkplatz direkt neben der Eingangstür und hatte dieses gewisse Etwas in seinem Auftreten, das Führungspersönlichkeiten haben.«

Theo sah nicht überzeugt aus. »Und da willst du einfach anklopfen und hoffen, dass der Mann sich gern mit einem alten Knaben unterhält, damit ihm in dem leeren Gebäude nicht langweilig wird?«

»So ähnlich.«

»Das gefällt mir nicht sehr gut, wenn ich ehrlich bin. Wir wissen nicht, ob er etwas mit dem Mord an Martine zu tun hat. Wenn ja, wird er sich eines spionierenden Rentners sicher mindestens ebenso leicht entledigen.«

»Wenn ich ihn in seinem Büro besuche, wird er mir doch nicht gerade dort den Schädel einschlagen. Dann muss er ja eine Leiche und alle Spuren beseitigen. Nein, ich denke, dass es nicht sehr gefährlich ist, ihn dort aufzusuchen.«

Theo schüttelte entschlossen den Kopf. »Ich lass dich nicht allein dahin gehen.«

Robin richtete sich zu seiner vollen Größe auf. »Ich komme mit.«

Jetzt schüttelten sowohl Herr Fiedler als auch Theo den Kopf. Robin zog einen Flunsch.

»Aber ich nehme tatsächlich einen Leibwächter mit. Ich denke da an Laras Bruder, den ich mir für heute Nachmittag von den Damen ausleihen möchte.«

*

»Hi, ich bin Lukas. Welcher von den beiden Sonderlingen sind Sie?«

Herr Fiedler ließ die Haustür offen stehen und ging zurück in die Küche. »Machen Sie die Tür zu und kommen Sie ins Wohnzimmer. Garderobe ist links. Ich koche gerade Tee«, rief er über die Schulter.

»Aha, Herr Fiedler, nehme ich an«, murmelte Lukas mit breitem Grinsen und folgte gehorsam. Von Theo Streckbein wurde er mit Handschlag und korrekter Vorstellung begrüßt. Und dann war da noch ein Junge, der neben Theo am Tisch saß und geräuschvoll die Nase hochzog.

»Wer bist du denn?«, fragte Lukas und stellte sich selbst mit Namen vor.

»Ich bin Robin. Ich helfe bei den Ermittlungen.«

»Hey, dann sind wir ja Kollegen. Wohnst du hier?«

Robin nickte.

»Musst du auch diesen furchtbaren Tee trinken, von dem meine Schwester erzählt hat, oder bekommst du aufgrund deines jugendlichen Alters Straferleichterung?«

Robin kicherte, sah aber dann mit einem schnellen Seitenblick zu Theo hinüber. Herr Fiedler, der gerade mit der Teekanne in der einen und dem Stock in der anderen Hand das Wohnzimmer betrat, stellte die Kanne ab und drohte Lukas mit erhobenem Zeigefinger. »Sie lästern ja schon, bevor Sie den Tee überhaupt probieren mussten. Wie wollen Sie diese rüpelhafte Bemerkung noch steigern, wenn Sie das Gebräu erst gekostet haben?«

Lukas zuckte die Schultern und verteilte die Tassen auf dem Tisch. »In der Hinsicht bin ich sicher entwicklungsfähig.«

»Gibt es irgendwelche Neuigkeiten von der verschwundenen Übersetzerin?«

»Dass sie letzte Nacht in Laras Zimmer stolperte, wissen Sie schon, oder? Sie war grün und blau geschlagen und erzählte, dass Simon sie habe umbringen wollen.«

»Simon? Ist der auch wieder aufgetaucht?«

»Nein, bisher nicht. Watermann ist außer sich. Erst ist Simon weg, dann taucht er kurz wieder auf, nur um dem fleißigen Kommissar wieder abhanden zu kommen. Und jetzt taucht Jamela wieder auf, obwohl Watermann noch gar nicht wusste, dass sie überhaupt weg war. Aber anstatt ihm zu sagen, wie sie zu ihren Verletzungen gekommen ist und wo Simon sich herumtreibt, beruft sie sich offenbar auf ihr Ruhebedürfnis und hält den Mund. Der gute Mann schäumte vor Wut, als ich ihn eben beim Verlassen des Übersetzer-Zentrums getroffen habe. Insofern bin ich ganz froh, außerhalb seiner Reichweite zu sein. Auch Lara hat schon bessere Zeiten gehabt, rein stimmungsmäßig, meine ich. Immerhin hat sie jetzt zusätzlich zu allen anderen Problemen und der bereits wenig dekorativen Hautabschürfung noch mit einer ästhetischen Zumutung ersten Ranges zu kämpfen. Nachdem Jamela ihr die Tür ins Gesicht geknallt hat, sieht sie aus, als hätte sie die Beulenpest. Sie guckt in jeden Spiegel und kann es nicht fassen, dass sie ihren Job in Frankreich mit diesem Gruselhorn auf der Stirn antreten muss. Wenn sie ihn überhaupt antreten kann, aber daran arbeiten wir ja alle recht fleißig. Und damit komme ich gleich zur nächsten Frage: Was ist denn nun Ihre Idee, für die Sie mich ins Männerteam berufen haben?«

Herr Fiedler erläuterte seinen Plan, und Lukas hörte mit wachsender Skepsis zu.

*

Ende Mai 1872, M.Gladbach

Gaston saß auf seinem Stammplatz in der »Erholung«, etwas abseits von den Debattierzirkeln. Er las die Gladbacher Volkszeitung, die seit März die »bedrohten Rechte der Katholiken verteidigen und überhaupt ihre Interessen vertreten« wollte, wie in der ersten Ausgabe zu lesen gewesen war. Sie würde, so versicherte sie dem Leser, »hierbei aber nicht einseitig verfahren, sonders stets auch die Interessen der Andersgläubigen zu achten wissen«. Gaston hatte leicht den Kopf geschüttelt, als er die pathetische Erklärung gelesen hatte, die in der Feststellung gipfelte, diese Zeitung werde »dem Kaiser geben, was des Kaisers, Gott aber, was Gottes ist«.

»Lesen Sie wieder diese päpstliche Postille?«, ertönte neben Gastons Sessel eine schnarrende Stimme.

Gaston sah auf und lächelte dem alten Quack zu. »Setzen Sie sich zu mir, Herr Quack. Ihre Neuigkeiten sind sicher spannender als diese hier.«

Quack ließ sich ächzend und seufzend neben Gaston nieder. »Ich wundere mich immer wieder, dass Sie dieses Blatt lesen, Gaston. Sie haben doch ein genauso distanziertes Verhältnis zu Ihrer Gemeinde wie ich zu der meinen.«

Dies war, wie Gaston sich sehr bewusst war, in der Tat eine Gemeinsamkeit, die die beiden Männer verband und über die fast eine Art Freundschaft entstanden war. Die strenge Gläubigkeit sowohl der Protestanten als auch der Katholiken war beiden fremd. Insofern waren sie Außenseiter, was aber beide nicht anfechten konnte.

»Sie sollten wissen, Herr Quack, dass ich jedes Blatt lese, dessen ich habhaft werden kann. Es kann nie schaden, die Meinungen und Stimmungen zu kennen, die unser Land regieren.«

»Und welche Stimmungen erkennen Sie?«

»Eine ausgeprägte Lust am Regulieren und Reglementieren«, erwiderte Gaston lächelnd.

»Wie meinen Sie das?«

»Nun, neuerdings ist gemäß Nr. 2 Paragraph 369 des Strafgesetzbuches schon der Besitz einer ungeeichten Waage oder eines ungeeichten Gewichtes strafbar, auch ohne dass es zum Gebrauch derselben kommt.«

Quack nickte. »Dann sind wir ja in Zukunft alle vor jeglichem Betrugsversuch geschützt. Das ist gut zu wissen.« Er zwinkerte Gaston zu.

»Weiter hat die Normal-Eichungskommission die vollen und abgekürzten Bezeichnungen der neuen Maße und Gewichte bekannt gegeben.« Gaston las die Längenmaße vor: »Kilometer, Dekameter, Meter, Decimeter, Zentimeter, Millimeter. Damit verlieren Elle, Zoll, Fuß und Inch ihren offiziellen Charakter. Sie dürfen nur noch im Privatgebrauch benutzt werden, nicht aber im Geschäftsleben.«

Quack winkte ab. »Das interessiert mich nicht mehr in meinem Alter. Ihr Kompagnon, der junge Mühlenberg, hätte diese Sachen sicher sehr spannend gefunden.«

Gastons Lächeln gefror. »Wie kommen Sie jetzt gerade auf Mühlenberg?«

»Ich weiß nicht. Vielleicht hat Thekla ihn mal wieder erwähnt.«

Gaston schluckte. »Aber Ihre Tochter ist doch schon so lang verheiratet. Hat sie Mühlenberg etwa so sehr geliebt, dass sie nach all den Jahren noch an ihn denkt?«

Quack zuckte die Schultern. »Ich glaube, sie nannte seinen Namen nur, weil ihr Schwiegervater zur Kur nach Marienbad fuhr.«

Gaston wischte sich den Schweiß von der Stirn und stand auf. »Ich denke, ich werde mich auf den Heimweg machen. Ich fühle mich heute etwas erschöpft.«

Quack stand ebenfalls auf. »Grüßen Sie Ihre zauberhafte Frau von mir, Franzose. Ich hoffe, eines Tages noch herauszufinden, wie Sie dieses wunderbare Geschöpf dazu bewegen konnten, gerade Sie zu heiraten.«

Gaston lächelte gezwungen über diesen Witz, den Quack nun schon seit beinahe dreizehn Jahren immer wieder machte. Er ging in gedrückter Stimmung nach Hause.

*

Im Übersetzer-Zentrum tranken Lara, Mamie und Oma Bix in der Küche Kaffee. Sie hatten beschlossen, eine Pause in der Beschäftigung mit den alten Handschriften einzulegen und sich zu überlegen, welche Ermittlungen parallel zu führen waren.

»Martine wurde am Montagabend kurz vor halb sieben erschlagen. Tatwaffe unbekannt. Mist, ich weiß immer noch nicht, ob sie mit einem herumliegenden Stein erschlagen wurde. Ich kann es mir aber nicht vorstellen.«

»Warum zweifelst du daran?«, fragte Mamie.

Darüber hatte Lara bereits nachgedacht. »Ich habe natürlich keine genaue Vorstellung davon, wie groß ein Stein sein muss, damit man einen Menschen damit erschlagen kann. Aber wenn ich von einer Mindestgröße ausgehe, die etwa einer Faust entspricht, würde es mich wundern, dass ein solcher Stein in dieser Grünanlage herumgelegen hätte. Die Wege dort sind ordentlich geharkt, es gibt keine Kiesrabatten, und da war auch keine Baustelle, von der man einen schweren Gegenstand hätte wegnehmen können.« Lara schloss kurz die Augen. »Zumindest ist das meine Erinnerung von der Tatortbesichtigung am Mittwoch. Ich kann mich aber täuschen.«

Mamie schüttelte den Kopf. »Die Sache mit der Tatwaffe ist für uns nicht so wichtig. Selbst wenn wir wüssten, ob es ein spontan aufgegriffener Stein oder ein anderer Gegenstand war, nützt uns das nichts. Also lassen wir die Frage erst mal außer Acht.«

Die Küchentür öffnete sich, und Werner trat ein. Lara starrte ihn kurz an, dann wusste sie wieder, was sie in der Aufregung um die Ankunft ihrer Familie und Jamelas Wiederkehr vergessen hatte.

»Werner, hat Watermann dich nach Martines Adressbuch gefragt?«

Werner begrüßte die Runde und setzte sich an den Tisch. »Ja, das hat er.«

»Was wollte er denn wissen?«

»Er wollte wissen, ob ich es bei Martine schon einmal gesehen hatte und wiedererkenne.«

»Und?«

»Zweimal ja. Sie trug es immer bei sich, zusammen mit ihrem Portemonnaie.«

»Das heißt, dass es wahrscheinlich nicht zusammen mit den anderen Papieren aus ihrem Zimmer gestohlen wurde.«

Werner überlegte einen Moment. »Das ist anzunehmen. Als sie Montagnachmittag das Haus verließ, hatte sie es mit ziemlicher Sicherheit bei sich. Wer immer es gestohlen hat, muss es aus ihrer Jackentasche genommen haben, als ...« Werner verstummte.

»Als sie tot war«, ergänzte Lara. »Damit kommen zwei Personen in Frage: der Mörder und ich.«

Werner nickte, holte sich den Saft aus dem Kühlschrank, für den er gekommen war, und verabschiedete sich.

Lara überlegte. »Wir wissen immer noch nicht, was Martine an diesem Parkplatz wollte. Kam sie zufällig vorbei? Ist sie in dem Café gewesen, dessen Reklame am Eingang zur Fußgängerzone steht?«

Lara schlug sich mit der Hand an die Stirn, was sie sofort bitter bereute. Die leuchtend violette Beule, die dort seit vergangener Nacht wuchs, meldete sich mit entrüstetem Pochen. »Hast du das Foto mitgebracht, Mamie?«

»Aber sicher, *chérie*. Wofür brauchen wir das denn?«

»Wir werden in dem Café fragen, ob Martine dort war. Und wenn ja, mit wem. Das hätte ich schon längst tun sollen.«

Lara konnte es nicht fassen, dass sie diese wichtige Frage vergessen hatte, und wollte sofort aufspringen, wurde aber von Oma Bix zurückgehalten.

»Lass uns erst überlegen, was wir sonst noch wissen müssen, bevor wir jetzt Hals über Kopf losrennen und wieder die Hälfte vergessen. Außerdem sollten wir festlegen, wer welche Arbeiten erledigt, denn die Unterlagen sind ja auch noch lange nicht gesichtet.«

Lara und Mamie nickten.

»Die Frage, woran Martine gearbeitet hat, haben wir so weit geklärt. Die Arbeit an dem Krimi ignorieren wir mal, die scheint nicht von Belang zu sein. Wer ihr geheimnisvoller Auftraggeber für die andere Übersetzung war, wissen wir noch nicht genau. Laut Brigitte war es jemand aus Mönchengladbach, aber nicht die Firma Gaston & Cie. Wer ist in Martines Zimmer eingebrochen und hat ihre Unterlagen geklaut? Und warum hat eigentlich niemand etwas von dem Einbruch mitbekommen? Was genau hatten Simon und Jamela miteinander zu tun? Wo ist Simon seit Mittwochabend? Wo war Jamela? Wer war der Mann bei Martines Eltern? Was ist an den Papieren so brisant, dass Martine sie in Sicherheit bringt und dieser Mann sie holen will und jemand in ihr Arbeitszimmer einbricht, um sich der Kopien zu bemächtigen?«

Lara hatte alle Fragen an den Fingern aufgezählt. Jetzt seufzte sie laut. »Wie sollen wir das alles herausfinden und noch dazu jetzt übers Wochenende oder spätestens am Montag, damit ich am Dienstag meinen Flieger nach Frankreich nehmen kann?«

Mamie winkte ab. »Die Männer sind in Gladbach auf der Spur, und wir werden hier die Ermittlungen vorantreiben. Noch ist die Sache nicht hoffnungslos. *Mesdames*, an die Arbeit. Klären wir zuerst die Lage von Martines Zimmer und warum niemand den Einbruch mitbekommen hat.«

Sie gingen von der Küche zur Eingangshalle und die große Westtreppe hinauf. Oben zweigten zwei kurze Flure nach rechts und links ab. Links lag Martines Zimmer, gegenüber das von Simon bewohnte.

»Warum ist denn die Lage der Zimmer so wichtig?«, fragte Oma Bix.

»Ich wollte mich nur vergewissern, ob es wahrscheinlich ist, dass niemand etwas von dem Einbruch mitbekommen hat«, sagte Lara.

»Traust du etwa deinen Kollegen nicht mehr?«

»Doch. Aber genau das hat sich in Jamelas Fall als etwas zu blauäugig erwiesen, meinst du nicht?«

Oma Bix machte ein erschrockenes Gesicht.

»Also sind nur Martines und Simons Zimmer hier in der Ecke. Simon, der Einzige, der etwas hätte hören können, war in der Nacht, als aus Martines Zimmer die Unterlagen verschwanden, in Paderborn bei seinen Eltern«, fasste Mamie zusammen.

»Was ist eigentlich aus dieser Schlüssel-Geschichte geworden?«, wollte Oma Bix wissen.

»Keine Ahnung«, gab Lara zu. »Da ich als Verdächtige gelte, sagt mir natürlich niemand etwas über den Fortgang der Ermittlungen.«

»Gut, wir haben diese Frage geklärt, wer kümmert sich um welche weiteren Nachforschungen?«

Mamie entschied sich für das Café, Lara wollte Jamela im Krankenhaus besuchen, und Oma Bix erklärte sich bereit, ein paar Einkäufe zu tätigen und etwas zu essen vorzubereiten.

Mamie schlenderte die Alte Krefelder Straße in die Innenstadt hinein. Kleine, zweigeschossige Häuschen mit bunten Fassaden und farblich abgesetzten Stuckverzierungen, die für sie das Typische dieser Gegend ausmachten, säumten die Straße. Auf der linken Seite war die Häuserfront von einem großen Hof unterbrochen, in dem der Heimatverein untergebracht war, wie eine Vitrine erkennen ließ. Am Rathaus wandte Mamie sich nach links und ging durch die Fußgängerzone. Standardisierte Schaufenster und grellbunte Schriftzüge, Reklameschilder und Logos; alles mehr oder weniger bekannt. Warum hatte in dieser unsäglichen Wettshow im Fernsehen noch niemand damit geprahlt, dass er zehn Fußgängerzonen bundesdeutscher Städte zweifelsfrei erkennen könne, wenn er mit verbundenen Augen dort ausgesetzt würde? Mamie war sich nicht sicher, ob jemand diese Wette gewinnen könnte. Dazu glichen sich die Konsummeilen viel zu sehr. Klamottenkette neben Parfümeriekette neben Backshop und dann dasselbe rückwärts. Mamie kehrte um, sie hatte genug gesehen.

Nur ein paar Schritte weiter war der historische Marktplatz. Hier grassierte das, was kleine Dörfer und Städte auf dem ganzen europäischen Kontinent verunstaltete: das Parkplatzvirus. Der wunderschöne Marktplatz, der unter dem blau aufklarenden Himmel malerisch hätte aussehen können, stand nicht etwa voller Marktstände, sondern voller Autos. Der Wochenmarkt, das war Mamie gleich am Übersetzer-Zentrum aufgefallen, befand sich auf einem hässlichen Platz direkt vor einem noch hässlicheren Bunker außerhalb der alten Innenstadt. Und hier, mitten in der Stadt, wo eigentlich das bunte Treiben stattfinden sollte, herrschte reges Ein- und Ausparken. Wer wählte in diesem Land eigentlich die Repräsentanten des Volkes? Waren die Wahlberechtigten immer noch vernunftbegabte Menschen, oder übernahmen die Pkw-Bordcomputer mittlerweile auch diese Richtungsbestimmung? Verwunderlich wäre das nicht, ebenso wenig wie die Tatsache, dass viele Germanen sich diese Bevormundung widerspruchslos gefallen lassen würden. Da waren die Gallier doch ein ganz anderes Völkchen. Mamie straffte die Schultern. Das hatten damals schon die Römer leidvoll erfahren müssen. Widerstand gegen die Obrigkeit und ziviler Ungehorsam waren in der französischen Volksseele tief verwurzelt. Angesichts der Parkplatzsituation sanken ihre Schultern wieder herab. Dieser Platz würde auch in Frankreich so aussehen – und dort wäre das Parken sogar kostenfrei. In dem Punkt ähnelten sich die europäischen Nachbarn mehr, als ihr lieb war. Zielstrebig überquerte Mamie den Platz.

Das Markt Café war brechend voll. Überall standen Einkaufstüten neben den Stühlen und Tischen. Mamie zückte das Foto und ging zügig zur Kuchentheke.

»*Bonjour, Madame*. Können Sie mir bitte helfen? Ich muss unbedingt wissen, ob diese junge Frau am Montagabend gegen achtzehn Uhr hier im Café war.«

»Da haben Sie sich eine schlechte Zeit ausgesucht. Unser guter Geist hat Urlaub, sie ist der einzige Mensch auf dieser Welt, der alle Stammgäste mit Namen kennt und sich an jedes Gesicht der Zufallsgäste erinnert. Aber vielleicht weiß Trudi was. TRUUUUDIIII!«

Trudi kam und sah schon überlastet aus, bevor Mamie noch den Mund aufmachen konnte, um ihr Sprüchlein zu wiederholen.

Trudi warf einen Blick auf das Foto und schüttelte den Kopf. »Danach hat die Polizei mich auch schon gefragt, deren Foto war allerdings nicht so gut. Trotzdem: Ich weiß es nicht, ich war am Montag nicht hier. Tut mir wirklich Leid.«

»Am Montagabend?«, fragte eine dünne Stimme hinter Mamie. »Vielleicht kann ich Ihnen helfen?«

Mamie drehte sich um und sah eine zierliche Frau mit blauviolett gefärbtem Haar und faltigem Gesicht, die gerade aus Richtung der Garderobe kam und nun versuchte, einen Blick auf das Foto in Mamies Hand zu werfen. »Ich bin seit vier Jahren jeden Tag hier. Ich habe die Frau vielleicht gesehen.«

»Sind Sie denn abends hier?«

»Kommen Sie doch mit an meinen Tisch, ich kann heute nicht so gut stehen.«

Mamie kam der Aufforderung gern nach und folgte der kleinen Person zum Fenster. Ihr fiel auf, dass auf allen Tischen »Reserviert«-Schildchen standen. Bis auf vereinzelte freie Stühle war jeder Platz besetzt.

»Samstags treffe ich mich vormittags mit einer Freundin hier. Sie kommt heute allerdings nicht, wie ich gerade erfahren habe, sie ist erkrankt.«

»Das tut mir Leid.«

»Leni, wo ist Maria?«, rief eine Frau mit Dutt und Perlenkette über einem grünen Twinset herüber.

»Sie hat die Grippe, ich habe es selbst gerade erfahren. Ich geh gleich noch zu ihr«, antwortete Mamies Gesprächspartnerin und erklärte sich bereit, Grüße von Tilde zu bestellen.

Dann wandte sie sich wieder Mamie zu. »Unter der Woche

komme ich häufig spätnachmittags. Tagsüber gehe ich spazieren. Wenn es dann dunkel wird, kehre ich auf dem Rückweg hier ein und trinke einen Tee. Um sechs Uhr wird hier geschlossen, dann gehe ich nach Hause. Aber der Abend in der einsamen Wohnung ist ja dann schon nicht mehr so lang.«

Mamie lächelte. »Das hört sich nach einer guten Idee an.« Sie selbst war sehr froh, dass sie mit ihrer Schwipp-Oma-Schwägerin, oder wie diese Verbindung auf Deutsch auch immer heißen mochte, zusammenlebte. Sie kam mehr und mehr zu der Überzeugung, dass die wahre Wohnform für das Alter die Wohngemeinschaft war – das hatten ja jetzt offenbar auch Herr Fiedler und sein Freund gemerkt.

Trudi erschien und fragte, was sie bringen dürfe.

»Einen Milchkaffee, bitte«, orderte Mamie und war nicht erstaunt, als ihr Gegenüber nur »wie üblich« bestellte.

Die alte Frau zeigte auf das Foto. »Darf ich mal sehen?«

Sie betrachtete das Bild kurz und nickte dann. »Ja, sie war hier. Sie hatte einen französischen Akzent, so wie Sie. Damit kenne ich mich aus. Mein Friedel und ich, wir sind siebenmal in Lourdes gewesen. Sind Sie eine Verwandte?«

Mamie schüttelte den Kopf. »Sind Sie ganz sicher?«

»Ja, ganz sicher. Das Café war sehr voll, als sie hereinkam und sich umsah. Ich dachte, sie suche einen freien Platz, und bot ihr an, sich zu mir an den Tisch zu setzen. Ich sitze meist vorn am Eingang.« Lächelnd fügte sie hinzu: »Hier am Fenster einen Platz zu bekommen ist ein Glücksfall, der leider nicht ganz so häufig vorkommt.«

»Was hat sie geantwortet?«

»Sie hat sich höflich bedankt, sagte aber, dass sie verabredet sei. Kurz darauf kam tatsächlich eine Frau, mit der sie sich zusammen an einen frei werdenden Tisch setzte. Ich hatte den Eindruck, dass die beiden nicht reserviert hatten.«

»Wie sah die andere Frau aus?«

»Das ist schwer zu beschreiben. Sie war auch blond, aber älter als diese Frau hier auf dem Foto. Eine gepflegte Erscheinung. Und sie hatte eine tadellose Figur, so weit ich das erkennen konnte.«

Wieder reagierte die alte Dame auf ein in ihre Richtung gerufenes »Wie isset, Leni?« mit dem obligatorischen »Danke, jot« und winkte in den Raum hinein. In diesem Café schien jeder jeden zu kennen. Das war wohl ganz gut so, dachte Mamie, sonst wäre Martine nicht weiter aufgefallen.

»Haben Sie schon jemandem von Ihrer Beobachtung berichtet?«

»Nein, es hat mich niemand danach gefragt. Ihre Frage habe ich ja auch nur zufällig mitbekommen.«

Mamie dankte und trank von ihrem Milchkaffee, der mittlerweile gebracht worden war. Er war köstlich, aber das hatte sie auch so erwartet. In diesem Etablissement schien der Qualitätsanspruch noch nicht dem Massenwahn geopfert worden zu sein. Die Frühstückszutaten, die hier serviert wurden, machten einen hervorragenden Eindruck. Sogar das Brot, das zusätzlich zu den Brötchen in jedem Körbchen lag, sah tatsächlich noch aus wie von Hand gebacken.

Die ältere Dame lenkte das Gespräch in allgemeinere Bahnen mit der Frage »Woher kommen Sie?«, die das niederrheinische »wenn ich fragen darf?«, nicht vermissen ließ.

An der Tür des Übersetzer-Kollegiums traf Lara Antonio, der ebenfalls Mantel und Schal trug. Seinen Kahlkopf hatte er mit einer Mütze bedeckt.

»Salve Lara. Quo vadis, serenìssima?«, fragte er grinsend.

»Zu Jamela ins Krankenhaus. Und du, *maestro*?«

»Ich habe das gleiche Ziel. Ist es dir recht, wenn wir zusammen gehen?«

Lara hängte sich erfreut bei Antonio ein. Ihre Knie schmerzten inzwischen nicht mehr ganz so schlimm, aber die Stütze kam ihr trotzdem gelegen.

Im Krankenhaus dauerte es eine ganze Weile, bis Lara die Zimmernummer von Jamela erfahren hatte. Mit dem arabischen Nachnamen schien sowohl das deutsche Computersystem als auch das niederrheinische Personal seine Probleme zu haben.

»Wie geht es dir, Jamela?«, fragte Lara, als sie endlich an Jamelas Bett stand.

»Lara! Die Beule habe ich wohl zu verantworten? Das tut mir Leid.«

Jamela sah bei Licht und mit den weißen Verbänden am Hals und im Gesicht noch schlimmer aus als vor ein paar Stunden.

»Mach dir darüber keine Gedanken. Es wird wohl kein bleibender Schaden sein. Antonio wartet draußen. Darf er hereinkommen?«

Jamela nickte, und Lara holte Antonio, der mit einem gemurmelten *»Permesso«* über die Schwelle trat.

»Können wir irgendetwas für dich tun?«

»Nein danke.« Jamela vermied es, Lara anzusehen.

»Willst du uns erzählen, was passiert ist?«, fragte Lara.

Jamela schüttelte den Kopf, den Blick weiterhin fest auf die Bettdecke gerichtet.

»Aber du hast gesagt, dass Simon dich umbringen wollte!«

»Ich kann nicht darüber reden, Lara.« Eine Träne lief über Jamelas Wange. Antonio trat an ihr Bett und wischte sie weg. Jamela versuchte ein Lächeln.

»War Kommissar Watermann hier?«

»Ja, aber der Arzt hat ihn nicht lang zu mir gelassen. Ich musste ihm nichts sagen.« Jamelas Stimme klang trotzig.

»Wieso willst du Simon unbedingt schützen?«, fragte Lara. »Wenn er versucht hat, dich umzubringen, gehört er hinter Gitter. Sonst versucht er es womöglich noch mal.«

Endlich sah Jamela Lara an. »Du hast gut reden! Du bist in einem freien Land aufgewachsen, kannst sagen, was du denkst, und musst keine Angst um dein Leben haben. Ich bin eine Frau, ich bin Algerierin, ich bin Übersetzerin in einem streng arabischen Land, das sich im Krieg befindet. Ich habe ein Buch übersetzt, das in meiner Heimat verboten wurde. Damit ist für mich alles aus, ich kann froh sein, wenn man mich nicht lyncht.«

Antonio saß jetzt neben Jamelas Bett und hielt ihre Hand. Er schwieg immer noch.

»Das tut mir Leid, das wusste ich nicht. Aber was hat Simon damit zu tun? Zumal er, laut deiner eigenen Aussage, genau das versucht hat. Dich zu lynchen, meine ich.«

Jamela drehte den Kopf wieder zur Seite. »Bitte hör auf, danach zu fragen.«

Lara atmete tief ein und aus. Ihre eigene Situation als Mordverdächtige setzte ihr mächtig zu, und sie war sich sicher, dass Jamelas Aussage einige wichtige Hinweise auf den tatsächlichen Hintergrund des Mordes an Martine enthalten würde. Immerhin hatte Jamela Kontakt zu Simon gehabt, der plötzlich untergetaucht war. Den Grund für sein Verschwinden wüsste Lara nur zu gern, und sie vermutete, dass Jamela ihn kannte. Sie würde Jamela diese Fragen bald stellen, wenn es ihr wieder ein bisschen besser ging.

»Wie lange musst du im Krankenhaus bleiben?«, fragte Lara in versöhnlichem Tonfall.

»Wenn der Blutdruck stabil bleibt, darf ich heute Nachmittag raus.«

Lara schrieb ihre Handynummer auf einen Zettel. »Ruf mich an, ich hole dich ab.«

Endlich brachte Jamela ein Lächeln zustande. »Danke, Lara. Ich bin sicher, bald klärt sich alles.«

In Gedanken versunken ging Lara zum Übersetzer-Zentrum zurück. Antonio hatte sich vor dem Krankenhaus verabschiedet, er wollte ein bisschen spazieren gehen. Lara erinnerte sich daran, dass Charles und Antonio bereits Donnerstagabend angedeutet hatten, dass zwischen Jamela und Simon eine besondere Beziehung bestand. Sie ärgerte sich zwar darüber, dass Antonio offenbar mehr wusste als sie und nichts sagte, aber sie musste seine Loyalität bewundern, die ganz offensichtlich Jamela galt. Und, das hatte sie inzwischen eingesehen, sie war hier nicht die Einzige, die dringend Unterstützung benötigte. Auch Jamela konnte einen loyalen Freund gut gebrauchen.

Im Zentrum traf sie sich mit Mamie und Oma Bix, um die morgendlichen Ergebnisse auszutauschen.

»Martine war mit einer älteren blonden Frau im Café. Lara, könnte das jemand vom Übersetzer-Zentrum gewesen sein?«, fragte Mamie.

Lara ging in Gedanken die Übersetzerinnen durch und schüttelte den Kopf.

»Jetzt haben wir schon zwei Unbekannte, die plötzlich irgendwo auftauchen. Dieser geheimnisvolle Mann bei Martines Eltern und die blonde Frau im Café. Ob die beiden etwas miteinander zu tun haben?«, überlegte Mamie.

»Wir sollten das dem Herrn Kommissar sagen«, wandte Oma Bix ein.

Lara stöhnte leise. »Der wird mich wahrscheinlich auch noch der Verleumdung anklagen, wenn ich mit dem Finger auf andere Verdächtige zeige. Oder der Behinderung der Justiz wegen falscher Fährten, auf die ich ihn hetze. Oder was immer er sich sonst noch einfallen lässt.«

Mamie schüttelte den Kopf. »Ich denke, Beatrix hat Recht.«

Oma Bix verschluckte sich fast und musste hüsteln.

Mamie fuhr unbeeindruckt fort. »Falls der clevere Kommissar noch nicht auf diese Spuren gestoßen ist, ist es an der Zeit, dass wir ihn darauf setzen. Und wenn er dieselben Spuren bereits verfolgt, wird er von unseren Privatermittlungen hören, und das wird ihm sicher nicht gefallen. Wir sollten uns aber gut überlegen, was wir ihm sagen.«

Ihre Überlegungen wurden unterbrochen, als Brigitte Hofmann anrief, um die Damen in die Halle zu bitten.

»Ich muss mit Ihnen sprechen«, begrüßte Watermann sie, als sie die Treppe herunterkamen.

»Wir mit Ihnen auch«, antwortete die Frau mit den grauen Locken, die er schon frühmorgens kurz kennen gelernt hatte, als er wegen Jamela El-Raribi da gewesen war. Ihren Namen hatte er notiert, jetzt aber nicht parat. Irgendwas Französisches.

»Das trifft sich ja gut. Hier entlang, bitte.« Er ging voran in das kleine Zimmer, das er als Besprechungszimmer nutzte.

»Was möchten Sie mir denn so Wichtiges sagen?«, begann Watermann, als alle saßen.

»Zunächst möchte ich zum wiederholten Male meine Unschuld beteuern«, begann Lara Lewandowski, als hätten die drei sich abgesprochen, wer wann was sagt – vermutlich war genau das der Fall, ging ihm durch den Kopf.

»Ich nehme das zur Kenntnis.« Mehr wollte er im Moment dazu nicht sagen.

»Außerdem habe ich mir ein paar Gedanken darüber gemacht,

wie ich mich entlasten kann, und die möchte ich Ihnen gern mitteilen.«

Geschickt formuliert, die Sache mit der Entlastung, dachte Watermann. Jetzt war er wirklich gespannt. Er forderte sie per Handzeichen zum Weitersprechen auf.

»Die Sache mit den Schlüsseln hat Ihnen Brigitte Hofmann sicher erzählt. Die Frage, ob einer der Zimmerschlüssel auf Martines zweite Tür passt, halte ich für wichtig. Darüber weiß ich allerdings nichts.«

Davon ging Watermann aus. Schließlich hatte sein Kollege auch nur zufällig bemerkt, dass der Beschlag der fraglichen Tür identisch war mit dem Beschlag der Küchentür. Nun sagte zwar ein Beschlag nicht viel über das dahinter liegende Schloss aus, aber offenbar war in diesem Fall eine Verbindung vorhanden. Der Küchenschlüssel passte auch auf diese Tür. Er nickte.

»Martines und Simons Zimmer lagen einander gegenüber abseits von den anderen Zimmern. Der Einzige, der etwas von dem Einbruch in Martines Zimmer hätte hören können, wäre wohl Simon gewesen, aber der war nicht da.«

Watermann nickte wieder zum Zeichen, dass er verstanden hatte.

»Ich habe mich gefragt, was Martine dort zu suchen hatte, wo sie umgebracht wurde, und deshalb haben wir«, Lara Lewandowski deutete auf die grauhaarigen Damen, die Watermann nicht aus den Augen ließen, »im Markt Café nachgefragt, ob Martine vielleicht dort war.«

Sie zögerte. War ihr Blick unsicher? Erwartete sie eine Rüge, dass sie sich in die Ermittlungen eingeschaltet hatte? Watermann gab sich Mühe, sein Pokergesicht zu wahren, und zog an seiner Lakritzschnecke.

»Martine war dort, und zwar mit einer gepflegten, schlanken, blonden Frau, die älter war als sie. Mehr konnte ich leider nicht in Erfahrung bringen.«

Watermann spürte, wie seine Beherrschung zu bröckeln begann. Die zwei jungen Kollegen aus der »Mordkommission Martine« hatten die Befragung in dem Café übernommen und keinerlei verwertbare Aussage erhalten. Wie waren die drei Frauen an die Information gekommen? Er unterdrückte einen Seufzer. Wahrscheinlich redeten alte Kaffeetanten einfach lieber mit grauhaarigen Omas als mit jungen Kripobeamten, die wenig Ähnlichkeit mit Derrick aufwiesen. Er sollte demnächst seine Assistenten im Altenheim rekrutieren.

»Was haben Sie sonst noch in Erfahrung gebracht?«

Lara Lewandowski tauschte einen kurzen Blick mit der französischen Großmutter, zögerte. Die ältere Dame sprang für sie ein. »Ich habe mit Martines Eltern gesprochen.«

Watermann beugte sich vor. »Wie bitte?« Sein schneidender Ton schien die Frau nicht zu beeindrucken.

»Wir haben versucht, die letzten Tage in Martines Leben zu rekonstruieren. Sie war zweimal in Mönchengladbach, Freitag war sie nachmittags spazieren, und am Samstag war sie den ganzen Tag verschwunden. Wir sind auf die Idee gekommen, dass sie am Samstag bei ihren Eltern gewesen sein könnte, und haben das überprüft. Es stimmt, sie war dort.«

Watermann verfluchte innerlich das derzeitige Chaos innerhalb der Mordkommission. Als Martines Eltern nach Uerdingen gekommen waren, hatte eine junge unerfahrene Kollegin sie in Empfang genommen. Das war Watermanns Meinung nach die erste Fehlentscheidung des Leiters der Mordkommission gewesen. Die Befragung der Eltern hätte in Belgien nachgeholt werden müssen, war aber für weniger wichtig gehalten und in Anbetracht der immer dünner werdenden Personaldecke und der Verständigungsschwierigkeiten zunächst von der Prioritätenliste gestrichen worden. Fehler Nummer zwei. Die Information aus dem Café war nicht bei der Kriminalpolizei angekommen, Fehler Nummer drei. So geht es, wenn die Leitung einer Mordkommission einem jungen Schnösel aus Düsseldorf übergeben wird – als ob es in Krefeld keine geeigneten Kandidaten gegeben hätte.

Die Frau fuhr derweil in ihrem Bericht fort. »Die Eltern hatten am Donnerstagabend Besuch von einem Mann, der sich als Polizist ausgab. Mittelalt, mittelgroß, glatt rasiert, randlose Brille, schwarzes, kurzes Haar. Könnte das einer von Ihren Kollegen gewesen sein?«

Watermann überlegte kurz, ob er antworten sollte. Immerhin

war er es, der die Fragen stellte. Er entschied sich gegen die Prinzipienreiterei und für die praktischere Variante.

»Ich denke nicht. Haben Sie eine Ahnung, wer das gewesen sein könnte?«

Die drei Frauen sahen sich an und schüttelten dann die Köpfe.

»Sonst noch etwas?«, fragte er.

Wieder wurde ein kurzer Blick getauscht. »Nein, das ist im Moment alles«, erklärte Lara Lewandowski. Die deutsche Großmutter, die auch Lewandowski hieß, hatte die ganze Zeit nichts gesagt. Dafür hatte sie Watermann sehr genau beobachtet. Ob sie bemerkt hatte, wann er Neues gehört hatte und wann nicht?

»Sie wollten auch mit mir sprechen«, erinnerte Lara Lewandowski ihn. »Worum geht es denn?«

»Ich habe eine offizielle Fahndung nach Simon Wegener herausgegeben. Wenn Sie ihn sehen oder einen Hinweis erhalten, wo er sich aufhält, möchte ich sofort informiert werden. Ich werde gleich noch mal ins Krankenhaus fahren, um mit Frau El-Raribi zu sprechen. Ich bin also noch einige Zeit hier in der Nähe. Sollte Ihnen noch etwas einfallen, erwarte ich Ihren Anruf.«

Als die Damen gegangen waren, sah Watermann auf die Uhr. Sein Kollege müsste inzwischen aus Paderborn zurück sein, wo er mit den Eltern von Simon Wegener sprechen wollte und mit der Pensionswirtin, bei der Wegener übernachtet hatte. Wegeners Erstwohnsitz in Mainz würde er sich selbst ansehen, obwohl der Chef das den dortigen Kollegen überlassen wollte. Aber Watermann fühlte sich, nach all den Pannen in den Ermittlungen, inzwischen verantwortlich für diesen Fall. Und die Wohnung eines Menschen verriet viel über ihn. Bisher hatten die Kollegen aus Mainz nur festgestellt, dass Wegener sich dort nicht aufhielt, aber das hatte Watermann auch nicht angenommen. Sie würden ihre detaillierte Untersuchung erst am Montag beginnen. Vorher würde er sich dort umsehen.

NEUN

Herr Fiedler und Lukas hatten in einer Seitenstraße geparkt, damit Herr Gaston nicht darüber nachdenken musste, wie ein alter, leicht verbeulter und nicht besonders sauberer Kleinwagen mit Kölner Kennzeichen und dem rot-weißen Aufkleber einer bekannten Biermarke in die Geschichte passte, die die beiden ihm erzählen wollten.

»Wow«, entfuhr es Lukas, als sie auf das Grundstück traten. »Ich wusste gar nicht, dass man mit der Tuchhäkelei so viel Geld verdienen kann.«

Das Haus war tatsächlich beeindruckend. Die rote Backsteinfassade wurde durch weiß verputzte Elemente aufgelockert, mehrere Erker waren an der Front und der rechten Seite erkennbar. Die kleinen Türmchen, die an den Dachkanten aufragten, erinnerten Herrn Fiedler an die ehemalige Aktienspinnerei und Weberei, in der heute das Berufskolleg für Technik untergebracht war. Die Ähnlichkeit dieser Stilelemente war sicher kein Zufall.

»Lassen Sie uns die Begrifflichkeiten noch mal klären, junger Mann. Es handelt sich um eine *Weberei*, mit der die Gastons ihr Geld verdient haben, und was wir sehen wollen sind?« Herr Fiedler sah Lukas auffordernd an.

»An die Wand genagelte Bodentextilien«, ergänzte Lukas mit einem breiten Grinsen.

»Und woher wissen wir von diesen Wandteppichen?«

»Die Sammlung ist berühmt wegen ihrer seltenen, bis zu zweihundert Jahre alten Stücke, von denen die meisten Unikate sind. Wir haben darüber in der Festschrift zum hundertjährigen Jubiläum gelesen und wollen unseren Lesern diesen Leckerbissen angesichts des Hundertfünfzigsten nicht vorenthalten.« Lukas legte Herrn Fiedler die Hand auf den Arm. »Seien Sie nicht so aufgeregt, Methusalem, wir werden das Kind schon schaukeln.«

Die beiden blickten wie ertappt zur Eingangstür der Villa, die sich in diesem Moment öffnete.

»Guten Tag, entschuldigen Sie die Störung, wir suchen Herrn Gaston.«

Die Frau, die gerade das Haus verließ, zog die Tür hinter sich zu. Demonstrativ, wie Herr Fiedler fand. Diese Dame hielt ganz offensichtlich nichts von unangemeldetem Besuch.

»Wer sind Sie?«

»Das ist Monsieur Luc Brizard, Journalist des bekannten Magazins ›Madame Figaro‹, der extra nach Mönchengladbach gereist ist, um die berühmte Sammlung der Wandteppiche und Quilts der Firma Gaston zu fotografieren. Ich bin sein Großonkel und habe den Kontakt zu Frau Weber hergestellt, aber irgendetwas scheint mit der Verabredung schief gegangen zu sein.«

Lukas hatte sich extra einen Seidenschal von Theo ausgeliehen, um, wie er erklärt hatte, seiner Vorstellung von einem künstlerisch angehauchten Magazin-Fotografen näher zu kommen. Der Schal flatterte im kalten Wind, als er jetzt, leicht lächelnd, eine Verbeugung andeutete.

Die Frau schien das Lächeln zu erwidern. »Verzeihung, was sagten Sie? Von welchem Magazin sind Sie?«

Lukas wiederholte mit einem, wie Herr Fiedler zugeben musste, umwerfend charmanten französischen Akzent die notwendigen Angaben einschließlich Erscheinungshäufigkeit und Auflagenhöhe und fügte zwischendurch mehrmals ein mehr geschnurrtes als gesprochenes »Madame« ein.

»Nun, da haben Sie aber Glück, dass Sie mich gerade noch antreffen. Ich zeige Ihnen gern das wertvollste Stück der Sammlung, das wir hier im Haus aufbewahren. Oh«, sie lachte geziert, »Entschuldigung, ich habe mich ja noch gar nicht vorgestellt. Mein Name ist Edith Gaston. Kommen Sie bitte herein.«

Herr Fiedler beglückwünschte sich insgeheim zu seinem Einfall, Lukas mit ins Boot zu holen, obwohl er diese Situation wirklich nicht hatte vorhersehen können. Hierher zum Privathaus zu kommen war vielmehr der letzte Versuch, den sie unternahmen, nachdem in der Firma weder jemand ans Telefon gegangen war noch auf die Türglocke reagiert hatte. Dabei hatte der Jaguar, den Herr Fiedler bei seinem morgendlichen Spaziergang gesehen hatte, immer noch vor dem Haupteingang gestanden.

Die Männer folgten Frau Gaston ins Haus, wo sie sich nach links wandte und von der großen Eingangshalle durch eine wunderschöne alte Doppeltür mit Glaseinsätzen ging.

»Hier, sehen Sie, das ist das Prachtstück.«

Sie standen im Wohnzimmer. Das leicht trübe Licht des Novembertags fiel durch riesige Fenster herein, die den Blick in einen stilvoll angelegten Garten freigaben, der allerdings für Herrn Fiedlers Geschmack zu akkurat aussah. Ölschinken in dunklen oder nachgedunkelten Farbtönen hingen an den Wänden, es gab eine Vitrine mit alten Waffen, und dort, an der gegenüberliegenden Stirnseite, hing der Teppich. Frau Gaston erklärte Lukas jede Einzelheit, von der Garnart über die Webtechnik bis hin zum Muster. Entstehungsjahr und weitere Details kamen zur Sprache, und Herr Fiedler langweilte sich. Lukas allerdings spielte seine Rolle hervorragend und entzückte die Hausherrin immer wieder durch Fragen, in die er kleine, böse Grammatikfehlerchen einbaute.

»Darf isch jez eine Foto machen, Madame?«

Herr Fiedler biss sich auf die Lippen.

»Natürlich, Monsieur. Brauchen Sie mehr Licht? Oder einen Stuhl? Sagen Sie nur, wenn Sie etwas benötigen.«

Lukas machte siebzehn Aufnahmen aus verschiedenen Blickwinkeln und mit viel Brimborium. Dann wandte er sich an Edith Gaston. »Und jez, Madame, s'il vous plaît.« Er hob die Kamera, die Theo ihm nur unter etlichen Ermahnungen überlassen hatte.

»Ach, Sie scherzen. Ich bin ja gar nicht zurechtgemacht.«

»Madame sind *belle comme une fleur*.«

Herr Fiedlers Französisch beschränkte sich auf einen Grundwortschatz, der ihm im Bedarfsfall zu einer Unterkunft und Verpflegung verhalf. Aber das »Schön wie eine Blume« konnte er gerade noch verstehen. Jetzt wurde es Zeit, Lukas hier herauszuholen, bevor er zu weit ging.

»Sehen Sie eine Möglichkeit, wie wir heute auch noch die Wandbehänge in der Unternehmenszentrale fotografieren können?«, lenkte Herr Fiedler das Gespräch wieder in sachlichere Bahnen. »Monsieur Brizard muss nämlich leider noch heute Abend wieder abreisen.«

Edith Gaston griff zum Telefon und versuchte, ihren Mann im Büro zu erreichen.

»Er müsste eigentlich da sein. Vielleicht fahren Sie einfach noch einmal hin, und ich versuche, ihn mittlerweile von Ihrem Kommen zu unterrichten.«

Lukas deutete einen Handkuss an und schaffte es damit tatsächlich, eine zarte Röte auf die Wangen der Hausherrin zu zaubern. Herr Fiedler drängte ihn hinaus.

»Also los, fahren wir noch mal zur Firma.«

Lukas setzte sich ans Steuer und fuhr, von Herrn Fiedler geleitet, fröhlich vor sich hin pfeifend Richtung Flieschermühle.

»Soso, Sie sind also ein richtiger Gigolo. Weiß Ihre Freundin das?«

»Sie kennt meinen Charme. Dass ich allerdings auch ältere Semester in Wallung bringen kann, war mir bisher selbst nicht klar. Die Nummer mit dem französischen Akzent muss ich mir unbedingt merken.«

»Der Handkuss war auch nicht schlecht«, stimmte Herr Fiedler zu.

Diesmal hatten sie am Firmengebäude mehr Glück. Es schien sogar so, als ob sie erwartet worden wären, denn auf ihr Klingeln wurde die Tür innerhalb kürzester Zeit geöffnet.

»Guten Tag. Ich vermute, Sie sind die Herren, von denen meine Frau gesprochen hat?«

Es war der Mann, den Herr Fiedler morgens gesehen hatte. Er offerierte keinen Händedruck. Aus der Nähe sah er blass und müde aus, fand Herr Fiedler. Seine Kleidung sollte wohl so eine Art lässige Eleganz ausstrahlen, zumindest hätten sowohl Hose und Hemd als auch Pullover und Schuhe direkt aus dem entsprechenden Angebot eines Herrenausstatters kommen können. Nur wirkten die Sachen an diesem Mann weder lässig noch elegant. An hängenden Schultern sah der schönste Pullover schlabberig aus, und die Hose war offenbar zwei Nummern zu groß. Dieser Mann hatte Sorgen, das sah Herr Fiedler gleich.

Bei diesem Herrn würde Lukas' Masche nicht weiterhelfen. Herr Fiedler bemühte sich um Seriosität, als er sein Anliegen vortrug.

Gaston drehte sich abrupt um und bedeutete ihnen, ihm zu folgen. »Sie hatten mit Frau Weber einen Termin vereinbart?«, fragte er über die Schulter.

»Nun, wir hatten das versucht«, murmelte Herr Fiedler. »Offenbar hat es ja nicht wirklich funktioniert. Es ist sehr freundlich, dass Sie uns jetzt so unangemeldet empfangen.«

Gaston knurrte eine Antwort, die Herr Fiedler nicht verstehen konnte, und durchquerte die pompöse Eingangshalle schnellen Schrittes. Er eilte die Treppe hinauf und schaltete im ersten Stock das Licht in dem langen Flur ein, der nach rechts und links führte. Als Herr Fiedler oben ankam, war er außer Atem von der Anstrengung, mit Gastons Tempo mitzuhalten. Seine rechte Hand, die den Stock hielt, zitterte.

»Ist das Gebäude noch aus der Gründungszeit des Unternehmens?«, presste er zwischen mehreren Atemzügen hervor.

»Nicht ganz. In den fünfziger Jahren des neunzehnten Jahrhunderts hatten wenige Textilunternehmer das Geld, ein eigenes Gebäude zu bauen. Zunächst mietete man sich irgendwo ein. Bevor der große Bauboom in den so genannten Gründerjahren begann, hatte der Firmengründer allerdings schon dieses Gelände geerbt und einige kleinere Fabrikgebäude erbaut. Dieses Gebäude stammt aus der zweiten Bauphase Ende der siebziger Jahre des neunzehnten Jahrhunderts.«

Herr Fiedler fand, dass der Tonfall dem eines studentischen Hilfsstadtführers glich, der sich mit dem Objekt der Erläuterung nicht wirklich identifizierte. Seltsam.

»Gaston ist fast die einzige Firma aus dieser Zeit, die heute noch erfolgreich ist, nicht wahr?«

»Jaja. Wollen Sie noch irgendetwas über die Stücke im Einzelnen wissen, oder fotografieren Sie einfach nur?«, fragte Gaston und deutete den Korridor entlang, an dessen Wänden etliche farbenfrohe Wandbehänge aufgereiht waren.

»Monsieur Brizard fängt schon mal mit seinen Bildern an. Es soll eine Fotogalerie werden, die Hintergründe interessieren die Leser gar nicht so sehr, wissen Sie?«

Selbst diese absichtliche Provokation verursachte bei Gaston keine sichtbare Regung. Herr Fiedler suchte fieberhaft nach einer

Formulierung, die dem Mann eine verräterische Äußerung entlocken könnte.

»So ein Unternehmen über mehrere Generationen nicht nur zu erhalten, sondern auch als Familienbetrieb zu führen ist sicherlich sehr schwierig, nicht wahr?«

Endlich! Gaston stieß sich von der Wand ab, nahm die Hände allerdings nicht aus den Hosentaschen und beobachtete Lukas, der mit seiner Kamera von Objekt zu Objekt zog.

»Herrje, um dieses Familiendings wird immer ein fürchterlicher Aufstand gemacht. Das war damals schon so, als die Gladbacher Aktienspinnerei und Weberei gegründet wurde und manche Unternehmer die Nase rümpften, weil es eine Aktiengesellschaft war und kein Familienbetrieb. Wobei man zur Ehrenrettung der damaligen Aktionäre sagen muss, dass sie erstens auch eigene Familienbetriebe hatten und außerdem auch die Aktiengesellschaft nicht als Wertpapierspekulation betrachteten, sondern einfach als Möglichkeit, durch die Zusammenführung von Kapital ein besonders großes Unternehmen zu gründen. Ich bin sicher, dass die gerümpften Nasen damals tatsächlich Ausdruck von Neid oder Angst vor der Macht dieser Aktiengesellschaft waren, die zigtausend Spindeln, Hunderte Webstühle und eine riesige Arbeiterschaft besaß. Damals waren Familienbetriebe eben noch die übliche Form selbst großer Unternehmen, heute ist es umgekehrt. Heutzutage ist es ungewöhnlich, dass eine Firma noch ganz in Familienbesitz und unter entsprechender Leitung ist. Aber ist das wirklich so wichtig?« Er lachte einmal kurz auf.

Nach einer kurzen Pause fuhr Gaston fort. »Natürlich ist das für die Nachkommen wichtig. Der Spross der großen, alten Unternehmerfamilie bezieht einen nicht unerheblichen Teil seiner eigenen Existenzberechtigung aus der Herkunft und aus den Leistungen der Vorfahren. Ohne das Vermächtnis der hochverehrten Gründerväter würden die Erben in Bedeutungslosigkeit versinken. Und das wäre nun wirklich eine Katastrophe.«

Gaston zog die linke Hand aus der Tasche und sah auf seine Armbanduhr. »Sagen Sie, brauchen Sie noch lang? Ich habe gleich noch einen Termin.«

»Nein, ich denke, wir haben Ihre Zeit lange genug in Anspruch genommen. Wenn die Redaktion weitere Bilder wünscht, werden wir uns noch einmal melden. Vielen Dank.« Herr Fiedler streckte Gaston die rechte Hand entgegen, die inzwischen nicht mehr zitterte, und verließ dann mit Lukas das Gebäude.

»Wie war's? Wie ist er? Hat er den Mord gestanden? Sieht er aus wie ein richtiger Mörder?« Robin hatte auf der Treppe sitzend die Haustür im Blick, auf die Rückkehr der beiden Ermittler gewartet.

Herr Fiedler ließ sich von Lukas aus der Jacke helfen und wankte ins Wohnzimmer, wo er in seinen Sessel plumpste. »Puh, das war anstrengend. Jetzt brauche ich erst mal einen Tee.«

Theo kam mit der Teekanne und einer Plätzchendose aus der Küche. »Schon parat.«

Herr Fiedler lächelte mit geschlossenen Augen. »Theo, du bist einfach der Beste.«

Theo nickte. »Ich weiß. Na los, ihr junges Gemüse, helft dem alten Mann mal aus dem Sessel.«

Lukas und Robin grinsten sich an, krempelten die Ärmel hoch und halfen Herrn Fiedler mit einem lauten »Hau ruck« aus seinem Sessel und an den Esstisch.

»Was habt ihr herausbekommen?«, fragte Theo, nachdem Herr Fiedler seine Teezeremonie mit Kandis, Tee und Sahne durchgeführt und den ersten Schluck lautstark geschlürft hatte. Lukas hatte unter Hinweis auf die Menschenrechtskonvention von einem erneuten Verzehr dieses Getränks Abstand genommen und teilte sich mit Robin brüderlich den letzten Rest Cola.

»Lukas hat Frau Gaston den Kopf verdreht, und Herr Gaston ist ein alter Zyniker«, fasste Herr Fiedler seine Eindrücke zusammen.

»Wir haben sowohl die ausgesprochen beeindruckende Villa der Gastons als auch die Hauptverwaltung des Unternehmens gesehen. In der Villa hat die ruhmreiche, für meinen Geschmack aber etwas muffige Vergangenheit eindeutig die Oberhand. Ein paar Ölschinken, eine Sammlung alter Pistolen, dieser besonders wertvolle Wandbehang, der den Charme eines überdimensionierten Küchenhandtuchs ausstrahlt, und ein Kronleuchter, der in

Horrorfilmen dazu dienen könnte, im entscheidenden Moment den Halt zu verlieren und einen unbedarften Besucher zu erschlagen, vermitteln im Wohnzimmer den Eindruck, man sei in ein Zeitloch gefallen.« Lukas schüttelte sich und machte ein Gesicht, als habe er in eine Zitrone gebissen. Dann lächelte er plötzlich. »Die Hausherrin allerdings macht einen ziemlich frischen Eindruck.«

»Lukas steht nämlich auf reifere Frauen«, warf Herr Fiedler ein.

»Moment, das war ja wohl anders herum. Die Dame ist ganz mächtig auf mich abgefahren«, stellte Lukas klar.

Herr Fiedler schüttelte den Kopf. »Ich denke, sie ist vor allem auf die Geschichte von dem großen Fotografen für das wichtige Magazin abgefahren, und das war meine Idee!«

»Können wir jetzt wieder zum Thema kommen?«, warf Theo lächelnd ein.

»Nachdem Lukas die Dame bezirzt hatte, sind wir zu Herrn Gaston in die Firma gefahren«, fuhr Herr Fiedler fort.

»Wie war er?«, wollte Robin wissen. »Sah er böse aus? Hat er Ihnen gedroht?«

»Überhaupt nicht. Er sah erschöpft aus. Er schien nicht das geringste Interesse daran zu haben, dass seine Wandbehänge in irgendeine Zeitung kommen. Und er machte defätistische Äußerungen über die überschätzte Wichtigkeit von Nachkommen alteingesessener Familienunternehmen.«

Lukas, der sich aus der Plätzchensammlung alle Stücke mit Schokoladenüberzug herausgesucht hatte und damit Robin in die Quere gekommen war, der denselben Geschmack hatte, nickte. »Er erinnerte mich an meinen Mathelehrer, nachdem der mir die letzte Klausur zurückgegeben hatte. Er wirkte irgendwie, wie soll ich sagen … enttäuscht, mutlos. Geradezu desillusioniert. Wie jemand, der alle Hoffnung aufgegeben hat.«

Theo fuhr sich mit der Hand über die Stirn. »Leute, die nichts mehr zu verlieren haben, können ganz schön gefährlich sein.«

»Aber wieso sollte er nichts zu verlieren haben?«, fragte Herr Fiedler. »Er hat eine Frau, eine Firma, ein schönes Haus.«

»Wenn er nicht bald frisches Kapital auftreibt, kann er zumindest die Firma vergessen.«

Theo ging zur Anrichte und holte mehrere Papiere, die an einer Ecke zusammengetackert waren. »Hier, das kam von deinem Informanten bei der Bank. Es sieht so aus, als ob das Traditionsunternehmen massive finanzielle Probleme hätte.«

Herr Fiedler und Lukas steckten die Köpfe zusammen und betrachteten die Zahlen, die auf der von Theo aufgeschlagenen Seite aufgeführt waren. Die Verbindlichkeiten waren schwindelerregend, Hypotheken lasteten auf den Firmengrundstücken und dem Privathaus. Neben die dreistellige Zahl des Bonitätsindex, mit dem die Hobby-Ermittler nichts anfangen konnten, hatte der Informant eine handschriftliche Notiz gekritzelt: *»miserabel!!!!«*

»Dieser Mann hat offenbar allen Grund, besorgt, erschöpft und vielleicht sogar mutlos zu sein. Die Frage ist: Was hatte Martine damit zu tun?«

Die darauf folgende allgemeine Grübelei wurde vom Klingeln des Telefons unterbrochen.

»Hier ist Lara. Sitzen Sie, Herr Fiedler?«

»Hallo, mein Deern. Haben Sie die Papiere, die Sie von Martines Eltern bekommen haben, entschlüsselt?«

»Wir kommen kaum dazu, daran zu arbeiten, Herr Fiedler. Es ist etwas Schreckliches geschehen. Simon ist tot.«

Herr Fiedler wurde blass. Seine Mitbewohner sahen ihn mit fragenden Blicken an, dann drückte Robin auf den Knopf zum Mithören.

»... und jetzt raten Sie mal, wo seine Leiche gefunden wurde.«

Robin, Lukas und Theo erschraken bei dem Wort »Leiche«, Herr Fiedler flüsterte »Simon ist tot«, bevor er Lara antwortete.

»Ich hoffe, nicht auf Ihrer Türschwelle. Aber wenn Sie so komisch fragen, wird es ein besonderer Ort sein.«

»Das können Sie wohl sagen. Er wurde ganz bei Ihnen in der Nähe gefunden, nämlich am Schloss Rheydt.«

»Heiliger Klabautermann, was wollte der denn da? Er wird wohl nicht einfach ein bisschen spazieren gegangen sein. Haben Sie schon eine Ahnung, wie das alles zusammenhängt?«

»Nicht die Bohne. Für mich wird die Sache immer verworrener. Martine wird in Uerdingen umgebracht, Simon verschwindet, taucht aber wieder auf, verschwindet dann wieder und taucht heute als Leiche wieder auf. Zwischendurch verschwindet auch Jamela und taucht vor Simons Leiche wieder auf, wurde aber zusammengeschlagen und erzählt uns, dass Simon versucht hat, sie umzubringen.«

»Nun beruhigen Sie sich, mein Deern. Was wissen Sie sonst noch?«

»Simon wurde offenbar erschossen.«

»Wieso konnte denn die Gladbacher Polizei so schnell die Verbindung zwischen der in Rheydt gefundenen Leiche eines gewissen Simon Wie-war-doch-gleich-der-Name und einem Mordfall in Uerdingen herstellen?«, wollte Theo wissen.

»Watermann hatte Simon zur Fahndung ausgeschrieben. Ich vermute, dass die Polizeidienststellen sich dann gegenseitig informieren, wenn einer eine Leiche findet, die ein anderer schon überall suchen lässt. Immerhin hatte Watermann ja gewissermaßen eine Option auf diese Leiche, also die älteren Rechte. Deshalb hat er wohl das Tauziehen gewonnen.«

Herr Fiedler beruhigte sich langsam wieder. »Sie sind zynisch, mein Deern. Was tun Sie für Ihr seelisches Gleichgewicht?«

»Meine Familie trägt sehr zu meinem Wohlbefinden bei. Und wenn ich Wetten abgeben sollte, ob Mamie oder der Kommissar den jetzt wahrscheinlich wieder bevorstehenden Schlagabtausch wegen Alibis, Tatverdacht und irgendwelchen unterstellten Motiven gewinnt, würde ich all meine Ersparnisse auf meine Großmutter setzen.«

»Sind diese Ersparnisse von nennenswerter Größe?«

»Nein. Der Einsatz läge in zweistelliger Höhe.«

»Dann lassen Sie das Glücksspiel und widmen sich stattdessen der Liebe. Da fällt mir ein, was macht eigentlich der Professor?«

»Er ist verreist, ich konnte erst einmal kurz mit ihm telefonieren. Und wenn es nach Watermann geht, ist es fraglich, ob ich ihn jemals wieder sehe. Vielleicht kommt er mich ja mal im Knast besuchen.«

»Übertreiben Sie nicht so schamlos und grüßen Sie Ihre Omas.«

Herr Fiedler legte auf und lehnte sich entkräftet zurück. Er sah Theo, Lukas und Robin an.

»Was machen wir jetzt?«

Robin hampelte unruhig auf seinem Stuhl hin und her. »War die Vitrine mit den Pistolen eigentlich voll?«

Lukas blickte irritiert. »Vitrine? Pistolen? Du glaubst doch wohl nicht ...« Er stöhnte laut und raufte sich die Haare.

Auch Theo ließ ein Seufzen hören. »Sahen diese Waffen so aus, als könnte man damit noch schießen?«

Herr Fiedler und Lukas blickten sich entgeistert an.

»Keine Ahnung. Für mich sahen sie aus wie Museumsstücke«, musste Lukas zugeben. »Ich weiß allerdings nicht, was an Pistolen kaputtgehen sollte, wenn sie in einem Schrank liegen. Wenn die Dinger früher mal funktioniert haben, warum sollten sie das jetzt nicht mehr tun?«

»O Mann, das gibt's doch echt nicht«, ereiferte sich Robin. »Da haben Sie direkt neben der Tatwaffe gestanden und nix geschnallt.«

»Langsam, Freundchen«, wandte Herr Fiedler ein, »zu dem Zeitpunkt wussten wir ja noch nicht, dass überhaupt jemand erschossen worden ist. Und auch jetzt wissen wir nicht, ob dieser Simon mit einer historischen Pistole erschossen wurde oder ob es vielleicht einfach ein Jagdunfall war.«

»Diese Diskussion führt zu nichts«, sagte Lukas mit resignierter Stimme. »Ich fahre zurück nach Krefeld und unterstütze die Damen erstens moralisch und zweitens bei der Übersetzung der Dokumente. Vielleicht gibt uns das Aufschluss über die Frage, was hier eigentlich gespielt wird.«

*

Oktober 1881, M.Gladbach

Louis Gaston stand auf dem Friedhof an der Bettrather Straße am Grab seines ehemaligen Kompagnons Johannes Mühlenberg.

»Ich habe meinem Sohn aufgetragen, an meiner statt dein Grab zu pflegen, Johannes«, sprach Gaston zu dem Grabstein. Er hatte sich diese einseitigen Gespräche in den letzten Jahren angewöhnt. Dieses würde nun das letzte sein.

»Ich habe ihm das nötige Geld gegeben. Aber er soll auch diese Besuche übernehmen. Natürlich kennt er den wirklichen Grund dafür nicht. Er denkt, wir seien wirklich gute Freunde gewesen.«

Gaston wischte sich mit der Hand über die Augen. »Nur ein einziger Mensch auf der ganzen Welt wusste, was damals im März 1856 wirklich passiert ist. Ich habe es Friderike erzählt.«

Tränen liefen dem inzwischen vollständig ergrauten Gaston über die Wangen. »Sie hat mich trotzdem geliebt.« Er schluchzte auf. Dann fasste er sich mühsam wieder, indem er ein paar Mal tief durchatmete.

»Ich habe das Unternehmen meinem Sohn überlassen, er führt es gut. Er ist mit seinen vierundzwanzig Jahren schon sehr erwachsen und verantwortungsvoll. Außerdem ist der Meister ihm eine große Stütze.«

Gaston wandte sich zum Gehen, drehte sich aber noch einmal um. »Es tut mir Leid, Johannes. Ich habe dir das niemals gesagt, aber es ist so. In den letzten fünfundzwanzig Jahren ist kein Tag vergangen, an dem ich mich nicht für das gehasst habe, was ich dir angetan habe. Ich wünschte, ich könnte es ungeschehen machen.«

Gaston ging weiter zum Grab seiner Frau und seiner Tochter Charlotte, das in dem drei Jahre zuvor erweiterten Bereich des Friedhofs lag. Er konnte den Schmerz, den ihm ihr Verlust bereitet hatte, auch jetzt kaum ertragen. Wie immer fragte er sich, ob der Tod seiner schwangeren Frau und seiner Tochter, die beide innerhalb von wenigen Tagen an einem geheimnisvollen Fieber gestorben waren, die Strafe für seine Schuld am Tod von Johannes Mühlenberg gewesen war. Auch mehrere Fehlgeburten, die Friderike tapfer ertragen hatte, waren ihm als Quittung für seine Verfehlung erschienen.

»Ihr wisst, dass ihr in meinem Herzen immer bei mir seid, auch wenn ich von hier fortgehe. Aber ich kann diese Stadt ohne euch nicht mehr ertragen. Und ich kann es nicht ertragen, dass alle Leute mich für einen wohltätigen Menschen halten und mich mit großem Respekt behandeln, obwohl ich diese furchtbare Schuld auf mich geladen habe.«

Friderike hatte ihm immer gesagt, er sei tatsächlich ein wohltätiger Mensch, der für den einen Fehler, den er in seinem Leben ge-

macht hatte, genug Seelenpein gelitten habe. Sie hatte immer zu ihm gestanden. Sie hatte ihm die Hand gehalten, wenn er nachts aus Alpträumen hochschreckte. Sie war seine größte Stütze, und die sommersprossige Charlotte war sein Sonnenschein gewesen. Ihr Tod hatte ihn in eine undurchdringliche Finsternis gestürzt, für die seine Umgebung kein Verständnis aufbrachte.

»Ich werde versuchen, meinen Fehler, so weit es heute noch geht, wieder gutzumachen. Ich weiß, dass ich nicht mit meinem Schicksal hadern sollte, immerhin durfte ich das große Glück erfahren, mit der wunderbarsten Frau der Welt verheiratet zu sein und zwei wohlgeratene Kinder zu haben. Die Frau, die Mühlenberg liebte, hat nicht nur ihn verloren. Ich habe ihr auch noch geschrieben, dass Mühlenberg kurz vor seiner Hochzeit mit Thekla stand, als er starb, und dass sie sich nicht wieder melden solle. Ich kann nicht begreifen, wie grausam ich damals gewesen bin aus kleinlicher, egoistischer Angst um meinen Status.«

Gastons Wangen waren tränenüberströmt, und er schüttelte den Kopf, als wäre er auch nach fünfundzwanzig Jahren noch von seiner eigenen Herzlosigkeit überrascht. Sein Geständnis, diesen Brief geschrieben zu haben, hatte selbst Friderike schwer getroffen. Sie hatte versucht, sich nichts anmerken zu lassen, aber Gaston hatte ihre Erschütterung gespürt.

Gaston straffte die eingefallenen Schultern. »Ich werde einen Weg finden, wie ich dieses Unrecht wieder gutmachen kann. Und wenn ich den Rest meines Lebens damit verbringe.«

Bei Sonnenaufgang des folgenden Tages verließ Louis Gaston M. Gladbach für immer.

ZEHN

Kriminalhauptkommissar Watermann nahm den bereits getippten Bericht in Empfang, den ihm sein Assistent überreichte. »Wie haben Sie den so schnell fertig bekommen?«, murmelte er um den Rest einer Lakritzschnecke herum, der seinen Mundwinkel zierte.

»Ich habe den Bericht auf MP3 gesprochen und per DFÜ rübergeschickt. Die Schreibkraft hat ihn dann getippt.«

Watermann verstand nur die Hälfte von dem, was der Mann ihm sagte, aber im Grunde war es ihm auch egal.

»Wie lang haben Sie nach Paderborn und wieder zurück gebraucht?«

»Etwas über drei Stunden. Ich habe mich beeilt, ganz wie Sie gesagt haben.«

Watermann dankte und überflog den Bericht aus Paderborn. Etwa um einundzwanzig Uhr am Montagabend hatte die Pensionswirtin noch mit Simon Wegener gesprochen, und um neun Uhr am Dienstagmorgen war er im Krankenhaus bei seinem Vater gewesen. Dazwischen schien niemand ihn gesehen oder etwas von ihm gehört zu haben. Wegener hätte also theoretisch genug Zeit gehabt, nach Krefeld zu fahren und das Zimmer des ersten Mordopfers auszuräumen. Das würde voraussetzen, dass er in Paderborn von dem Mord erfahren hatte. Die Frage war: von wem? Watermann tippte auf die geheimnisvolle Jamela El-Raribi. Und wenn Wegener die Unterlagen aus Martines Zimmer wirklich geklaut hatte, stellte sich die Frage, was an ihnen so wichtig war. Wieso war diese Frage von der Mordkommission bisher eigentlich nicht geklärt worden? Wartete der Chef etwa immer noch darauf, dass die Daten auf Martines Computer wiederhergestellt wurden? Da das offenbar nicht funktionierte, sollte man das Problem endlich von dieser Seite aus angehen. War niemand darauf angesetzt? Watermann lachte kurz auf. Nein, wer auch?

Er seufzte. Dass der Chef sich mehr um gute Beziehungen zu

den oberen Etagen sorgte als um den Fall, war das eine Problem – sicherlich das größte. Dass die Hälfte der Mordkommission mit Grippe im Bett lag, trug ebenfalls nicht zur Qualität der Ermittlungsarbeit bei. Außer ihm schien bisher niemand auch nur halbwegs verwertbare Informationen gesammelt zu haben.

Watermann nahm sich vor, sich auf niemand anderen mehr zu verlassen, sondern alles selbst zu machen. Anders würden sie die Mordfälle nie klären.

Er sah auf die Uhr. Die Liste der Anrufe, die von den Apparaten des Übersetzer-Zentrums aus geführt worden waren, war immer noch nicht da. Aber er war sicher, dass diese hübsche Nordafrikanerin in die Sache verwickelt war. Vielleicht hatte sogar sie Martines Zimmer leer geräumt. Mit ein bisschen Glück wusste sie auch, zu welchem Hotel der Zimmerschlüssel gehörte, den die Kollegen bei dem erschossenen Wegener in der Tasche gefunden hatten. Er würde sie heute Nachmittag noch einmal befragen, der Arzt hatte ihm gesagt, dass sie das Krankenhaus bald verlassen könnte. Wo hatte Wegener sich einquartiert, nachdem er am Mittwochabend mit Watermann gesprochen hatte? Nach diesem Gespräch war der Übersetzer umgehend verschwunden und erst als Leiche wieder aufgetaucht.

Außerdem war noch die Frage zu klären, warum Wegener sein Aussehen verändert hatte. Natürlich war es möglich, dass er plötzlich kurze schwarze Haare und ein glatt rasiertes Kinn schick fand. Sehr wahrscheinlich war das aber nicht. Es gab sicher einen Grund, warum er nicht auf Anhieb erkannt werden wollte. Watermann kramte in seinem Gedächtnis. Er hatte das Gefühl, dass sein Unterbewusstsein versuchte, ihm etwas mitzuteilen, was mit Wegeners verändertem Aussehen zusammenhing. Er blätterte in seinem Notizheft zurück. Da war der Eintrag. Lara Lewandowskis Großmutter hatte von einem Mann gesprochen, der am Donnerstag bei den Eltern des Mordopfers gewesen war und genau so beschrieben wurde, wie Wegener jetzt in seiner gekühlten Schublade lag. Was hatte er in Belgien gewollt? Und was hatte der Lewandowski-Clan dort gewollt? Über die Ergebnisse ihres Besuchs in Belgien hatte die Großmutter nichts gesagt.

Watermann verfluchte sich selbst, dass er nicht genauer nachgefragt hatte und auch dafür, dass er Wegener am frühen Donnerstag zunächst nur in den polizeiinternen Fahndungsbestand als wichtigen Zeugen eingegeben und nicht öffentlich ausgeschrieben hatte. Hätte er die Öffentlichkeit sofort und nicht erst heute Vormittag informiert, hätte er vielleicht einen lebenden Wegener gefunden statt einer Leiche mit einem riesengroßen Loch in der Brust. Dabei fiel ihm ein, dass der Obduktionsbefund noch ausstand. Die Frage, welche Waffe einen solchen Krater riss, interessierte Watermann brennend.

*

Jamela war nur ein Häufchen Elend, als Lara sie wie versprochen aus dem Krankenhaus abholte.

Sie wusste also schon, dass Simon tot war. Woher wohl? Da kam vermutlich nur Antonio in Frage.

»Weißt du schon mehr?«, fragte Jamela mit zittriger Stimme.

»Mehr als was?«

»Dass Simon in Mönchengladbach erschossen worden ist.«

»Er wurde am Schloss Rheydt gefunden. Das ist alles, was ich zusätzlich weiß.«

Den Rest der kurzen Fahrt schwiegen sie. Am Übersetzer-Zentrum half Lara Jamela aus dem Auto. Sie hatten die Haustür noch nicht erreicht, als diese schon von Antonio aufgerissen wurde.

»Kann ich euch helfen?«

Antonio streichelte Jamela über das krause Haar. Das war offenbar zu viel für ihre Nerven, sie fing an zu weinen. Antonio und Lara brachten sie in ihr Zimmer, wo Jamela sich auf das Bett sinken ließ und zu sprechen begann.

»Ich habe Simon am Montagabend angerufen und ihm von Martines Tod berichtet. Ich war total durcheinander, wollte einfach mit ihm reden. Aber er war ziemlich cool. Er wollte genau wissen, was hier los war, und ich habe ihm alles erzählt. Wann und wo Martine gefunden wurde, dass ihr Zimmer versiegelt wurde und dass der Polizist sagte, man werde all ihre Sachen abholen und untersuchen.«

»Hast du dem Kommissar von diesem Telefongespräch berichtet?«, fragte Lara.

Jamela schüttelte den Kopf. »Nachdem in der Nacht eingebrochen worden war, hatte ich Angst, dass Simon das gewesen ist. Deshalb habe ich nichts gesagt. Ich hätte ihn doch damit verdächtig gemacht.«

»Das kann man wohl sagen«, bestätigte Antonio. »Und nicht zu Unrecht, oder?«

»Nein. Er war es tatsächlich. Er hat ihre Arbeitsunterlagen gestohlen und ihren Computer gelöscht.«

»Warum?«, fragte Lara, die erfahren wollte, wie viel Jamela wusste.

»Das habe ich ihn auch gefragt, aber er hat mir nicht darauf geantwortet. Ich weiß nicht, was so wichtig war.«

Das klang glaubhaft.

»Bist du am Freitag zu ihm gefahren?«, wollte Antonio wissen.

Jamela nickte heulend.

»Weshalb?«

»Er hat mich angerufen und mir gesagt, dass ich kommen soll.«

Lara konnte es nicht fassen. Das klang ja regelrecht nach Hörigkeit. »Er ist am Mittwoch nach seinem Gespräch mit Watermann verschwunden, kein Mensch wusste, wo er steckt. Der Kommissar ist sauer, der Mord an Martine bleibt ein Rätsel, der Verdacht klebt an mir. Dann ruft der geheimnisvolle Simon dich an, und du rennst los, um ihn zu treffen? *Warum?*«

Jamela sah Lara durch tränenverschleierte Augen an. »Er ist mein Mann.«

*

Mamie zuckte erschrocken zusammen, als Lara und Lukas gleichzeitig ins Zimmer stürmten.

»Gaston sammelt alte Pistolen«, platzte Lukas heraus. »Ich habe sie selbst gesehen. Allerdings nur in einer Vitrine, nicht in Aktion.« Er gab einen Bericht über seine Gladbacher Ermittlungen.

Lara stand dabei und zwang sich zur Ruhe. Ihre Neuigkeiten waren nicht weniger fesselnd als das, was Lukas zu erzählen hatte. Sie wartete gespannt darauf, dass er endlich zum Schluss kam.

»Ich habe auch etwas herausgefunden, das ganz interessant sein dürfte«, begann sie und konnte sich über fehlende Aufmerksamkeit nicht beklagen. »Simon war verheiratet.«

»Es erwischt auch die Tapfersten«, lästerte Lukas und zog sich dafür einen strafenden Blick von Oma Bix zu.

»Das ist aus zwei Gründen bemerkenswert«, erläuterte Lara. »Erstens hat er sich an Martine herangemacht, sobald sie hier ankam.«

»Lustmolch«, murmelte Mamie, was Lukas ein Grinsen entlockte.

»Zweitens ist er nicht mit irgendjemandem verheiratet, sondern mit unserer Übersetzerkollegin Jamela.«

Die Verblüffung auf den drei Gesichtern hätte Lara zum Lachen gebracht, wenn sie nicht so angespannt gewesen wäre.

»Und das wusstest du nicht?«, wollte Lukas wissen.

»Nein.«

»Und woher weißt du es jetzt?«

»Von Jamela.«

»Seit wann sind sie verheiratet?«

»Erst seit kurzem.«

»Aber sie kannten sich schon, bevor sie hierher kamen?«

»Nein.«

Oma Bix' und Mamies Köpfe waren dem Gespräch wie beim Tennis von rechts nach links und zurück gefolgt. Jetzt schüttelte Mamie ihre grauen Locken und gebot ihren Nachkömmlingen Einhalt.

»Lara, würdest du die Geschichte jetzt bitte der Reihe nach erzählen? Ich bekomme sonst den Eindruck, dass das harmlos aussehende Krefeld-Uerdingen unter der gutbürgerlichen Oberfläche ein wahrer Sündenpfuhl ist.«

»Also. Jamela kam Anfang September mit einem Stipendium für drei Monate hierher, Simon ein paar Tage später. Jamela ist Algerierin, sie hat in ihrer Heimat große Probleme mit der islamischen Zensur. Sie steht wegen der Übersetzung eines regimekritischen Buchs unter großem Druck und erkundigte sich seit ihrer Ankunft intensiv nach Möglichkeiten, wie sie in Deutschland eine Aufenthalts- und Arbeitserlaubnis bekommen könnte. Sie hat darüber auch mit Simon gesprochen, der ihr vorschlug, sie zu heiraten.«

»Wie romantisch«, sagte Oma Bix.

»Für welche Gegenleistung?«, fragte Mamie mit zusammengekniffenen Augen.

»Dass Männer vor Liebe erblinden und dann leicht in die Ehefalle gelockt werden, habe ich ja schon gehört. Aber was hat dieser Typ sich dabei gedacht, eine Frau zu ehelichen, die er eigentlich gar nicht kennt?«, wollte Lukas wissen.

»Zuerst war es ein Geschäft, Jamela sollte an Simon als Gegenleistung fünftausend Euro zahlen. In Raten.«

»Scheint ein gutes Geschäft zu sein. Normalerweise zahlt bei der Ehe immer der Mann. Und da ist es mit fünf Riesen nicht getan, hört man.« Lukas grinste die drei weiblichen Familienmitglieder an, die ihn mit jahrelang geübter Missachtung straften. Er zuckte die Schultern.

»Jamela allerdings scheint für Simon Gefühle entwickelt zu haben, die übers Geschäftliche hinausgingen.«

»Hat Jamela dir das alles jetzt erst erzählt?«, fragte Mamie mit gerunzelter Stirn.

Lara nickte. »Ich hatte sie schon heute Vormittag im Krankenhaus nach ihrer Beziehung zu Simon gefragt, aber sie wollte mit niemandem mehr über ihn reden.«

»Ach Kind, nun erzähl doch weiter! Was für eine furchtbar unglückliche Liebesgeschichte«, warf Oma Bix ein.

»Als Martine hier im Übersetzer-Zentrum ankam, war Simon sofort Feuer und Flamme. Sie fand ihn wohl anfangs auch recht attraktiv, das Verhältnis kühlte aber dann wieder ab. Jamela litt schweigend, niemand wusste von ihrer Ehe. Außer Antonio. Dem hatte sie in einer schwachen Stunde davon erzählt.«

Oma Bix wischte sich eine Träne von der Wange. Mamie hingegen starrte mit zusammengekniffenen Augen vor sich hin.

»Sind wir sicher, dass niemand von der Ehe wusste? Zum Beispiel Martine?«

»Jetzt wirst du uns als Nächstes erzählen, dass Jamela Martine umgebracht hat, weil sie eine Gefahr für ihre Ehe darstellte«, entgegnete Lukas.

Oma Bix legte die linke Hand auf den Busen und riss die Augen auf. Lukas strich ihr beruhigend über den Arm. Dann fuhr er nach einem Augenblick ernsthafter Überlegung fort: »Hey, wenn ich's recht überlege, ist das vielleicht gar nicht so unwahrscheinlich. Selbst wenn Martine nicht ernsthaft als Konkurrentin in Frage gekommen wäre, was ich nicht beurteilen kann, so war sie vielleicht doch eine Gefahr, weil sie unter Umständen wusste, dass die beiden eine Scheinehe eingegangen waren. So etwas ist doch verboten, oder?«

Lara schaute ihre Großmütter an, die genauso verblüfft aussahen, wie sie selbst war. Dann änderte sich Mamies Gesichtsausdruck plötzlich.

»Und wenn Antonio das schon länger wusste, dann hätte doch auch er Martine umbringen können, um Jamela zu schützen.«

»Oder er hat Simon umgebracht, weil der versucht hatte, Jamela umzubringen.« Lukas schien halb im Scherz gesprochen zu haben, aber niemandem war nach Lachen zumute. Immerhin bestand die Möglichkeit, dass das tatsächlich ein Motiv sein könnte. Betretenes Schweigen machte sich breit.

»Wie sieht eigentlich dieser Gaston aus?«, fragte Oma Bix plötzlich unvermittelt. »Könnte er der Mann bei Martines Eltern gewesen sein?«

Lukas schüttelte den Kopf. »Er sah überhaupt nicht so aus. Schon die Haarfarbe passt nicht, er trägt keine Brille, und er ist eher alt als mittelalt. Und gut sieht er schon gar nicht aus.«

»Dann sollten wir vielleicht doch noch mal in Betracht ziehen, dass es Simon gewesen ist.«

Lara nickte zögernd. »Simon hatte einen Bart, grau meliertes, eher langes Haar, das über den Kragen und die Ohren fiel. Aber mit einem Schnitt, einer Färbepackung und einer Rasur könnte er sich so verändert haben, dass die Beschreibung mittelalt, mittelgroß, schwarze kurze Haare, glatt rasiert, randlose Brille und gut aussehend auf ihn passen könnte.«

»Dieser Simon ist mir ein Rätsel«, gestand Oma Bix. »Warum

ist Jamela zu diesem Mann gefahren? Und wohin überhaupt? Was wollte er von ihr?«

»Ich weiß es nicht«, musste Lara zugeben. »Darüber will sie immer noch nicht sprechen.«

»Das wird sie aber gleich müssen«, prophezeite Lukas, der am Fenster stand und auf die Straße hinausgeblickt hatte. »Der grimmige Kommissar ist im Anmarsch. Und er sieht nicht so aus, als ob er sich mit Ausflüchten gleich welcher Art zufrieden geben würde.«

»Mir scheint immer noch die zentrale Frage zu sein, was in diesen Unterlagen steht, die offenbar Anlass für einen Einbruch, eine Reise nach Belgien und vermutlich sogar für mindestens einen Mord waren. Also weiter, an die Arbeit«, mahnte Mamie und griff nach den Papieren auf dem Schreibtisch.

»Zuerst möchte ich mal wissen, wie weit wir mit unseren Auswertungen bisher gekommen sind«, stoppte Lukas die aufkommende Betriebsamkeit.

Mamie nickte. »Es handelt sich um die Memoiren von Louis Gaston, dem Gründer des Unternehmens Gaston & Cie. Er lässt sich des Langen und Breiten darüber aus, warum er nach ›M.Gladbach‹ gekommen ist – nämlich offenbar wegen eines Streits mit seinem Vater –, wie er in der Weberei von Quirin Croon Arbeit fand und dort Johannes Mühlenberg kennen lernte. Im Moment berichtet er ziemlich langatmig über die Gründung seiner eigenen Firma.«

»Also nichts Neues?«

»Na ja, ganz so würde ich das nicht sagen. Immerhin erfahren wir von ihm selbst, dass er ein ziemlich leichtsinniger Kerl war, der gern ein Spielchen riskierte und oft verlor.«

»Und so einer wird Unternehmer?«, fragte Lukas.

»Ist das nicht auch eine Art Glücksspiel, *mon cher*?«

»Aber kein Motiv für mehrere Morde, also lasst uns arbeiten.«

Diesmal widersetzte sich niemand mehr.

*

12. März 1897, Anglès du Tarn, Frankreich

Louis Gaston saß an seinem Schreibtisch und legte den Stift zur Seite. Den ganzen Tag schon fühlte er sich matt und unwohl. Immerhin hatte er sich mit allergrößter Kraftanstrengung dazu gezwungen, das, was er sich vorgenommen hatte, zu Papier zu bringen.

Wieder sah er das kleine Bildnis an, das er jeden Tag stundenlang betrachtete. Ein Porträt seiner geliebten Friderike mit dem schelmischen Lächeln, das er so geliebt hatte. Der Maler hatte sich geziert, als Gaston das Bild mit dem Lächeln verlangt hatte. »Das ist sehr ungewöhnlich«, hatte er zögernd eingewandt und war im Verlauf des Gesprächs, bei dem Gaston sich nicht von seiner Idee hatte abbringen lassen wollen, immer deutlicher geworden. Zum Schluss hatte der Maler erklärt, er werde Friderike lächelnd malen, gebe aber keinerlei Garantie auf das Bild. Gaston hatte ihn ausgelacht und gesagt, er wolle ein Gemälde von ihm haben – und keine Versicherung.

Mit zitternden Fingern stupste Gaston Friderike auf die Nase, so wie sie es bei den Kindern immer gemacht hatte.

»Ich habe mein Versprechen gehalten«, flüsterte Gaston ihr zu. »Es hat mich meine letzte Kraft gekostet, aber ich habe es geschafft.« Er war sich sicher, gesehen zu haben, wie sie ihm zuzwinkerte.

Zeitlebens hatte Friderike sich über Gastons Lässigkeit gewundert. »Andere Männer frühstücken morgens einen Stock, der sie aufrecht und starr hält«, hatte sie immer gesagt. »Und du frühstückst Rosenblüten und Brennnessel, damit du deine spitzen Bemerkungen charmant unter die Leute bringen kannst.«

Gaston lächelte. »Ich glaube, wir sehen uns bald wieder, Friderike. Aber erst muss ich noch ein bisschen Ordnung in meinen Papieren schaffen und dieses hier an einem sicheren Ort hinterlegen.«

Er blickte wieder auf das Dokument, das er zuletzt geschrieben, datiert und unterzeichnet hatte. Er würde es in einem verschlossenen Umschlag an seinen alten Anwalt in Gladbach schicken.

Aus dem Erdgeschoss drang der Klang der kleinen, silbernen Glocke herauf. Josephine hatte das Abendessen gerichtet. Gaston ließ die Papiere auf dem Schreibtisch liegen. Um die Geheimhaltung brauchte er sich keine Sorgen zu machen. Seine Haushälterin war nicht nur sehr zuverlässig, sie konnte außerdem nicht lesen. Langsam stieg Gaston die enge Treppe in dem kleinen Haus hinunter und setzte sich an den Tisch. Obwohl er nicht hungrig war, aß er ein bisschen. Josephine verließ nie das Haus, bevor sie sich nicht davon überzeugt hatte, dass er wenigstens eine Kleinigkeit zu sich nahm.

*

Sonntag, 28. November

»Was machen wir denn nun?« Robins Stimme hatte einen ungeduldigen Unterton.

»In welcher Hinsicht?«, fragte Herr Fiedler, der die Ungeduld als Zeichen der Genesung seines Hausgastes auffasste.

»Na, was machen wir mit unseren Ermittlungen und was machen wir mit diesem Sonntag? Und wie finden wir meinen Freund Bülent?«

»Eine Menge Fragen auf einmal. Die Antworten kommen der Reihe nach. Erstens, die Ermittlungen. Wie Lara uns telefonisch mitgeteilt hat, sind die Damen noch mit der Auswertung der aufgetauchten Unterlagen beschäftigt. Wir warten ab, welche Informationen von dort kommen. Zweitens, dieser Sonntag. Ich dachte, wir gehen etwas spazieren, trinken Tee, essen Weihnachtsplätzchen und lesen ein bisschen.«

Robin verzog das Gesicht.

»Drittens, dein Freund Bülent. Ich habe vor, morgen in eurer alten Schule in Neuss anzurufen und mit unseren Ermittlungen dort zu beginnen. Mit ein bisschen Glück ist die Schulsekretärin nett und gibt uns die neue Adresse. Dann kann es nicht lang dauern, bis du Bülent und Batman wieder siehst.«

Robin strahlte, der Tag war gerettet. Bis Lara anrief.

»Herr Fiedler, setzen Sie sich lieber hin.«

»Moment, mein Deern, ich nehme das Telefon mit zum Tisch und stelle den Lautsprecher an.«

Robin und Theo setzten sich neben Herrn Fiedler und blickten gespannt auf das Telefon.

»Alle da, legen Sie los.«

»Wir haben uns fürchterlich mit dieser Handschrift herumgequält, die ganz schwer zu entziffern ist. Viele Dinge haben wir nicht verstanden, aber ich glaube, das Wichtigste konnten wir übersetzen. Halten Sie sich fest: Die Firma Gaston gehört gar nicht Gaston.«

»Haben Sie was getrunken, mein Deern?«

»Herr Fiedler, ich muss doch sehr bitten! Sie wissen, dass der alte Gaston den Laden zusammen mit einem Kompagnon gründete?«

»Ja, das steht in der Jubiläumsschrift zum Hundertjährigen. Johannes Mühlenbein oder so.«

»Mühlenberg. Und er war der helle Kopf, zumindest was die Technik anging. Er war innovativ und verschaffte der Firma den berühmten deutschen Vorsprung durch Technik. Gaston hingegen war der Kaufmann. Er kaufte günstiges Garn ein, unterhielt gesellschaftliche Kontakte, die ihm beim Verkauf halfen, und hatte ein Gespür für die Wünsche der Kunden.«

»Steht das alles in diesen Papieren, die Sie gefunden haben?«

»Ja. Es ist so eine Art Lebensbeichte.«

»Bis jetzt gibt es noch nichts zu beichten, oder?«

»Mühlenberg war verlobt. Und er war herzkrank.«

»Hatte das eine mit dem anderen zu tun?«

»Irgendwie schon. Denn als er zur Kur in Marienbad weilte, verliebte er sich dort in eine Frau.«

»Das soll vorkommen, mein Deern.«

»Es blieb aber nicht bei einer keuschen Verliebtheit. Die allein wäre ja nicht so schlimm gewesen. Stattdessen ging Mühlenberg aufs Ganze und gefährdete mit seiner Liaison die Existenz seines Geschäftspartners.«

»Das geht mir zu schnell. Was hat die Liebe mit dem Geschäft zu tun?«

»Mühlenberg zeugte während seines Aufenthaltes in Marienbad einen Sohn.«

»Ein uneheliches Kind mit dem Kurschatten? Das sind ja Zustände wie heutzutage.«

Lara lachte. »Es geht dabei nicht um Ehrbarkeit, Herr Fiedler. Wenn es mir heute auch komisch vorkommt, dass diese streng von alten Fotos blickenden Herren so etwas wie Leidenschaft gekannt haben sollen.«

»Ja, es wäre wohl ganz falsch zu meinen, amouröse Fehltritte seien eine Erfindung der letzten hundert Jahre. Wie ging es also weiter?«

»Mühlenberg kommt zurück aus seiner Kur, steht aber unter großem Stress, weil er darüber nachdenkt, seine Verlobung zu lösen und diese Frau zu heiraten. Er erwägt sogar, nach Marienbad zu ziehen, weil er das Leben in der aufstrebenden Industriemetropole Mönchengladbach zu anstrengend findet. Außerdem hätte er einen schweren Stand, wenn er in Gladbach bliebe, denn die Gesellschaft würde ihn wohl für die aufgelöste Verlobung mit Verachtung strafen.«

»Er erklärt also seinem Partner, dass er zu seiner Geliebten und seinem Sohn nach Marienbad geht?«

»Nein, und das ist der nächste Hammer. Mühlenberg weiß gar nicht, dass er einen Sohn hat. Seine Geliebte in Marienbad kennt seine Privatadresse nicht, sondern adressiert ihren Brief an Herrn Mühlenberg, Firma Mühlenberg und Gaston, München-Gladbach. Mühlenberg lag in dem betreffenden Winter mehrere Monate krank im Bett, war also nicht in der Firma. Der Brief kommt an, Gaston öffnet ihn versehentlich, bemerkt seinen Fehler, liest dann aber weiter. Er behält sein Wissen für sich, weil er seinen Partner in dieser schwierigen Situation nicht gehen lassen will. Er müsste ihn ausbezahlen, hat aber selbst Spielschulden bis an die Halskrause.«

»Also, Gaston weiß, dass sein Partner einen Sohn hat, sein Partner selbst weiß es nicht, will aber trotzdem weg aus Gladbach, und damit würde er Gaston wirtschaftlich ruinieren. Aber noch immer gibt es nichts zu beichten, es sei denn … Sagen Sie bloß, Gaston bringt seinen Partner um.«

»Nicht ganz. Mühlenberg bekommt einen Herzanfall, als die beiden Männer über Mühlenbergs Pläne sprechen, und Gaston soll ihm die Medizin holen. Er geht nach nebenan, wo die Rettung in Form eines kleinen Fläschchens in der Manteltasche steckt. Dann überlegt er es sich anders und verlässt das Haus, während nur ein paar Schritte von ihm entfernt sein Partner mit dem Tode ringt – und verliert.«

»Was für eine unglaubliche Kaltherzigkeit.«

»Dieses Verhalten konnte Gaston später wohl selbst nicht mehr verstehen, und er konnte es sich auch nicht vergeben. Seine Reue scheint mit zunehmendem Alter immer größer geworden zu sein.«

»Wer erbte von dem so furchtbar verstorbenen Mühlenberg?«

»Mühlenberg hatte keine Eltern mehr und keine Geschwister, von seinem Sohn wusste er nichts, und so erbte der Mensch, dem Mühlenberg immer vertraute und den er in seinem Testament als Alleinerben eingesetzt hatte: Louis Gaston.«

»Der fiese Sack ist damit ein gemachter Mann, vermute ich.«

»Sie vermuten vollkommen richtig, denn Mühlenberg hinterlässt ihm nicht nur seinen Anteil an dem Unternehmen, sondern auch noch ein nicht unerhebliches Vermögen. Unter anderem ein großes Grundstück an der Ecke Flieschermühle und Fliethstraße, auf dem Gaston später seinen eigenen Firmenkomplex aufbaut.«

»Sie sprachen von Spielschulden. War das weiterhin ein Problem?«

»Nein, die Sache mit Mühlenberg scheint ein heilsamer Schock gewesen zu sein, denn danach verhält Gaston sich ganz vorbildmäßig. Er stiftet regelmäßig größere Summen für die Armen, seine Betriebsküche ist die beste, und seine Firmenschule für die Kinderarbeiter hat einen hervorragenden Ruf.«

»Aber?«

»Der Text, den wir mühevoll entziffert haben, stammt aus dem Jahr 1897. Gaston schreibt sich alles, was er in seinem Leben Gutes oder Schlechtes getan hat, von der Seele. Die Sache mit Mühlenberg nimmt großen Raum ein, sie hat ihn offenbar zeitlebens verfolgt. Jetzt kommt der Knaller. Das Tuch des Schweigens, das Gaston selbst so viele Jahre lang kunstvoll über sein grausames kleines Geheimnis gebreitet hatte, wollte er wohl selbst noch lüften und damit die ganze Geschichte ans Tageslicht bringen. Kurz vor seinem Tod hat er also Erkundigungen darüber eingezogen, was aus der Frau und dem Sohn von Mühlenberg geworden ist. Der Sohn war nun selbst schon verheiratet und hatte eigene Kinder. In Gaston schlägt das über die Jahre aufgestaute schlechte Gewissen durch, und er setzt ein neues Testament auf, in dem er seinen gesamten Besitz seinem eigenen Sohn und dem Sohn von Mühlenberg zu gleichen Teilen vermacht.«

Einen Moment war sogar Herr Fiedler sprachlos.

»Herr Fiedler, sind Sie vom Stuhl gefallen?«

»Donnerwetter, mein Deern. Davon stand aber gar nichts in der Firmenchronik.«

»Genau das ist der springende Punkt. Das Testament ist datiert auf den zwölften März 1897.«

»Und?«

»Mensch, Herr Fiedler. Ich dachte, Sie hätten Hintergrundrecherche betrieben. Das ist Gastons Todestag!«

»Sie meinen, er hat das Testament aufgesetzt und ist darüber tot zusammengebrochen?«

»Anscheinend. Bei all diesen Papieren ist auch ein Anschreiben vom Dorfpfarrer in Anglès du Tarn, wo Gaston seinen Lebensabend verbrachte, an den Sohn in Mönchengladbach dabei. Sinngemäß schreibt er, dass die Haushälterin Gaston am Morgen des dreizehnten März leblos gefunden habe. Sie hat die Auflösung seines Haushalts organisiert, und der Pfarrer hat alle Papiere, die bei Gaston gefunden wurden, zusammen mit seinen Büchern in einem Karton an den Sohn in Gladbach geschickt. Offenbar war der Pfarrer sehr diskret und hat die Papiere nicht durchgelesen.«

»In Gladbach hat sich auch niemand die Mühe gemacht, die Unterlagen anzusehen, und so lagen die Papiere über hundert Jahre in einem staubigen Karton auf einem Speicher herum, und niemand hat von seiner Lebensbeichte erfahren. Bis zu dem Moment, wo ein neues Jubiläum eine neue Festschrift erfordert und eine Übersetzerin beauftragt wird, die Memoiren des Firmengründers zu übersetzen?«

»Offenbar.«

Plötzlich wurde Herrn Fiedler die ganze Tragweite dessen bewusst, was Lara ihm gerade berichtet hatte. »Wollen Sie damit sagen, dass bei diesen Papieren ein Testament ist, das heute noch gültig und vollstreckbar ist?«

»Ich denke schon.«

»Aber das würde ja dem Unternehmen jegliche Grundlage entziehen.«

»Möglich. Auf jeden Fall würde es einen riesigen Wirbel verursachen und vielleicht wirklich die Existenz in Frage stellen.«

»Was machen Sie jetzt mit Ihrem Wissen, mein Deern?«

»Wir haben versucht, den Kommissar zu erreichen, aber in der Dienststelle wurde uns gesagt, dass sein Handy keine Verbindung hat.«

»Was wollen Sie ihm denn überhaupt sagen?«

»Nur eine Inhaltsangabe von Martines Papieren. Was diese Entdeckung für unsere Ermittlungen bedeutet, haben wir noch nicht wirklich durchdacht. Aber wir wollen ihm die Information geben, damit er selbst ein bisschen was zu kombinieren hat.«

»Gibt es sonst noch Neuigkeiten, die Sie mir erzählen wollen?«

»Reicht Ihnen das etwa noch nicht?«

»Doch, absolut. Das gibt uns genug Stoff zum Nachdenken. Wenn Sie oder Ihre Familie eine gute Idee haben, wie wir weiter vorgehen, lassen Sie es uns wissen.«

Einen Augenblick saßen die drei im Dämmerlicht am Wohnzimmertisch und schwiegen sich an. Dann ließ Robin ein Pfeifen hören.

»Da lebt so ein Typ, der nicht mal seinen Vater kennt, er weiß von nix, und plötzlich erbt er eine halbe Firma. Geil.«

»Erstens erbt er nix, weil keiner das Testament findet, und zweitens sagt man nicht ›geil‹.«

»Wer erbt eigentlich von Ihnen, Herr Fiedler?«

»Theo.«

Theo sah seinen Freund ungläubig an. »Wieso ich?«

»Wieso nicht?«

»Und wenn ich vor dir sterbe?«

»Da mache ich mir dann Gedanken drüber.«

»Haben Sie denn keine Kinder?«, fragte Robin.

»Ich hatte einen Sohn. Er ist nach Australien ausgewandert und bald darauf gestorben. Das ist schon sehr lange her.«

»Und hatte der keine Kinder?«

Herr Fiedler schwieg lange. »Ich weiß es nicht.«

Robin blickte ungläubig. »Das wissen Sie nicht? Das hätte ich aber nicht von Ihnen gedacht.«

Theo zog die Augenbrauen hoch, sagte aber nichts.

»Das war damals sehr schwierig«, sagte Herr Fiedler plötzlich leise. »Ludwig ist nach Australien gegangen, nachdem ich ihm davon vorgeschwärmt hatte. Er wollte das weite Land sehen und die Wüsten, den Ayers Rock und die Städte, die so ganz anders sind als die europäischen. Eigentlich wollte er nur für ein paar Monate hin.«

Herr Fiedler machte eine Pause, Robin saß mucksmäuschenstill auf seinem Stuhl.

»Nach ein paar Wochen kam ein Brief, in dem er schrieb, dass er erst mal dabliebe. Er schrieb, er habe eine wunderbare Frau kennen gelernt, und sie wollten eine Farm kaufen und Schafe züchten. Ilse und ich waren zwar nicht begeistert, aber wir wollten ihn nicht davon abbringen. Da er viel herumzog, um diese Farm zu finden, hatte er keine feste Adresse. Wir schickten unsere Briefe an ein Postfach.«

Herr Fiedler räusperte sich. »Eines Tages kam die Nachricht, dass seine Leiche in einem abgelegenen Tal gefunden worden sei. Man hatte ihn bereits beerdigt. Wir sind nach Australien geflogen und wollten ihn eigentlich hierher überführen lassen, aber letztlich dachten wir, dass er dort bleiben sollte, wo er hatte leben wollen.«

Herr Fiedler wischte sich eine Träne von der Wange. »Wir haben versucht, die Frau zu finden, aber wir wussten nur ihren Namen, nicht einmal die Stadt, aus der sie stammte. Ilse wurde sehr krank, teils vor Kummer, teils wegen des Klimas, und wir mussten die Suche abbrechen und nach Hause zurückkehren.«

Theo hatte Piet Fiedler seit damals nie mehr von seinem Sohn sprechen hören. Ilse hatte Ludwig öfters erwähnt, aber nur, wenn ihr Mann nicht dabei war. Theo war erstaunt, dass sein Freund jetzt so freimütig darüber redete. Ob die Zeit doch alle Wunden heilte? Unwahrscheinlich, dann wäre Patricks Gesicht nicht so nass. Oder hatte die Geschichte von Gaston, der vor seinem Tod mit seinem Leben ins Reine kommen wollte, ihm plötzlich diese ungelöste Frage wieder vor Augen geführt? Darüber konnte man nur spekulieren. Tatsache war jedoch, dass jetzt ein sichtlich bewegter Robin aufstand und Herrn Fiedlers Hand nahm.

»Ich fänd Sie als Opa echt okay«, quetschte er heraus, wobei er mit den Tränen zu kämpfen schien. »Und nicht nur wegen dem Geld.«

»Des Geldes, junger Mann. Ehre den Genitiv, er gehört zum Schönsten, was die deutsche Sprache hervorgebracht hat«, nuschelte Herr Fiedler und wischte sich mit dem Hemdsärmel über die Augen. »Und jetzt bring doch mal den Schreibblock her, damit wir uns einen Überblick über den Fall verschaffen können und der Tag nicht vollkommen sinnlos war.«

*

Kriminalhauptkommissar Watermann stand in der Mainzer Wohnung von Simon Wegener und bemühte sich, nichts zu verändern. Die Mainzer Kollegen würden erst morgen kommen, an einem Sonntag arbeitete keiner, der halbwegs normal war. Watermann verzog das Gesicht. Er griff in seine Jackentasche und zog die Tüte mit den Lakritzschnecken heraus – nein: Er zog die Tüte *ohne* Lakritzschnecken heraus. Mist.

Die Wohnung lag am Stadtrand in einem Haus mit acht Parteien in einer kleinen Straße voller ähnlicher Häuser. Der Schlüsseldienst hatte die Tür öffnen müssen, da Simon Wegener keine Schlüssel bei sich gehabt hatte. Vermutlich waren sie dort, wo er sich seit Mittwoch aufgehalten hatte, nur hatte Watermann bisher keine Ahnung, wo das war.

Er stand in der Diele und sah sich um. Links Küche und Bad, rechts Wohn- und Schlafzimmer. Watermann nahm sich erst die Küche vor. Sein Rundumblick erfasste Spüle, Herd, zwei Unter- und zwei Oberschränke, Mikrowelle, Fernseher sowie eine Kühl-Gefrier-Kombination von geradezu gigantischen Ausmaßen. Der Kühlschrank war leer und stank modrig, im Gefrierschrank lagen noch einige dick vereiste Pizza- und Lasagnepackungen und eine offene Tüte Aufback-Pommes. Ein Gourmet wohnt hier definitiv nicht, dachte Watermann, bis ihm einfiel, dass hier absolut niemand mehr wohnte, da der Mieter inzwischen eine vorübergehende Bleibe im Kühlschrank einer Leichenhalle gefunden hatte.

Watermann begutachtete Schlafzimmer und Bad und fand den Eindruck einer Junggesellenwohnung, deren Hausherr jegliches Gespür für Wohnkultur vermissen ließ, bestätigt. Im Wohnzimmer fand Watermann zwei mittlerweile abgestorbene Topfpflanzen auf einer großen Fensterbank. Im Tode vereint, fiel ihm spontan ein, dann rief er sich zur Ordnung. Dieser Fall machte ihn noch zynischer, als er sonst schon war. Er setzte sich auf das kleine Sofa, das zwischen zwei bequem aussehenden Sesseln vor einem niedrigen Couchtisch aus Holz stand, und starrte auf das an der gegenüberliegenden Wand stehende Wohnzimmerregal, dessen Namen in Deutschland, Nordeuropa und – wie er letztens gehört hatte – mittlerweile sogar in China jedes Kind kannte. Er starrte weiter auf das Regal, ohne es tatsächlich wahrzunehmen. Irgendetwas war nicht so, wie es sein sollte. Er hatte den Eindruck, sein Hirn mit den Händen auswringen zu müssen, sonst käme er nicht auf das, was ihn hier störte. Herrje, er brauchte dringend Urlaub.

Watermann zuckte zusammen. Urlaub. Das war's. Gab es Koffer oder Reisetaschen? Er ging hinüber ins Schlafzimmer und schaute sich um. Sein Entschluss, nichts anzufassen, schwankte. Die Kollegen des Erkennungsdienstes würden ihn lynchen, wenn er ihnen ins Handwerk pfuschte. Andererseits wäre sein Besuch nutzlos, wenn er seinem aufkeimenden Verdacht jetzt nicht nachginge. Er suchte in seinen Taschen nach einem dieser blütenweißen Taschentücher, die Fernsehkommissare in solchen Fällen zu benutzen pflegten. Er fand keins. Wäre auch erstaunlich gewesen, so etwas besaß er nämlich gar nicht. Aber heute hatte er nicht einmal ein gestreiftes oder ein Papiertaschentuch bei sich. Watermann zog einen Hemdzipfel aus der Hose und begann zu suchen. Koffer? Reisetasche? Fehlanzeige. Impfbuch, Versicherungsunterlagen oder Bankpapiere? Er wühlte sich durch alle Schubladen im Schlafzimmer, im Wohnzimmer und in der Küche. Nichts zu finden. Reisepass? Bargeld? Watermann sah in der Kaffeedose und unter der Matratze nach. Er zweifelte noch immer. Schließlich hatte Wegener für mehrere Wochen nicht zu Hause gewohnt, sondern in diesem Übersetzer- Zentrum. Also hatte er Koffer und Papiere mitgenommen. Aber das war nicht alles. Watermann überprüfte noch mal den Inhalt der Schränke. Es gab kein einziges Paar Sommerschuhe. Keine Sommerhose, kein kurzärmeliges Hemd. Je mehr Watermann der Sache nachging, desto sicherer wurde er. Simon Wegener hatte nicht vorgehabt, in diese Wohnung zurückzukehren.

ELF

Montag, 29. November

»Das ist eine sehr dumme Idee, Patrick. Ich denke, dass wir ab sofort jede Initiative der Polizei überlassen sollten. Riskiere du nicht auch noch dein Leben!«

»Ach Theo, wir haben gestern Abend und die halbe Nacht darüber diskutiert. Ich will doch bloß noch einen kurzen Blick auf diese Pistolensammlung werfen. Wenn in dem Schrank jetzt eine Waffe fehlt, wissen wir schon wieder mehr. Du glaubst doch nicht, dass Kommissar Watermann einen Unternehmer des Mordes bezichtigt, wenn er sich nicht hundertprozentig sicher ist. Wir müssen ihm schon ziemlich gute Beweise liefern, damit er sich an den Herrn herantraut.«

»Das hat doch nichts mit Beweiskraft zu tun, wenn ein alter Mann, der von Waffen keine Ahnung hat, im Privathaus des Unternehmers auftaucht und einen unkundigen Blick auf eine Vitrine wirft. Vielleicht fehlt ja gar keine Pistole. Warum auch? Diese Pistolen sind zum Schießen gemacht, also nimmt man eine heraus, feuert sie ab, reinigt sie und legt sie wieder hinein. Der Blick auf die Vitrine wird dir da nicht weiterhelfen. Dann fragst du die Gattin womöglich noch, ob der Herr Gemahl ein guter Schütze ist. Alles Blödsinn. Es wird viel eher so sein, dass Gaston gewarnt wird. Und wer weiß, wozu er dann fähig ist.«

»Aber ich könnte bei der Gelegenheit unauffällig in Erfahrung bringen, wo der große Unternehmer denn wohl am Freitagabend gewesen ist.«

»Ich halte diese Idee wie gesagt für ausgesprochen dumm. Und für gefährlich.«

Herr Fiedler hatte seine Jacke schon an und drehte sich, als das Taxi hupte, zur Tür. »Deshalb gehst du ja auch nicht mit, Theo. Wenn ich in einer Stunde nicht wieder da bin, kannst du mich suchen kommen.«

»Das werde ich tun, mein Lieber. Da kannst du Gift drauf nehmen.«

Als das Taxi vor der Villa hielt, wurde die Haustür geöffnet.

»Nanu, Sie schon wieder?« Frau Gaston sah nicht erfreut aus.

»Ähem, ja, guten Morgen, gnädige Frau. Ich habe eine kleine Bitte. Dürfte ich noch mal einen Blick in Ihr Wohnzimmer werfen?«

»Darf ich fragen, was Sie dort wollen? Ich bin in Eile.« Ihr Ton war so eisig wie die winterliche Luft.

»Mein Großneffe hat aus seiner Redaktion angerufen und lässt anfragen, ob er eventuell noch einmal kommen dürfte, um die Pistolensammlung zu fotografieren. Er bat mich, zunächst einen Blick darauf zu werfen, um ein paar Details nachzusehen.«

Die Augen der Dame verengten sich zu schmalen Schlitzen, dann lächelte sie plötzlich und hielt die Tür auf. »Bitte kommen Sie doch herein.«

Im Flur standen zwei große Koffer und ein Kosmetikköfferchen.

»Sie verreisen?«

»Ja, das Novemberwetter bekommt mir nicht. Ein paar Tage ausspannen ...«

Herr Fiedler fragte sich, wie viel Gepäck sie wohl für zwei Wochen mitnehmen würde, wenn diese Menge hier nur für ein paar Tage sein sollte. Er verfolgte den Gedanken nicht weiter, da die Vitrine im Wohnzimmer seine Aufmerksamkeit gefangen nahm.

»Ich verstehe gar nichts von diesen Dingen«, begann er zögernd. »Kann man damit eigentlich noch schießen?«

Wieder schaute Edith Gaston ihren Besucher mit zusammengekniffenen Augen einen Moment schweigend an. »Nun, ich zeige Ihnen gern ein Exemplar aus der Nähe.«

Sie holte ein beeindruckend aussehendes Stück aus dem Kasten und richtete die Waffe dann auf Herrn Fiedlers Brust.

»Ja, man kann damit noch schießen. Und das gute Stück ist sogar geladen.« Sie lächelte nicht.

Überhaupt fand Herr Fiedler Frau Gaston deutlich weniger gastfreundlich und sympathisch als noch vor zwei Tagen. Langsam beschlich ihn die Befürchtung, einen großen Fehler gemacht zu haben.

*

»Watermann, da sind Sie ja endlich wieder. Wir haben gestern versucht, Sie zu erreichen. Ist Ihr Handy kaputt?«

Watermann überprüfte das Gerät sofort. Wenn nun auch noch die Technik versagte, würden sie diesen Fall niemals aufklären. Das Gerät war in Ordnung.

»Was gibt es denn so Wichtiges?« Der Hauptkommissar sah den diensteifrigen Kollegen gespannt an.

»In Krefeld sind Dokumente aufgetaucht, die eine gewisse Frau Lewandowski Ihnen unbedingt zeigen wollte, und der Rechtsmediziner hat endlich einen Bericht zu der tödlichen Schusswunde abgeliefert.«

»Was hat die Sache mit dem Hotelschlüssel ergeben?«

»Der Kollege geht gerade einer heißen Spur nach. Er meldet sich, sobald es etwas Neues gibt. Hier, die Papiere sind inzwischen gekommen.«

Watermann nahm die Unterlagen, die der Kollege ihm gereicht hatte, mit zu seinem Schreibtisch und schaute zuerst in Wegeners Obduktionsbefund. Tödlicher Schuss, der das Herz getroffen hatte, Steckschuss, kein Austrittsloch. Das hatte er auch schon vorher gewusst. Eine Kugel, keine Patrone, mit einem Durchmesser von annähernd zwanzig Millimetern. Die Kugel hatte die Kleidung nicht durchschlagen, sondern ausgestanzt, der Fetzen vom Hemd war um das Geschoss gewickelt. Außerdem steckte noch ein Stückchen gewachster Filz in der Wunde.

Watermann wählte die Nummer des Landeskriminalamtes, das bereits mit der ballistischen Untersuchung befasst war, und bat den zuständigen Beamten um seine Meinung.

»Das sieht mir ganz nach einem Schuss aus einem alten Vorderlader aus«, vermutete Schneider.

»Ein Vorderlader? Wie muss ich mir das vorstellen?«

»Das kann ein Gewehr oder eine Pistole sein, in die man von vorne in den Lauf erst Schwarzpulver, dann einen Verdämmungspfropfen und dann die Bleikugel stopft und mit einem Ladestock fest hineindrückt. Wenn dann der Schuss ausgelöst wird, fliegt die Kugel verhältnismäßig langsam, weshalb sie nur eine geringe Durchschlagskraft hat und den Stoff ausstanzt und in die Wunde trägt. Der Verdämmungspfropfen fliegt hinterher, noch langsamer und auch nicht so weit. Dieses Filzteil in der Wunde, das ist der Pfropfen. Daran sehen wir, dass die Waffe aus relativer Nähe abgefeuert wurde.«

»Das heißt also, dass solche Waffen heute tatsächlich noch funktionieren?«

»Im Prinzip ja. Man muss allerdings vorsichtig sein bei der Benutzung. Das Wissen, wie viel Schwarzpulver in den Lauf gehört, ist heute nicht mehr so verbreitet wie im neunzehnten Jahrhundert, als diese Waffen ihre Blütezeit hatten. Wenn man also zu viel Schwarzpulver benutzt, kann es sein, dass die Waffe beschädigt wird. Eventuell fällt dann der Feuerstein heraus, im schlimmsten Fall ist die Waffe danach ganz unbrauchbar.«

»Wie genau kann man denn mit diesen Waffen zielen?«

Schneider lachte. »Das kann man nicht generell sagen. Im Zweifelsfall treffen Sie einen Elefanten auf zwanzig Meter schon nicht mehr. Es kommt darauf an, ob die Waffe Züge hat. Moment, das muss ja hier irgendwo in meinen Notizen stehen ... Diese Waffe hat keine Züge.«

»Und das heißt?«

»Züge sind die Riefen im Lauf, die die Kugel in eine Drehbewegung versetzen. Bei modernen Waffen dienen uns die Markierungen an der Kugel, die durch die Riefen entstehen, dazu, festzustellen, ob eine bestimmte Kugel aus einer bestimmten Waffe abgefeuert wurde.«

Watermann machte ein zustimmendes Geräusch. Das lernte jeder auf der Polizeischule. Und im Fernsehen.

»Also, es gab schon relativ früh Vorderlader mit diesen Zügen. Das waren aber hochwertige Waffen für Offiziere oder Jagdwaffen. Damit konnte man sogar auf zweihundert Meter einigermaßen genau zielen. Ich sehe aber, dass hier keine Riefen an der Kugel waren, also eine Waffe ohne Züge benutzt wurde.«

»Und was sagt uns das?«

»Es war eine einfache Kriegswaffe eines niederen Soldaten, die nur auf kürzeste Entfernung Treffer erzielen konnte.«

»Woher bekommt man heutzutage das Zubehör für solche Waffen? Schwarzpulver, Feuerstein und Bleikugeln?«

»Die Kugeln können Sie mit einer Form selbst gießen, der Feuerstein ist inzwischen wieder käuflich zu erwerben, und Schwarzpulver können Sie in kleinen Mengen kaufen oder aus Salpeter, Schwefel und Aktivkohle selbst herstellen.«

Watermann bedankte sich und schüttelte den Kopf. Einen Mord mit einer historischen Waffe gab es nicht alle Tage.

Er sah auf die Uhr. Neun Uhr. Ob im Vereinsregister des Amtsgerichts das Wochenende endlich vorbei war? Er hatte Glück.

»Der ›Verein zur Förderung der Lebensqualität durch textile Gestaltung e.V.‹? Da muss ich nachsehen. Was wollen Sie über den Verein wissen?«

»Die Namen des Vorstandes, Adresse, Telefonnummer und den Vereinszweck.«

Nach wenigen Minuten hatte er die gewünschten Informationen. Der Vorstand bestand aus drei Personen. Watermann gab den ersten Namen in die Internet-Suchmaschine ein. Jede Menge Treffer. Zeitungsartikel über gesellschaftliche Anlässe, Firmennachrichten, aber auch … Watermann fühlte, wie ihm heiß wurde. Berichte über Sportschützenwettbewerbe. Berichte über eine Sammlung alter Pistolen. Endlich auch ein Foto.

Mit fahrigen Fingern suchte Watermann zwischen den Papieren den Umschlag von der Bußgeldstelle. Den hatte er doch eben schon kurz gesehen. Er fand ihn, riss ihn auf und stöhnte. Das Bild war gut zu erkennen. Nicht so vorteilhaft wie das, was auf seinem Bildschirm flimmerte, aber eindeutig dasselbe Gesicht. Er griff zum Telefon, das in diesem Moment zu klingeln begann.

»Ich bin im Airport Hotel in Düsseldorf.«

»Airport Hotel? Am Flughafen?« Watermann schüttelte den Kopf, dann fiel der Groschen. »Hatte Wegener ein Ticket?«

»Jawoll, Chef.«

»Wann, wohin?«

»Heute Abend, Buenos Aires.«

»Rückflug?«

»Nein, Chef. Nur hin.«

»Sonst noch was?«

»Ein Umschlag mit Unterlagen. Offenbar Fotokopien, eine alte Handschrift, wir sind uns nicht sicher, vermuten aber, dass es Französisch ist.«

»Gibt es ein Papier dabei, aus dem hervorgeht, was es mit diesen Fotokopien auf sich hat? Zum Beispiel einen Brief?«

»Nein, Chef. Aber es klebt ein gelber Notizzettel drauf mit einer Telefonnummer.«

Watermann notierte die Nummer, ein Kollege müsste gleich feststellen, wem sie gehörte.

»Gut. Ich schicke euch den Erkennungsdienst, auch wenn ich nicht glaube, dass wir den noch brauchen.«

Watermann überlegte fieberhaft. Wegeners Wohnung hatte nach einem endgültigen Abschied ausgesehen, und das Flugticket zeigte in dieselbe Richtung. Wollte er hier weg, oder zog ihn etwas nach Buenos Aires? In Wegeners Wohnung hatte Watermann keinen Hinweis auf eine besondere Liebe zu Südamerika entdeckt. Also Flucht. Aber wovor? Oder vor wem? Diese Unterlagen würden vermutlich Aufschluss geben, wenn er sie auch erst übersetzen lassen – Himmelherrgott, Frau Lewandowski erwartete seinen Rückruf wegen irgendwelcher Unterlagen, die aufgetaucht waren. Watermann griff nach dem Hörer.

»Ich dachte schon, Sie wären verschütt gegangen. Kommen Sie heute noch her, oder soll ich Ihnen erst mal telefonisch berichten?«

»Berichten Sie. Ich glaube nicht, dass ich heute noch im Übersetzer-Zentrum vorbeischaue.«

»Wir haben von Martines Eltern einen Karton mit Unterlagen bekommen, die Martine am Samstag letzter Woche aus Angst vor Diebstahl dort deponiert hatte. Es handelt sich um alte Unterlagen in französischer Sprache.«

»Warten Sie einen Moment.« Der Dienstpsychologe hatte ihm geraten, in einer Situation, in der er die Beherrschung zu verlieren drohte, bis zehn zu zählen und erst danach weiterzusprechen. Watermann griff in die Tasche, fand die noch verschlossene Tüte Lakritzschnecken, die er heute Morgen gekauft hatte, riss sie auf und zog eine Schnecke mit einem Ruck auseinander. Er zählte langsam bis drei und griff dann wieder zum Hörer. »Habe ich Sie richtig verstanden, dass Sie von den Eltern des Mordopfers bereits letzten Freitag Beweismaterial erschlichen und diese Tatsache drei Tage lang vor mir verschwiegen haben, Frau Lewandowski?«

Es war für einen Moment still.

»Ich, äh, wir dachten uns, dass wir die Übersetzung vielleicht schneller hinbekommen als Sie. Schließlich war ja Wochenende ...«

Watermann raufte sich die Haare. Das Schlimme war: Die Frau hatte auch noch vollkommen Recht. Aber lieber würde er sich die Zunge abbeißen, als das zuzugeben.

»Jetzt erklären Sie noch mal genau, um was für Papiere es sich handelt.«

»Es sind alte Papiere, handschriftlich in französischer Sprache. Wir vermuten, dass es sich um Martines zweiten Übersetzungsauftrag handelt, den sie sehr diskret und inoffiziell erledigt hat.«

Watermann dachte an die Fotokopien, die der Kollege gerade bei Wegeners Sachen in dem Düsseldorfer Hotel gefunden hatte. Was hatte Wegener mit Martines Übersetzung zu tun? Wenn Lara Lewandowski die Originale von den Eltern hatte, wie war Wegener dann an die Kopien gekommen? Da kam eigentlich nur der Einbruch in Martines Zimmer in Frage. Darum war es also gegangen.

Aber wenn er am Montag die Kopien geklaut hatte und wenn es wirklich Wegener war, der Donnerstag bei Martines Eltern aufgetaucht war, wozu brauchte er die Originale?

»Worum geht es in den Papieren?«

»Es ist die Lebensgeschichte des Firmengründers Louis Gaston, der ein schmutziges Geheimnis gesteht.«

Die Erwähnung des Namens ließ Watermann zusammenzucken.

»Bei den Papieren befindet sich außerdem ein Testament, das neben Gastons eigenen Sohn einen weiteren Erben zu gleichen Teilen einsetzt.«

»Ein Testament? Unterschrieben und datiert?«

»Ja.«

Bingo, dachte Watermann, jetzt passt es. Nicht nur, dass die Reputation auf dem Spiel steht, wenn der Firmengründer Dreck am Stecken hat. Zusätzlich wäre ein Mensch, der plötzlich Ansprüche als Miterbe stellt, sicherlich ein großes Problem für ein Unternehmen.

»Da bin ich aber froh, dass Sie mich doch noch eingeweiht haben, Frau Lewandowski.«

Der Spruch würde dem Polizeipsychologen gar nicht gefallen, aber Watermann fühlte sich besser. Er schmiss den Hörer auf die Gabel und wählte die Nummer des Staatsanwaltes. »Ich brauche einen Haftbefehl.« Er legte alle Informationen dar und fiel fast vom Stuhl, als der Staatsanwalt diese als nicht ausreichend befand, um bei Gericht einen Haftbefehl zu beantragen.

»Bringen Sie mir einen Beweis für eine direkte Verbindung. Keine Radarfotos, keine Telefonnummern, keine Hobby-Schützenvereine. Einen Telefonanruf, eine persönliche Begegnung, irgendetwas. Dann reden wir noch mal darüber.«

Watermann ließ den Kopf auf die Tischplatte sinken. Scheiße!

*

»Hallo, ihr Hübschen! Was hat der Kriminalhauptkommissar gesagt? Sind wir jetzt alle verhaftet?«

Lukas hatte die drei Damen in der Küche gefunden.

»Wir wurden verschont, aber für dich alten Schulschwänzer wird es keine Gnade geben.« Oma Bix schaute finster, Mamie feixte.

»Seht her, ich habe euch etwas mitgebracht.«

Er legte eine Fototasche auf den Tisch. »Ich dachte mir, ich zeige euch die nette Dame, die von meinem Charme so gefesselt war.«

Drei Köpfe beugten sich über die zwei Fotos, von denen Edith Gaston ihnen entgegenlächelte. Lara verschlug es die Sprache, auch Mamie starrte schockiert auf die Frau. »Blond, älter als Martine, sehr gepflegt. Lara, denkst du, was ich denke?«

Lara angelte bereits nach ihrem Handy. »Hauptkommissar

Watermann? Wir haben ein Foto von Edith Gaston, und sie entspricht genau der Beschreibung von der Dame, die sich im Markt Café mit Martine getroffen hat.«

*

Theo lief ruhelos wie ein Tiger im Käfig durch das Wohnzimmer. Robin beobachtete ihn schweigend von seinem Platz am Esstisch aus.

»Ich hätte es ihm einfach verbieten sollen.« Theo sah wieder auf die Uhr. »Es gibt schon zwei Leichen, warum sollte Gaston Bedenken haben, noch jemanden umzubringen?«

»Aber Herr Fiedler geht ja nicht zu Gaston, sondern zu seiner Frau. Die wird ihm wohl nichts tun«, versuchte Robin zu beschwichtigen. Ganz überzeugt klang er allerdings nicht.

Robin griff gedankenverloren nach dem Bericht der Creditreform, den Theo eben kurz überflogen, dann zurück auf den Tisch gelegt hatte. »Puh, hat der viele Schulden.«

Theo nickte. »Eben. Jemand, dem das Wasser schon höher als nur bis zum Hals steht, der ist zu allem fähig.«

Robin überflog die Seite noch einmal, dann blätterte er zurück zum Deckblatt. »O Mann, was für ein Weichei«, kommentierte er plötzlich. »Da hat doch tatsächlich der Mann den Namen seiner Frau angenommen.« Er griff sich an die Stirn, erstarrte aber mitten in der Bewegung. »Kacke, Mann. Das gibt's doch nicht!« In seiner Stimme lag Panik.

Das war offenbar auch Theo aufgefallen, denn er sprang mit einem Satz hinter Robins Stuhl und sah ihm über die Schulter. »Was ist denn los?«

Robin hielt den Ausdruck in zitternden Händen. »Hier steht: Geschäftsführer Robert Gaston, *geborener Kraemer*.«

Theo riss Robin das Papier aus der Hand. »Das heißt, Herr Gaston ist gar nicht der Erbe. Das ist seine Frau. Alles, was er über Nachkommen gesagt hat, war auf seine Frau gemünzt.«

Theo griff nach dem Telefon und wählte die 110.

»Polizeinotruf Mönchengladbach.«

»Guten Tag, mein Name ist Theo Streckbein. Ich, äh, ich möchte einen Überfall melden.« Der Schweiß lief Theo in die Augen, das Blut pochte in seiner Schläfe.

»Einen Überfall? Wo denn?«

Theo gab die Adresse der Gaston'schen Villa durch.

»Sind Sie ein Nachbar?«

»Äh, nein. Ich hatte gerade mit der Dame telefoniert, als sie schrie: ›Ein Überfall, ein Überfall!‹.«

»Danke. Wir schicken sofort einen Streifenwagen hin.«

Theo ließ sich in den erstbesten Stuhl sinken und spürte, wie etwas unter seinem Steißbein zerbrach. Es war ihm egal. Er nahm den Hörer wieder auf und rief ein Taxi. Dann erhob er sich mit einiger Mühe und reckte sich zu seiner vollen Größe.

»Robin, wir gehen.«

Wie ein geölter Blitz kam Robin angefegt, schnappte sich im Vorbeiflug die Jacke, die Theo ihm bereits zuwarf, und sauste aus dem Haus und in den Wagen, der gerade vorfuhr. Theo vergewisserte sich, dass er den Schlüssel eingesteckt hatte, und eilte nach draußen. Er bot dem Taxifahrer den doppelten Fahrpreis, wenn er ihn in doppelter Geschwindigkeit zu seinem Ziel brachte. Als er sich zurücklehnte, spürte er, wie eine kleine Hand sich in seine schlich.

*

Herr Fiedler stand immer noch wie das Kaninchen vor der Schlange im Wohnzimmer der Gaston'schen Villa, während die Hausherrin mit der erschreckend großen Waffe in ihrer vollkommen ruhigen Hand auf ihn zielte.

»Aber, aber, das macht einen gefährlichen Eindruck, wie Sie so auf mich zielen. Könnten Sie bitte die Mündung in eine andere Richtung halten?« Herr Fiedlers Knie schlotterten, er stützte sich schwer auf seinen Stock.

»Nicht, bevor Sie mir nicht sehr genau erklärt haben, was Sie von mir wollen.«

Edith Gaston deutete mit der Waffe auf einen Sessel, und Herr Fiedler kam der Aufforderung nach, schon wegen seiner weichen Knie. Als er sich in den Sessel sinken ließ, meinte er, aus dem Augenwinkel eine Bewegung an der Wohnzimmertür gesehen zu haben. Seine Nerven spielten ihm wohl einen Streich.

»Also, warum schnüffeln Sie hier herum?«

Herr Fiedler überlegte, ob er sich irgendwie aus dieser Situation herauslügen konnte. Sein Hirn schien allerdings gerade unter akuter Blutarmut zu leiden, ihm wollte einfach keine glaubwürdige Geschichte einfallen, die er dieser Frau erzählen konnte. Ach, was soll's, dachte er bei sich, sie weiß sowieso Bescheid.

»Eine Freundin von mir arbeitet für das Übersetzer-Zentrum in Krefeld. Das sagt Ihnen doch bestimmt etwas?«

Edith Gaston ließ ein verächtliches Lachen hören. »Der Schmelztiegel für die Verrückten dieser Welt.«

»Wie kommen Sie denn zu dieser Auffassung?« Herr Fiedler war tatsächlich verwundert. Er hatte mit allem Möglichen gerechnet, aber nicht mit dieser Formulierung.

»Zuerst kommt dieses Engelchen, das die Moral hochhalten will, egal, was es kostet. Und wenn es ihr eigenes Leben ist.« Edith Gaston machte eine kleine Pause. »Zugegeben, dass der Preis so hoch sein würde, war ihr wohl nicht klar. Dann kommt als Nächstes das genaue Gegenteil. Ein Gauner, der sich die Situation zunutze machen will und meint, mich erpressen zu können. Sowohl mit dem Testament als auch mit dem Mord an dieser kleinen Belgierin.«

»Haben Sie sie denn ermordet?«

Wieder schien Edith Gaston einen Moment zu überlegen, beantwortete dann aber Herrn Fiedlers Frage. »Ermordet ist das falsche Wort. Ich bin extra nach Krefeld gefahren, um nochmals, zum wiederholten Male mit ihr zu reden. Ich wollte sie überzeugen. Ich habe ihr noch mehr Geld geboten, eine Summe, die kein vernünftig denkender Mensch ausschlagen kann. Zumal die ganze Geschichte mit dem Testament und dem Erben diese Frau persönlich doch überhaupt nichts anging. Sie hätte ihr ganz normales, kleines Leben weiterleben können. Sie konnte keinen Vorteil daraus ziehen, wenn sie das Testament veröffentlicht hätte. Der einzige Vorteil in ihrer Situation war das Geld, das ich ihr angeboten habe. Aber das wollte sie nicht!«

Edith Gaston ließ eine Art Schnauben hören. Offenbar kam sie noch immer nicht über die Ungeheuerlichkeit hinweg, dass diese Übersetzerin sich ihre Vorstellung von richtig und falsch nicht einfach hatte abkaufen lassen.

»Dann habe ich ihr vorgeschlagen, sie nach Hause zu fahren. Sie kam sogar noch mit zum Parkplatz, überlegte es sich dann aber anders und wollte trotz des Regens zu Fuß gehen. Sie hatte noch nicht einmal einen Schirm dabei. Sie sagte, sie würde zu einem Anwalt gehen und sich in dieser Sache beraten lassen. Dann drehte sie sich um und ging weg. Hätte ich vielleicht einfach abwarten sollen, dass Verleumdung und Besitzansprüche über mich hereinbrechen?«

»Womit haben Sie sie erschlagen?«

»Mit dem kleinen Handfeuerlöscher, der unter dem Beifahrersitz angebracht ist.«

»Was haben Sie damit gemacht?«

»Mit dem Feuerlöscher? Ich habe ihn wieder mitgenommen, natürlich. Dann habe ich ihn gesäubert und von der Werkstatt austauschen lassen. Das war nicht schwer, da fehlte nämlich dieser Plastikstopfen.« Sie lachte kurz auf. »Der Meister hat sich zwar gewundert, wie ich den verlieren konnte, aber wenn es ums Geldverdienen geht, stellen Automechaniker nicht allzu viele Fragen.«

»Haben Sie auch Lara die Treppe hinuntergestoßen?«

»Ja. Sie schnüffelte zu viel herum. Und diese Frau Hofmann hatte ganz offenbar nicht die Nerven, ihren Fragen noch lange standzuhalten.«

»Und Simon Wegener?«

»Der rief am Freitag hier an und erzählte mir, dass er die Papiere vom alten Gaston habe. Er meinte, dass außerdem nur ich als Täterin für den Mord an Martine in Frage käme und dass sicherlich auch die Herren von der Kriminalpolizei das so sehen würden, wenn er ihnen die ganze Geschichte erzählte. Er wollte Geld für sein Schweigen. Viel Geld.«

Herr Fiedler zuckte heftig zusammen. Es war keine Einbildung gewesen. Robert Gaston machte langsam einen Schritt ins Wohnzimmer. Sein Gesicht war aschfahl, seine Augen weit aufgerissen. Er stand schräg hinter seiner Frau, die ihn nicht sehen konnte. Herr Fiedler konzentrierte sich schnell wieder auf Edith Gaston, die offenbar nichts bemerkt hatte.

»Warum hatten Sie eigentlich die Originale herausgegeben?«

Edith Gaston winkte ab. »Meine Güte, ich wusste doch nicht, dass da so etwas drinsteht. Ich habe den ganzen Kram auf dem Speicher gefunden und gedacht, dass sich vielleicht die eine oder andere kuriose Begebenheit aus dem Leben meines Ururgroßvaters, der die Firma gegründet hat, für eine Festschrift herausgreifen lässt. Ich wollte das ganze staubige Zeug nicht erst sortieren, kopieren und weiß der Teufel was damit machen. Ich habe dieser Übersetzerin den Kram samt Karton in die Hand gedrückt. Zur Geheimhaltung verpflichtet habe ich sie, damit sie nicht herumläuft und von dem Auftrag erzählt, der eine Überraschung für meinen Mann sein sollte. Und damit nicht vorher schon die nettesten Anekdoten bekannt werden.«

»Wegener rief also am Freitag an. Was wollte er?«

»Fünf Millionen.«

Herr Fiedler schluckte. »Und? Hätten Sie ihm die gegeben?«

»Wo denken Sie hin? Ich sagte ihm, dass ich bis Montag bräuchte, um das Geld zusammenzukratzen. Das stimmt sogar, ich war eben erst bei der Bank. Wie Sie sicher wissen, steht die Firma schlecht da, an fünf Millionen war also sowieso nicht zu denken. Mein Privatvermögen muss nun reichen, und das werde ich bestimmt nicht noch mit jemandem teilen. Ich sagte Wegener, dass ich am Freitagabend einen Beweis dafür bräuchte, dass er die Unterlagen wirklich hat.«

»Hat er Ihnen die Unterlagen am Freitag mitgebracht?«

»Nur ein paar Fotokopien.«

»Wo ist der Rest?«

»Keine Ahnung. Aber das interessiert mich auch nicht mehr. Ich bin in spätestens zweieinhalb Stunden außer Landes. Dann kann mein unfähiger Mann mit dem verfluchten Unternehmen machen, was er für richtig hält. Mir ist es egal.«

Der Gesichtsausdruck des »unfähigen Mannes«, der weiter regungslos hinter seiner Frau stand, veränderte sich nicht. Herr Fiedler befürchtete, dass er unter Schock stand. Das war eine unberechenbare Gefahr in dieser brenzligen Situation. Edith Gaston jedenfalls würde vor einem weiteren Mord nicht zurückschrecken. Bevor seine Leiche gefunden würde, säße sie längst in einem

Flugzeug ans andere Ende der Welt. Dass sie einen zweiten Zeugen ihres Geständnisses hatte, wusste sie noch nicht. Jetzt bloß nicht schwach werden, redete Herr Fiedler sich selbst gut zu. Dies war die richtige Zeit für einen guten Bluff.

»Hoffentlich haben Sie keinen Flug ab Düsseldorf gebucht. Der Flughafen ist dicht wegen einer Bombendrohung.«

»Blödsinn.« Ihr Gesichtsausdruck sprach eine andere Sprache. »Woher wollen Sie das wissen?«

»Es kam gerade im Radio, als ich im Taxi hierher saß. Der Taxifahrer hat noch eine Bemerkung darüber gemacht, dass das sein ganzes Geschäft durcheinander bringt.«

»Ich glaube Ihnen kein Wort. Überhaupt ist die Diskussion müßig und geht mir allmählich auf die Nerven. Sagen Sie nett ›Adieu‹ oder was immer Sie dieser Welt noch zu sagen haben, und dann –«

»Edith!«

Gaston war aus seiner Erstarrung erwacht, seine Frau wirbelte zu ihm herum und richtete ihre Waffe jetzt auf ihren Mann.

»Das ist alles nicht dein Ernst«, stammelte Gaston und machte noch einen Schritt ins Wohnzimmer hinein. »Du hast mir am Freitag erzählt, du seist doch noch in die Oper gegangen! Stattdessen hast du einen Mann umgebracht und mich dann eiskalt angelogen?«

»Und du?«, keifte seine Frau zurück. »Du warst nicht im Büro. Hast du nicht schon längst eine andere Frau? Wie oft warst du in den letzten Wochen verschwunden, und kein Mensch wusste, wo du dich rumtreibst?«

»Ich habe Verkaufsverhandlungen geführt, den Vertragsentwurf habe ich eben vom Notar geholt. Ich wollte mit dir darüber sprechen. Ich habe einen finanzstarken Partner gefunden, der die Firma Gaston & Cie. erhalten will und die Zukunft deines Unternehmens sichert.«

Edith Gaston bewegte die Waffe ein klein wenig nach rechts, dann löste sich ein Schuss.

Sie blickte fassungslos auf ihr Handgelenk, das Herr Fiedler in dem Moment, in dem sie ihre Aufmerksamkeit auf ihren Mann, die Waffe aber auf niemanden richtete, mit seinem Stock hart getroffen hatte. Dann rannte sie zur Tür. Ihr Mann hatte sich bei dem Knall auf den Wohnzimmerteppich geworfen und ließ sie unbehelligt vorbei.

Herr Fiedler sank entkräftet in den Sessel zurück. Sein letztes Stockkampf-Training lag schätzungsweise fünfundvierzig Jahre zurück. Aber der tägliche Umgang mit seiner Gehhilfe hatte das Gefühl und die Kraft im rechten Arm offenbar weiter geschärft. Man sollte alte Leute und die Reichweite eines Gehstocks doch nicht unterschätzen, dachte er, bevor er sich auf den Perserteppich übergab.

Der Schuss brachte das seit zwei Minuten vor dem Haus herrschende Chaos kurzzeitig zum Stillstand. Der von Theo auf den Plan gerufene Uniformierte, der den ums Haus schleichenden Kriminalhauptkommissar Watermann für den gemeldeten Einbrecher gehalten hatte, wurde blass. Watermann nutzte die Gelegenheit, die Hände herunterzunehmen und seinen Dienstausweis zu zücken. Den hielt er dem zu vollkommener Bewegungslosigkeit erstarrten Gladbacher Kollegen kurz unter die Nase, bevor er zur Eingangstür rannte. Dort stieß er mit Edith Gaston zusammen, die offenbar im Laufschritt die Treppe nehmen wollte. Mit der linken Hand hielt sie das rechte Handgelenk umklammert. Auch sie war blass, und der plötzliche Zusammenstoß entlockte ihr einen Schmerzensschrei.

»Lassen Sie mich durch!«

»Edith Gaston, Sie sind festgenommen wegen der Morde an Martine Mirambaud und Simon Wegener. Ich hoffe, dass es bei diesen zwei Toten geblieben ist?«

Edith Gaston funkelte den großen Mann wütend an.

Watermann reichte sie weiter an seinen Kollegen und zwei Uniformierte. »Bringt sie zum Rettungswagen. Irgendetwas scheint mir ihrem rechten Arm nicht in Ordnung zu sein.« Seinem Kollegen raunte er zu: »Und jetzt besorgen Sie mir schnellstens den Haftbefehl.«

Dann rannte er ins Haus.

Im Wohnzimmer saß ein Mann in einem Sessel, neben den er sich offenbar gerade übergeben hatte. Er hatte wirr abstehende Haare, trug Trekkingschuhe zur schwarzen Jeans und eine moderne Outdoorjacke. Er hatte eine äußerst ungesunde Gesichtsfarbe. Watermann befürchtete, dass er jeden Moment in Ohnmacht fallen würde. Er hockte sich vor den Mann.

»Können Sie mich hören?«

»Ich glaube schon.«

»Sind Sie verletzt?«

»Ich glaube nicht.«

»Wer zum Teufel sind Sie?«

»Fiedler. Laras Vermieter. Und Sie?«

»Watermann. Kriminalhauptkommissar. Was war hier los?«

»Sie hat ein komplettes Geständnis abgelegt. Dabei ist ihr Mann aufgetaucht. Er ist die Treppe hochgelaufen. Suchen Sie ihn, bevor er sich etwas antut!«

»Wer hat geschossen?«

»Frau Gaston. Die Pistole muss da noch irgendwo sein.« Er zeigte nach rechts.

Watermann fand die Waffe, ließ sie liegen. »Darum kümmert sich der Erkennungsdienst.« Er sah Herrn Fiedler prüfend an. »Wir müssen uns sehr bald sehr ausführlich unterhalten. Aber wenn Sie mir versprechen, sich zu meiner Verfügung zu halten, dann dürfen Sie jetzt erst mal nach Hause fahren. Ich komme später bei Ihnen vorbei.«

Dann begab er sich auf die Suche nach dem Hausherrn, den er im Badezimmer fand, wo er alle verfügbaren Schlaftabletten aus dem Medizinschränkchen räumte. Er forderte den psychologischen Dienst an und brachte den verstörten Mann aus dem Haus.

Theo und Robin stiegen in dem Moment aus dem Taxi, als Herr Fiedler aus dem Haus trat. Mehrere Polizeiwagen standen auf dem Grundstück, und immer noch kamen zusätzliche Fahrzeuge mit Blaulicht und Sirene an. In dem Rettungswagen schien jemand versorgt zu werden.

»Er lebt«, flüsterte Robin.

»Gehen Sie bitte weiter, hier gibt es nichts zu sehen«, bellte sie ein Uniformierter an.

»Ich gehöre zu dem Herrn dort«, antwortete Theo in dem entschiedensten Tonfall, den er im Moment zustande brachte. »Er benötigt dringend seine Medikamente«, log er noch hinterher. Diese Unwahrheiten würde er sich abgewöhnen müssen, sobald der Fall vorbei war. Aber jetzt wirkte es ganz gut, der Polizist führte die beiden auf das Grundstück.

»Theo, Robin! Habt ihr euch Sorgen um mich gemacht?«

Theo bemerkte die Erschöpfung, die aus den Augen und der Stimme seines Freundes sprach. Seine Vorhaltungen würde er sich für später aufheben. Aber vergessen würde er sie nicht.

Auf dem Rückweg sah Herr Fiedler seinen Freund Theo nachdenklich an.

»Wie findet man wohl heraus, ob ein deutscher Einwanderer, der vor vielen Jahren in Australien gestorben ist, Kinder hinterlassen hat?«

Theo dachte einen Moment nach. »Es wird bestimmt nicht einfach, aber man sagt ja, dass das Internet heute alles möglich macht.« Er lächelte. »Und es ist mir lieber, dass du Verwandte suchst statt Mörder.«

Herr Fiedler nickte kraftlos.

ZWÖLF

»Was war denn nun eigentlich mit dieser Jamela los?«, wollte Robin wissen, als alle einige Stunden später um den Kaffeetisch saßen.

Mamie, die letztlich Jamelas Schutzwall durchbrochen hatte, berichtete in Kurzform. »Simon rief sie an und sagte ihr, sie solle zu ihm kommen. Es gab ein Missverständnis, Jamela dachte, sie solle für immer zu ihm kommen. Immerhin liebte sie ihn ja. Simon wollte sie allerdings nur dazu bringen, noch einmal mit ihm nach Belgien zu fahren und sich als Martines Freundin auszugeben. Er war immer noch davon überzeugt, dass die Original-Unterlagen von Martine nur bei ihren Eltern sein konnten, und wollte sie unbedingt bekommen. Er benötigte die Originale ja vermutlich für die Erpressung. Er brauchte also Jamela, die perfekt Französisch spricht.«

»Aber die Papiere hatten Sie doch.«

Mamie nickte. »Das wusste Simon aber nicht.«

»Und dann?«, fragte Robin weiter, wobei er vor Aufregung an den Fingernägeln kaute.

»Jamela wollte die Eltern von Martine nicht belügen, und sie stellte Simon einige unangenehme Fragen. Als Simon merkte, dass sie sich nicht von ihm manipulieren ließ, ist er ausgeflippt und hat sie geschlagen. Daraufhin ist sie in Panik wieder zum Übersetzer-Zentrum zurückgekehrt.«

»Wird sie denn nun in Deutschland bleiben können?«, wollte Theo wissen.

Lara zuckte die Schultern. »Wir hoffen es. Brigitte will sich darum kümmern. Die Ehe mit Simon war rechtsgültig, und dass Jamela kurz darauf Witwe wurde, dürfte daran nichts ändern.«

»Wann fliegen Sie denn nun eigentlich nach Frankreich, Frau Lewandowski?«, wollte Theo wissen.

»Morgen früh. Heute Abend fahren wir nach Köln zurück, dort habe ich noch ein paar Sachen, die ich mitnehmen will, und morgen geht der Flieger in den Süden. Übermorgen trete ich meine neue Arbeitsstelle an.«

»Da werden Sie sich aber langweilen, bei Ihrem neuen Job. Sie sind ja jetzt eine ganze Menge Aufregung aus dem Übersetzer-Zentrum in Krefeld gewöhnt«, neckte Herr Fiedler.

»Ich kann mir im Moment nichts Reizvolleres vorstellen, als einen richtig öden Job und eine Arbeitswoche, in der von Montag bis Freitag nicht das Geringste passiert.«

Es klingelte an der Tür. Theo blickte Herrn Fiedler erstaunt an. »Erwarten wir noch jemanden?«

Herr Fiedler, der eben noch zwei Telefonate geführt hatte, sah auf die Uhr. »Ja, ich glaube schon.«

Ein junges Paar mit einem etwa zwölfjährigen Jungen stand vor der Tür.

»Herr Fiedler?«

»Nein, ich bin Herr Streckbein.« Theo deutete, wie schon häufiger in den letzten Wochen, wieder einmal auf das kleine Schildchen mit seinem Namen, das neben dem großen Schild mit dem Namen »FIEDLER« fast völlig verschwand. An dieser Situation würde er etwas ändern müssen.

»Guten Abend. Ich bin Osman Yilmaz, das sind meine Frau Sibel und mein Sohn Bülent. Wir sind Freunde von Kevin Richter.«

»Kevin! So was, bei uns heißt er Robin. Kommen Sie rein.«

Als Robin die Neuankömmlinge erblickte, sprang er von seinem Höckerchen auf und raste auf Bülent zu. Die Jungen schlugen sich männlich auf die Schultern und bemühten sich offensichtlich, trotz ihrer deutlichen Freude irgendwie cool zu wirken. Dann schlug Robin auf die ausgestreckte Hand von Herrn Yilmaz und ließ sich von Bülents Mutter auf die Wangen küssen.

Theo stellte das Ehepaar vor, Lara holte die Küchenstühle an den Esstisch, und Herr Fiedler strahlte über das ganze müde und faltige Gesicht.

»Na, das ist aber toll, dass Sie kommen konnten. Robin fing langsam an, sich einsam zu fühlen mit uns zwei alten Knackern.«

»Sie nennen ihn Robin?«, fragte Frau Yilmaz mit einem feinen Lächeln und zwinkerte ihrem Mann zu, der von einem Ohr zum anderen grinste. Sie strahlte eine geradezu unbändige Energie aus. Ihre schwarzen Haare lagen in störrischen Locken um ihr Gesicht, die langen Ohrringe klimperten bei jeder Kopfbewegung. »Wie ist er überhaupt zu Ihnen gekommen?«

Theo erzählte die Geschichte von Anfang an, und auch Lara und ihre Großmütter lauschten gespannt. Nur Lukas kannte die Grundzüge schon.

»Was machen Sie jetzt mit Robinkevin?«, fragte Mamie Bülents Eltern.

Frau Yilmaz war wieder diejenige, die das Wort ergriff. »Wenn Robin das möchte, würden wir ihn gern bei uns aufnehmen. Dazu benötigen wir natürlich das Einverständnis seiner Mutter. Darum kümmern wir uns morgen.«

Schweigendes Erstaunen ringsum. Robin und Bülent hatten die Köpfe gehoben und hörten jetzt ebenfalls zu.

Mamie wollte es genau wissen. »Aufnehmen? Er soll richtig bei Ihnen wohnen?«

»Ja, warum nicht? Wir wollten immer gern mehrere Kinder haben, leider ging das nicht. Kevin und Bülent verstehen sich prima, und Kevin ist ein toller Junge. Er hat ein Zuhause verdient, in dem er sich wohl fühlt.«

Plötzlich tauchte Robin neben Herrn Yilmaz auf und zupfte ihn am Ärmel. »Ist das Ihr Ernst? Ich darf bei Ihnen wohnen? Und Bülent wird mein Bruder?«

Herr Yilmaz nickte. »Wenn du es willst und wenn deine Mutter einverstanden ist.«

Robin warf die Arme hoch und ließ ein gellendes »Geiiiiil!« hören. Dann riss er die rechte Hand vor den Mund und murmelte »Entschuldigung« in Herrn Fiedlers Richtung, was aber im allgemeinen Gelächter unterging.

*

Lukas und die Omas waren bereits gefahren, als Lara sich von Herrn Fiedler, Theo und Robin verabschiedete. Es klingelte.

Kommissar Watermann nahm die Schnecke aus dem Mund und verzog die Lippen zu etwas, das durchaus ein Grinsen hätte sein können. »Tach zusammen. Ich hoffe, ich störe nicht.«

»Nur wenn Sie Lara jetzt noch festnehmen wollen.«

Watermann winkte ab. »Sie haben also nicht viel Vertrauen in die Polizei.«

Theo, Robin und Lara hielten die Luft an.

»Sie haben Lara verdächtigt«, begann Herr Fiedler. »Da konnte ich Sie nicht für zurechnungsfähig halten.«

»Vielleicht haben Sie damit gar nicht so Unrecht«, murmelte Watermann und steckte sich das Lakritz wieder zwischen die Zähne. »Genau genommen müsste ich Sie wegen Behinderung der Justiz belangen. Aber davon hätte letztendlich niemand etwas. Mir wäre es lieber, Sie würden mir versprechen, in Zukunft mit der Polizei zusammenzuarbeiten, anstatt allein die Welt retten zu wollen.«

»In Zukunft?« Robins Augen leuchteten.

»Nur für den Fall, dass Sie noch mal in so eine Situation geraten – was der liebe Gott verhindern möge.«

»Wenn ich groß bin, werde ich auch Kriminalkommissar«, erklärte Robin plötzlich.

Watermann sah ihn spöttisch an. »Wie kommst du auf die Idee, junger Mann?«

»Das ist doch voll spannend. Und wichtig. Damit nachher nicht die Falschen im Knast landen.«

Watermann fischte eine zerdrückte Visitenkarte aus seiner Tasche. Er strich sie glatt und hielt sie Robin hin. »Hier. Ruf mich an, wenn es so weit ist.«

Sein Handy klingelte. Er hörte einen Moment zu. »Tut mit Leid«, sagte er dann, »wir müssen die Befragung verschieben. Ich muss los.«

Lara hatte die ganze Zeit schweigend dabeigestanden. Jetzt wandte Watermann sich an sie. »Danke, dass Sie in Krefeld geblieben sind.«

»Danke? Sie haben mir doch verboten, die Stadt zu verlassen.«

»Verboten? Das müssen Sie missverstanden haben. Dazu habe ich gar keine Befugnis.«

Lara schnappte nach Luft.

»Soll das heißen«, mischte sich Herr Fiedler ein, »dass Lara auch hätte nach Köln fahren und nach Frankreich fliegen können?«

»Natürlich. Es gab keinen hinreichenden Tatverdacht, um einen Haftbefehl auszustellen, weil wir kein Motiv hatten. Und Hausarrest dürfen wir nicht aussprechen.« Watermann grinste schief.

»Und was war mit dem Regenschirm? Und dem Adressbuch?«

»Dass der Schirm sauber war, wissen Sie selbst. Und das mit dem Adressbuch sah sehr konstruiert aus. Außerdem waren überhaupt keine Fingerabdrücke auf dem Buch. Es war nicht wirklich belastend.«

»Und wann, bitte schön, hätten Sie mich ziehen lassen?«, fragte Lara.

»Heute. Sie müssen schließlich übermorgen Ihre Stelle antreten, *n'est-ce pas?*«

»Sie, Sie … Ich weiß gar nicht, was ich sagen soll«, stammelte Lara.

»Sagen Sie einfach: ›Ich verzeihe Ihnen, Herr Kommissar.‹ Dadurch, dass Sie in Krefeld geblieben sind, haben Sie sich entlastet. Das war sehr wichtig für die weiteren Ermittlungen. Manchmal kommt man in unserem Job nur mit einem kleinen Trick weiter.«

Watermann zwinkerte Lara zu, die immer noch wie erstarrt dastand, drehte sich um und ging davon.

Dank

Kriminalhauptkommissar Michael Götze von der Gladbacher Polizei hat die Pressestelle verlassen und ist wieder in das Kriminalkommissariat gewechselt – ein Grund mehr, seine kriminalistischen Tricks rein theoretisch zu erfragen und nicht durch eine echte Straftat zu testen.

Auch die Funktionsweise historischer Pistolen und die Verletzungen, die sie dem menschlichen Körper zufügen können, habe ich mir lieber von Dr. phil. Thomas Müller, Leiter des Waffenmuseums Suhl, und Joachim Küppers, Gutachter, in anschaulicher und zum Teil recht drastischer Weise erläutern lassen, als selbst zur Waffe zu greifen.

Dr. Wilhelm Stratmann, Oberkustos des Museums Schloss Rheydt, hat einen kleinen Teil seines großen Wissens mit mir geteilt, ebenso wie Frau Stierle-Schäfer von der Pressestelle der Krefelder Polizei. Über die Radarfallen in Krefeld hat Reimund Filzmoser von der Bußgeldstelle mir bereitwillig Auskunft gegeben.

Im Stadtarchiv Mönchengladbach lässt sich so manches Informationsschätzchen aus der Geschichte der Stadt und ihrer Bewohner ausgraben. Beim Buddeln geholfen hat besonders Dr. Christoph Waldecker, der auch sachkundig und bereitwillig weiterführende Tipps zu speziellen Themen gab.

Ganz besonderer Dank gebührt »*dottore*« Michael Danzeglocke, der Antonios italienische Seele zum Sprechen brachte, und meiner Zwillingsschwester Simone, die mich mit E-Mails bei Laune hält und meine Ideen-Box füllt.

Und Sie, liebe Leser, sollten – gemeinsam mit mir – meiner Lektorin Stefanie Rahnfeld danken. Ohne sie wäre dieses Buch nicht so gut geworden.

Hinweis

Im historischen Teil des Buches findet sich häufiger die Erwähnung der Crefelder Straße. Dabei handelt es sich um die heutige mittlere Hindenburgstraße.

Die Firma Gaston & Cie. ist eine reine Erfindung. Den Firmensitz habe ich an die Stelle des abgebrannten Zentralbades gelegt, weil er dort tatsächlich hätte gewesen sein können. Ein Unternehmen wie Gaston & Cie. hätte durchaus in der dargestellten Form existieren können. Die neben Gaston genannten Unternehmer wie Quirin Croon, Anton Lamberts Christians Sohn und andere sind historisch.

Kennen Sie Ravioli nur aus der Dose? Dann wird es höchste Zeit, dass Sie Antonios Teigtaschen probieren. Die Herstellung ist kinderleicht und das Geschmackserlebnis einfach *grandioso*. Wenn Sie an dem Rezept interessiert sind, Fragen oder Anregungen haben, schreiben Sie an krimi@profijt.de.